2020年度大连外国语大学学科建设专项经费资助项目
本成果同时得到大连外国语大学学术骨干教师资助经费支持

日本近代诗审美意识研究

RIBEN JINDAISHI
SHENMEI YISHI YANJIU

孟海霞◎著

中国戏剧出版社

图书在版编目(CIP)数据

日本近代诗审美意识研究 / 孟海霞著. — 北京：中国戏剧出版社，2021.9
ISBN 978-7-104-05131-2

Ⅰ. ①日… Ⅱ. ①孟… Ⅲ. ①诗歌研究－日本－近代
Ⅳ. ①I313.072

中国版本图书馆CIP数据核字(2021)第184098号

日本近代诗审美意识研究

责任编辑：黄艳华
责任印制：冯志强

出版发行：中国戏剧出版社
出 版 人：樊国宾
社　　址：北京市西城区天宁寺前街2号国家音乐产业基地L座
邮　　编：100055
网　　址：www.theatrebook.cn
电　　话：010-63385980（总编室）010-63381560（发行部）
传　　真：010-63381560（发行部）

读者服务：010-63381560
邮购地址：北京市西城区天宁寺前街2号国家音乐产业基地L座

印　　刷：北京鑫益晖印刷有限公司
开　　本：787mm×1092mm　1/16
印　　张：17.875
字　　数：250千
版　　次：2021年9月 北京第1版第1次印刷
书　　号：ISBN 978-7-104-05131-2
定　　价：98.00元

目　录

绪　论……………………………………………………………………1

第一章　日本近代诗审美意识考察……………………………………11

第一节　日本近代诗的定义 ……………………………………………11

第二节　近代诗的构建……………………………………………………18

第三节　近代诗的语言 ……………………………………………………22

第四节　近代诗的诗体……………………………………………………92

第五节　近代诗的韵律……………………………………………………100

第六节　近代诗的意义世界………………………………………………103

第七节　近代诗的修辞……………………………………………………132

第八节　翻译与近代诗的诞生 ……………………………………………143

第二章　近代诗作为“诗”而存在的原因………………………………171

第一节　近代诗舍弃的元素………………………………………………172

第二节　近代诗新增的元素………………………………………………196

第三节　现代诗的未来……………………………………………………209

第三章　日中新诗的比较研究……………………………………………211

第一节　日中新诗诞生过程中的相似点…………………………………213

第二节　在中国新诗诞生过程中产生过影响的日本因素………………238

第三节　日中新诗界的交流………………………………………………246

结　语……………………………………………………………………267

参考文献 …………………………………………………………………275

绪 论

一、研究目的

诗歌是最古老的文学样式，是语言艺术的代表。诗歌又是凝练浓缩的文学，能够敏锐地捕捉和反映社会现实、描绘风土人情、咏唱时代中人的感性。时至今日，我们仍然可以通过诗歌来感知时代。黑格尔曾高度评价诗歌：“诗，语言的艺术，是第三种艺术，是把造型艺术和音乐这两个极端，在一个更高的阶段上，在精神内在领域本身里，结合于它本身所形成的统一整体。”①

日本学者大冈信曾说：“对地球上的所有民族来说，诗歌原本是在其民族语言产生的同时就出现了的，表示喜怒哀乐，或用以祈祷的最重要的表现手段。远在文字出现以前，就已经有许多诗歌凭借人们用声音语言、动作手势而唱出、而表演。这种诗歌的悠久历史，在引进了文字之后更加丰富多彩，成为人们的精神食粮。”②

日本独特的风土人情促进了日本特有的文学形式——诗歌的发展，形成了独特的文学传统。和歌、俳句、汉诗等构成古代日本诗歌的世界，留下了以《万叶集》为代表的众多诗集。俳句被称为“世界上最短的诗”，其影响力扩散到

①[德]黑格尔：《美学》第三卷下册，朱光潜译，商务印书馆 1981 年版，第 4 页。

② 大岡信·谷川俊太郎編：『声でたのしむ　美しい日本の詩　近・現代詩篇』，東京：岩波書店，1990 年，「はじめに」部分 p. i 、p. ii 。

国际上，甚至催生出了“汉俳”[1]“英俳”[2]的形式。近代以后，又出现了近代诗，开始用口语作诗。回顾日本的诗歌史，优秀的诗人不断涌现，优秀的作品层出不穷。在日本，诗歌创作十分盛行，喜欢诗歌的人也很多，可以说日本是名副其实的“诗之国”。

笔者认为，从整体上说，日本的诗歌有三个特征。

一是深受外国的影响。其中，汉诗是受中国的影响而创作，和歌、俳句中也经常有中国的典故、中国式的表达方式。明治以后，受西方的影响近代诗才得以初步形成。

二是具有独特的音律。日本根据日语发音的特点，将5音和7音用作和歌、俳句和文言诗的“律”，且基本不押韵。如果像西洋诗或中国古诗一样押韵，反而会产生不自然的感觉。另外，西洋诗（如十四行诗）、中国古诗（如律诗、绝句），除了长叙事诗和短幅的“小令”等诗以外，大部分诗都是偶数行，但日本的和歌和俳句的规则是分别由5行、3行这样的奇数行构成。这也是日本诗歌的独特之处。

三是蕴含日本独特的审美意识。日本诗歌与试图展现强烈个性、用恢宏壮丽的叙事诗来描绘历史的西洋诗不同，与试图利用诗歌以达到政治教化、讽谏的目的等，重视诗歌社会意义的中国诗不同，日本的和歌、俳句等重视季节感，自然地表达出对大自然的无限热爱之情。很多诗歌与其说是为了国家，不如说是为了个人而作；与其说是为了个人，不如说是为了咏景而作。另外，日本诗中也有很多表示爱意的恋爱诗，但日本的恋爱诗与西方那种热烈咏叹爱情的诗不同，有的诗往往既不明确表示接受，也不直接拒绝，充满了东方情调。而且正如大冈信所说，“日本诗中有问候之心”。这也是日本诗的独特之处。

源远流长的日本诗史中，笔者最感兴趣的是近代诗部分。在明治维新的时

---

① 所谓“汉俳”是指用汉语创作的俳句。采用五七五的形式，一般押韵。20世纪80年代初在中国开始创作，2005年3月中国汉俳学会成立。2005年6月成立的日本汉俳学会制定了汉俳诗法的原则。

② 所谓“英俳”是指用英语创作的俳句。进入20世纪70年代后，俳句的国际化不断取得进展，英俳的创作也受到关注。

代风潮中，伴随着动荡时代而诞生的这种新风格的诗，从诞生之初就通过翻译途径受到了西方的深远影响，经过诸多流派、实验、争论，至今仍被人们一直创作及阅读。当时的作者为什么要改变持续几千年的诗的形式？又是使用怎样的语言、怎样的构造、怎样的韵律、怎样的修辞来创作近代诗的呢？另外，他们和当时的读者，到底以何为“美”，并试图通过诗来捕捉呢？对于他们来说，近代诗的审美价值到底是怎样的呢？

另外，近代诗在形成之初就声势颇大，影响颇深。如在明治三十年代（1897—1906年），与谢野晶子的浪漫短歌、蒲原有明的象征诗都已相当成熟，一时间，可以说是诗歌引领了当时文学的发展。[①] 那么，近代诗是通过什么来抓住读者之心，吸引读者使其感受到魅力的呢？

而且，近代诗舍弃了很多东西，主要有五种：(1)（作为诗性语言的）文言；(2) 音律；(3)（固定的）形式即定型；(4) 传统的修辞手法；(5) 与传统音乐、绘画的密切关系。可以说，等同于是舍弃了作为定型诗的形式上的所有要素。舍弃了如此之多，近代诗为什么还能作为诗继续存在呢？姑且不论社会文化的原因，笔者想探究的，是来自近代诗自身的原因，而这必须要溯源近代诗成立之初的多方迹象。再从作者的角度来说，近代诗可以说也舍弃了对于诗人的严格要求，使得人们大概都有一种错觉，认为谁都能创作出口语体的且没有韵律的近代诗。

时至今日，令人不得不说的是，即使不想承认，诗歌也正在走向衰退，这是十分令人遗憾的事实。在现在的日本，《现代诗手帖》是唯一发行的诗歌专门杂志，发行数量只有8000册左右，且一半是图书馆和研究机构出于研究目的而购买的。[②] 用这个数字来推测如今的诗歌读者数的话会令人伤感。当然，不时也会出现小小的反弹，如在2010年，时年98岁的诗人柴田丰出版了诗集《请

---

① 此说法参见林和利・小林幸夫編：『整理と鑑賞　精選日本文学史』，東京：桐原書店，1993年，第88頁。

② 数据来自CBN记者周舒：《日本有家诗歌专业户》，《第一财经日报》2009年11月2日第C04版。

不要灰心呀！》，一跃成为畅销书，该书至2012年8月销量达到了160万册。然而也并不能就此乐观地认为，诗歌会重新兴盛。当年俵万智的《沙拉纪念日》甚至曾引起了“沙拉热”，但是一旦流行过去，短歌仍然回归到现代社会的安静角落。

笔者认为，通过寻找近代诗自身的存续原因，可以重新认识近代诗，并有助于思考诗的未来。

另外，日本和中国自古以来同属于汉字文化圈，日本的“汉诗”受中国影响而产生、形成。直到明治维新时期，日本知识分子的汉文水平很高，公文几乎都用汉字书写。进入近代以后，两国都接触了发达的西方科学与文学，也都试图积极地接受西方的新文学理论、体裁和流派。

特别是在近代诗的领域，两国都受到西方的影响，并从翻译开始了近代的诗歌创作（且在创作最初，翻译都发挥了巨大作用）。在近代诗形成过程中，两国有许多相似之处（详见第三章）。可以说，西洋诗从近代到现代的各个主要流派都在两国诗歌史上留下了相应的模仿、学习的痕迹。

进一步来说，正如中国的现代诗人郭沫若等人在日本成立创造社，为现代诗的成立做出了巨大的贡献一样，中国有相当一部分新诗人有在日本留学的经历，有的甚至在日本创作现代诗，或是通过日语将西洋诗介绍到中国。也有中国现代诗模仿日本和歌与俳句的形式和意境的情形，形成了一个小的文学热潮——“小诗运动”。可以说，在近现代文学中日本对中国起到一定的引发和媒介作用，在近现代诗方面也是如此。

基于以上两点可知，如果对日本和中国的近现代诗歌进行对照研究的话，可以摆脱只以本国诗歌为研究对象的局限，但又不同于一直以来的东西方对比研究，而是能从一个新的角度来探究近现代诗的本质。

在中国，20世纪10年代已经开始正式翻译日本诗歌，这些诗歌传入时，带来了新鲜的异国情调，同时也在一定程度上影响了中国当时的新诗创作。这些翻译和介绍曾经一度中止，但在20世纪80年代以后，对日本诗歌的翻译和介绍重新开始，且范围扩大，深度也进一步增加。

随着与日本的经济往来更加频繁、文化交流日益扩大，在中国设置日语专业的大学越来越多，已经设置日语专业的大学也在努力扩大招生规模或发展硕士招生。如此一来，要求日语专业学生、日语学习者对包括日本文学在内的日本文化要有更深层的理解。在这样的情况下，对日本诗歌的研究也越来越深入。如在大连外国语大学（原大连外国语学院），1996 年成立了日本诗歌研究中心，到目前为止，通过集体科研攻关，接连出版了 54 万字的《日本历代著名诗人评介》和 60.2 万字的《日本历代女诗人评介》，还出版了个人著作《东瀛诗香采撷》等。[①]

2007 年，小田久郎提议成立“亚洲诗歌共同体”。当时，中国诗人骆英、唐晓渡、于坚等人积极赞同。进入 21 世纪以后，关于中日两国之间的诗歌交流有了进一步的发展。《现代诗手帖》曾于 2008 年推出中国诗人专号，在诗人骆英的奔走下，还设立了中日诗歌交流基金。[②]

即使如此，中国对日本诗歌的理论研究仍然很少，尤其是对近代以后的日本诗歌，更是以译为主，深入研究较为停滞，中日诗歌系统比较的研究尤为稀有。因此，笔者作为一名研究者，试图从审美的角度考察日本的近代诗，并将其置于与中国诗歌比较的视野中进行研究，以期对中日诗歌研究有所助益。

在进入正题之前需要言明的是，虽然日中近现代诗是本研究的对象，但笔者并不打算写成比较诗学或比较美学的论著。之所以这么说，是因为“所谓比较美学就是对分属于两个或两个以上不同文化系统的国家、民族和地区的美学思想，进行比较研究，探讨它们的特征以及产生这些特征的根源，以求把握人

① 文中所提及三本书分别为：陈岩等：《日本历代著名诗人评介》，上海外语教育出版社 1999 年版；陈岩、刘利国等：《日本历代女诗人评介》，大连理工大学出版社 2005 年版；陈岩：《东瀛诗香采撷》，大连理工大学出版社 1999 年版。

② 参见 CBN 记者周舒：《日本有家诗歌专业户》，《第一财经日报》2009 年 11 月 2 日第 C04 版。原文：“2007 年，小田久郎曾经提出过要建立‘亚洲诗歌共同体’，当时获得了中国诗人骆英、唐晓渡和于坚等的热烈响应。而最近 10 多年来，中日之间的诗歌交流也得到了长足发展，‘我们去年出版了中国诗人的专号，在诗人骆英的帮助下还有了中日诗歌交流基金’（小田启之语）。”

类审美活动的共同规律的一门学科”[①]。而且，“人类史上存在三大文化系统：中国文化、印度文化、西洋文化”[②]。在不同的文化系统之间进行比较美学研究，是比较美学理论从诞生到现在的普遍做法。从这个意义上来说，中日之间的比较研究还没有进入比较美学的范畴。

中国和日本同属于汉字文化圈，文化虽有不同（特别是在审美意识上有很大差异，且在明治时代以后呈现出明显不同的样态），但可说是同根异枝、同源异流。正因为存在差异，中国和日本之间的美学比较，特别是审美意识比较，对于认识两国的美与艺术的本质是有益的，绝非没有意义。但在现阶段，笔者拟先将此次研究的重点放在日本近代诗的审美意识上，有时加入一些中国诗例子作为参考。

在当今社会，“只要有钱就有一切”的说法一度甚嚣尘上，也有人从物质到思想全部尊崇西方，甚至有人认为，全球化就等于西方化。可以说，这样的社会现象显示出，诗的精神正面临逐渐丧失的危险。虽然科学技术不断取得发展，社会不断取得进步，但同时也出现一些前所未有的丑闻或事件，这样的现代社会正需要诗的精神。笔者相信，诗歌研究对于不断舍弃过去的现代人来说，并不是要重复过去，而是将对人类价值的重新认识与自我反省联系在一起，去追求真正的“美”。

二、研究概要

在这里，首先明确一下本书中关于诗歌的一些概念。

因日本既有既有近代诗（「近代詩」）又有现代诗（「現代詩」）的说法，日本各大辞典却几乎都没有「現代詩」的词条，也没有关于「近代詩」结束时间的定论，而日本与中国定义“近代”“现代”的时间段又各自不同。为最大限度地保证定义的时间段清晰，而读者又能够理解，本书中的说法统一如下：

日本的近代诗：本书从广义上界定日本近代诗的定义，指从明治时代开始，

① 佟旭、崔海峰等编《比较美学》，中国文化书院 1988 年版，第 2 页。

② 佟旭、崔海峰等编《比较美学》，中国文化书院 1988 年版，第 3 页。

摆脱传统定型诗的束缚，不拘格式和韵律，自由咏唱新时代思想感情的诗歌。近代诗包括两个阶段：第一阶段是以 1882 年（《新体诗抄》出版）为起点，将浪漫主义、象征主义、口语自由诗作为其主要流派的诗歌，一直持续到 1921 年左右；第二阶段是从 1921 年左右前卫诗开始创作到 1945 年二战结束时。

日本的现代诗：指同日本的近代诗一样，摆脱传统定型诗的束缚，不拘格式和韵律，自由咏唱新时代思想感情的日本新诗。时间从 1945 年二战结束至今。

中国的现代诗：指中国从五四运动以来主要以白话语言创作的、打破旧体诗格律形式束缚的诗歌。时间从五四运动至今。

另外，有说法将 20 世纪上半叶以前的诗歌称为“中国现代诗歌”，将 20 世纪下半叶以后的诗歌称为“中国当代诗歌”。本书认为“当代诗”的说法不是很科学，本书不采用此说法。如果一定要分出阶段，应分为：第一阶段（五四运动至 1937 年左右）；第二阶段（1938 年左右至中华人民共和国成立）；第三阶段（中华人民共和国成立后至 1978 年）；第四阶段（1978 年后至今）。

日中新诗：针对传统的定型诗而言，日本的近代诗、现代诗、中国的现代诗都是新形式、新内容的诗，都是“新诗”。本书的研究对象是建立、形成过程中的日本和中国的新诗，即狭义上的日本近代诗（1882—1921 年）和中国现代诗（1919—1949 年）。本书同时提及二者时，将之缩写为“日中新诗”。

本书绪论首先对日本近代诗与中国现代诗进行概念界定，之后重点考察日本近代诗的审美意识，为第一章，共八个部分内容，分别从近代诗的定义、构建、语言（诗语）、诗体、韵律、意义、修辞、翻译与近代诗的诞生进行分析，探讨近代诗的审美价值。其中主要分析了近代诗所追求的“摆脱传统——变”“独特的视觉美”“象征主义的核心——神秘与丑陋”“与西方‘崇高’美学精神的偏离”的特点。

基于以上考察，第二章进一步分析近代诗舍弃的元素、近代诗新增的元素，以及近代诗作为“诗”而存在的原因。

第三章对日中近现代诗进行比较研究，通过分析日中新诗诞生过程中的相似点，中国新诗诞生过程时日本诗歌、诗人的作用，日中新诗界的交流这三个部分展开，这里将各章概述如下。

第一章　日本近代诗审美意识考察

明确日中两国的近（现）代诗定义后，分别从近代诗的构建、语言（诗语）、诗体、韵律、意义、修辞、翻译与近代诗的诞生这七个部分进行分析，探讨近代诗的审美价值。

1. 近代诗的构建

2. 近代诗的语言（诗语）

从文言与口语、语感、诗语等方面分析成为近代诗诗性语言的要素，以及近代诗中语言的变化。特别是对称呼格的常用化，第一、第三人称、复数的使用，新词的使用进行分析。

3. 近代诗的诗体

主要分析对十四行诗体的吸收与变化、长诗形的引进、文字表记、排列与诗形构成的关系。

4. 近代诗的韵律

考察近代诗对日本独特的音律的继承与舍弃，以及近代诗人对内在音律与新的诗性节奏的追求。

5. 近代诗的意义

由诗中樱花、女性形象的演变，考察近代诗中的“摆脱传统——变”的特点；分析近代诗中“独特的视觉美”；分析近代诗的象征诗中“象征主义的核心——神秘与丑陋”；从近代诗中对大自然的意识考察与西方“崇高”美学精神的偏离。其中，将日本人的自然观、西方的自然观与中国的“天人合一”思想进行简单比较。

6. 近代诗的修辞

7. 翻译与近代诗的诞生

第二章　近代诗作为“诗”而存在的原因

1. 近代诗舍弃的元素

近代诗舍弃了诸多诗之所以成其为诗的元素，主要如下：(1)（作为诗性语言的）文言；(2) 音律；(3)（定型的）形；(4) 传统的修辞；(5) 与传统音乐绘画间的紧密关系。可以说，近代诗舍弃了诗歌在古代作为定型诗的形式上的一切要素。这是近代诗在成立之初，想要摆脱传统诗歌的强烈愿望得以体现的结果。而在诗的功能方面，近代诗失去了“问候之心”。从作者的角度来说，近代诗放弃了对诗人的严格要求。人们大概有一种错觉，认为谁都能作出使用口语且不需要韵律的近代诗。另外还有一点，对于近代诗来说，“谐”的精神也成为被忽视的要素。

2. 近代诗新增的元素

既然舍弃了如此多的元素，为什么近代诗却能作为“诗”得以存续、受到认可？姑且不论社会与文化的因素，本研究希望能够探讨存在于近代诗本身的原因。笔者认为，那是因为近代诗吸取了，或者说采用了众多新的诗的元素。

3. 诗歌的未来

第三章　日中新诗的比较研究

1. 日中新诗诞生过程中的相似点

从社会背景、诗人、翻译的作用、圣经译本的影响这四个方面进行比较，考察相似之处。

2. 在中国新诗诞生过程中产生过影响的日本因素

从中国新诗诗人留学日本、日语译语的逆输入、媒介作用与启示作用、“小诗运动”四个方面进行分析。

3. 日中新诗界的交流

考察日本对中国新诗的研究以及中国对日本近代诗的研究内容。

20 世纪 80 年代以后，中国“朦胧诗”盛极一时，之后掀起了现代诗热潮，诗歌研究也就此取得蓬勃发展。特别是进入 21 世纪以来，研究的深度和广度都得到了进一步发展，学者们开始从美学的角度来分析诗歌，并运用符号学、语言学等领域的知识来解释诗歌。由于比较文学研究十分盛行，诗歌的比较研究也逐渐开展起来，但主要进行的是中国诗歌与西方诗歌的比较，与日本诗歌的比较文学性的研究并不多见。本书第三章作为一个小小的尝试，就日中新诗诞生过程中的相似点及相互研究的实际情况进行考察。

以上为本研究的目的与概要，最后，关于本书的文字表达，笔者需要言明以下几点：

(1) 近代诗原诗来自《日本近代文学大系》（全 60 卷），角川书店 1969 年发行。文中不具体一一标示。

(2) 原文为日文的文章、和歌、俳句、近现代诗歌等，在本书中被引用时，为加深读者理解，都添加了译文。这些译文如果没有特别注释，全部为笔者翻译。

(3) 文中为标明作品是具体哪一个时期的产物，给一部分年份同时标出了年号，如 1905 年（明治三十八年）。正常应该是年号年份在前，如明治三十八年（1905 年），但为了读者在阅读时方便，先标出了公历年份。

(4) 对所引用论文、书籍、文学作品（包括诗、小说等）的作者、观点的持有者，省略敬称。

(5) 因本书主要以日本的近代诗为研究对象，同时阐述日本的近代文学作品与中国的现代文学作品时，往往采用如“日中新诗”这样“日”在前的说法，此为学术需要。

(6) 文中引用日语原文时，为防止与中文引文混淆，采用如下符号：「」。

第一章　日本近代诗审美意识考察

本章首要明确日本近代诗和中国的现代诗的定义，然后分别从日本近代诗的定义、构建、语言（诗语）、诗体、韵律、意义、修辞、翻译与近代诗的诞生这八个部分进行分析，探讨近代诗的审美价值。

第一节　日本近代诗的定义

按历史学的说法，日本史把“从明治维新到太平洋战争结束”（1868—1945年）作为近代，把“第二次世界大战后的时代”（1945年至今）作为现代。

按历史学的说法，中国史一般把“从1840年鸦片战争到1919年的‘五四’运动”这段时期作为近代，把“‘五四’运动以后到现在”作为现代。但在中国，常把表示“现代、这个时代”之意的词语“当代”作为史学用语使用，将“从1949年10月中华人民共和国成立至今”称为“当代”。

如上所述，日本和中国的“近代”与“现代”，在词形上属于同形词，但是所表示的时间段多少有些偏差。这也反映在文学史、诗歌史上。

至于近现代诗的定义，日中的称呼也存在明显差异。在日本，直到明治初期为止，说到诗就是指汉诗。为了与之区别，以明治时代从西方翻译过来的西方诗歌译诗为首，新风格的诗在最初的时候被称为“新体诗”。

在日本文学史上，一般把明治、大正时期（1868—1926 年）的诗称为“近代诗”，把昭和以后（1926 年至今）的诗称为“现代诗”①。（这是根据《整理与鉴赏 精选日本文学史》的说法，另外该书第 139 页中写道：“现代诗：一般指昭和的诗。”但笔者认为，这是因为该书出书时昭和时代刚刚过去，所以下此定义，但难道后来所作的诗就不归类了吗？“平成”“令和”乃至以后的新诗，只要诗歌形式、写法与内涵没有太大变化，没有理由不算作“现代诗”。）这样的划分方法不是根据诗的形式内容进行时代划分，而是根据历史时代对诗歌史进行划分。

据《电子版大辞泉》（『デジタル大辞泉』）解释：“近代诗是明治以后，摆脱了传统的汉诗、和歌、俳句等诗形，仿照欧洲的诗体或情感，以自由的形式表达新的思想情感的诗。经历了新体诗、象征诗等形式，如今发展为口语自由诗。”这是从诗歌的形式内容角度出发，对诗歌史进行的时代划分。然而，这一解释多少有些模棱两可。根据释义，近代诗诞生于明治时代，但其结束或衰微的时期又是在何时？口语自由诗到底算不算近代诗的一种？口语自由诗之后出现的很多诗歌流派、诗歌内容几乎都沿用口语形式，诗风颇为自由。若是非要把它们都归类为口语自由诗，也不是不合理。也就是说，如果口语自由诗也在近代诗范围之内，那么绵延之后的口语自由诗都算近代诗，近代诗的后延似可无限拖长。

而且，《电子版大辞泉》中没有关于现代诗的解释。由此可见，很难给现代诗下出明确的定义，或者说，《电子版大辞泉》默认了“现代诗”包含在“近代诗”的框架之内。

此外，《广辞苑》第五版对近代诗的释义为：“明治时期，摆脱传统诗歌形式的拘束，仿照欧美诗体，自由地歌颂新时代思想情感的诗。广义上包括新体诗，狭义上指文言自由诗以后的诗体。”

---

① 林和利・小林幸夫編：『整理と鑑賞　精選日本文学史』，東京：桐原書店，1993 年，第 133、139 頁。

而且同样，《广辞苑》中也没有关于现代诗的解释。

《广辞苑》对于近代诗的解释同样有含糊之处。首先，近代诗只是指明治时期的诗吗？其次，说是“文言自由诗以后”，这里所指的以后又到什么时候呢？

2008年出版的《现代诗大事典》（『現代詩大事典』）[①]中有如下叙述：

日本近代的“诗”的开端，是1882年（明治十五年）8月出版的《新体诗抄》（丸屋善七）。丸屋善七在“序文”中将和歌、汉诗等传统诗歌与仿照西洋创作的诗歌划清界限，将后者命名为“新体诗”，并主张：新体诗是用“今之语”“平常语”，以“自古以来的长歌流新体”的风格歌颂“连续的思想”的诗。他以此确立了新时代的诗歌方向。（略）

1897年出版的岛崎藤村的诗集《嫩菜集》，虽然依然主要以传统音律为框架，但诗人以自身心理及“自我”为依据，化身为阐述内心境遇的诗性讲述者，表露出想要冲破封建习俗以及传统的儒家道德的心路历程和复杂感情。近代诗就是以这样的藤村诗歌开始的。（略）

近代诗从晦涩的象征诗到浅显的民众诗，各个时期诗人的所处环境和中心思想各不相同。这导致了诗歌主题和风格的多样化，但诗人及诗人想要表达自我情感的想法并没有改变。（略）

1921年10月，平户廉吉四处分发名为“日本未来派宣言运动”的宣传册，成为未来派运动的先驱。此后，平户廉吉受到未来派、立体派、达达主义、表现派主义（均为平户的称呼）等海外前卫诗歌的影响，开始尝试将多种多样的前卫诗歌移植到日本的现实土壤中。（略）

20世纪20年代至30年代，随着国家产业走向重化学工业化，城市化不断发展，城市迎来了现代化。由此，以新产生的现代感知性为基础，前卫诗歌诞生了。20世纪20年代在思想上和城市结构上都发生了各种各样的转变，而这种20年代以后创作的前卫诗歌，也可看作是“现代诗”吧。[②]

① 安藤元雄・大岡信・中村稔監修：『現代詩大事典』，東京：三省堂，2008年，第200-201頁。
② 同上。见「近代詩と現代詩」条目，第200-201頁，执笔者杉浦静。

总之，《现代诗大事典》将岛崎藤村的《嫩菜集》作为近代诗的开端，将1921年的前卫诗及之后的诗视为“现代诗”。那么由此推断，则从《嫩菜集》到1920年的诗理所当然地是“近代诗”。

然而说到“现代诗”，虽说被称为“现代诗”，但时段真的是一直到“现在”吗？事实上，也有“战后诗”的说法——将1921年到1945年的诗称为“现代诗”，此后的诗称为“战后诗”。

大概是由于现代诗的定义很久没有定下来的缘故，1950年出版的《诗的技法 现代诗讲座 第二卷》中村野四郎写道：“在诗史角度解释说明‘现代诗’一词是非常困难的。从作品表现出的感觉来看，大致以泣堇为分界线。从理念上来看，现代的自我表露方法大致是从高村光太郎开始明确起来的，因此即使把之后的作品称为现代诗也不会出大错。再或者，从诗的形态来看，也可以说是口语自由诗之后的诗。”“但是在这里，我们把现代诗的含义先仅限定为‘今天的诗’，用颠覆这些诗歌的机制的方法，历时性地来分析这些‘今天的诗是如何组织构成的’，从而弄清它们的内涵。”①

综上所述，可以得出以下结论。

现代诗的确立，从感觉来看，是薄田泣堇以后；从理念来看，是高村光太郎以后；从形态来看，是口语自由诗以后。第二次世界大战后，“现代诗”的定义仍处于没有确定下来的状态。

根据笔者的观点，应该从广义上把握日本近现代诗的定义。首先，说一说近代诗的定义：近代诗包括以《新体诗抄》出版的年份——1882年（明治十五年）为起点，将浪漫主义、象征主义、口语自由诗作为其主要流派的、一直持续到1921年左右的诗歌。而从1921年开始创作的前卫诗及之后至二战结束时的诗歌属于日本近代诗的下一阶段。

关于其理由，笔者考虑如下：

(1) 近代诗是在很大程度上受到西洋诗的影响而产生和形成的。其接受方

---

① 村野四郎：『詩の技法　現代詩講座　第二巻』，大阪：創元社，1950年，第7頁。本部分选自「現代詩の構成」条目，执笔者村野四郎。

式不是诗人直接向西方学习，而是通过翻译来学习的方式。《新体诗抄》《面影》《海潮音》等译诗集，对近代诗的诞生和形成产生了不可估量的影响。正是由于《新体诗抄》的出版，近代诗的诗形才得以形成。若把岛崎藤村的《嫩菜集》作为近代诗的开端，想把它作为独立的日本近代诗的象征，那么最初的译诗集和《嫩菜集》之后的译诗集之间的联系就被切断了。这样也就无法连贯地考察译诗集的作用，这是不符合逻辑的。而且从 1882 年到《嫩菜集》出版的 1896 年这段时间里，以译诗为主的诗歌没有应有的位置。

⑵ 近代诗人学习西方的文学思潮，并将其引入日本文坛，前期的浪漫派与后期的象征诗都值得关注，但从整体而言，每个诗人都具有独特的诗风和个性。自前卫诗歌之后，诗人已可以用流派来划分，在文坛上扮演主角的流派的推移成为诗歌构建的主线。

⑶ 到了前卫诗歌创作时期，近代诗已经完成了从文言向口语的诗歌语言的转换，之后的诗歌几乎都是用口语创作的。从语言的角度来说，这个时间点是一个转折点。

迄今为止定义的日本“近代诗”“现代诗”“战后诗”有以下共同点：

⑴ 都是非定型诗；

⑵ 都是近代以后创作的诗；

⑶（在诗歌创作的时代）所使用的是当时的口语或是接近口语的语言；

⑷ 都是融入当时时代要素的诗。

所谓当时时代要素，指的是像“象征主义”“内在节奏”等领先时代的现代性概念，而且这些要素与西方现代诗有着密不可分的联系。

说到底，“战后诗”是第二次世界大战结束后的诗，只能算是现代诗的一环。另外，考虑到前述的“昨天、今天、明天”的时间概念的相对性，笔者希望将广义上的“近代诗”也纳入现代诗的范围。《现代诗大事典》中收纳了许多与近代诗有关的板块，也可以看作是有类似想法吧。在 2007 年《现代诗大事典》出版时，大冈信在《发刊词》中写道：

现代诗虽然诞生了，但要经过怎样的过程才能成熟呢？我认为这

> 无法预料。
>
> 然而，现代诗正稳步地壮大走向成熟，无论是创作还是讨论它的人数都增加了。在过去，现代诗被人们轻视为一种实验品或冒险品。但现在情况发生了变化，现代诗的创作者们也逐渐被大众所接受。
>
> 从时代上来说，本部大事典既包括历经明治、大正、昭和时期，政治上风云激荡、社会上频经变乱的近代日本，又承继了昭和时代，还集聚了正不断发展的平成时代。①

这显示出了希望把近代诗看作是现代诗的一部分的倾向。有趣的是，越是新出版的书籍，就越倾向于将近代诗归属为现代诗。

另一方面，中国为了与过去的旧诗、词、散曲等诗歌相区别，把在近代诞生的新形式的诗称为“新体诗”。在中国文学史上，一般把从五四运动到新中国成立之间（1919—1949 年）所创作的新诗称为“现代诗”，把新中国成立后至今（1949 年— ）的新诗称为“当代诗”。中国习惯性地把“五四运动”作为一个分界点，以此来做文学史上的区分。

然而问题是，第一首“新诗”诞生的年份是 1918 年。事实上，1918 年创作的最初阶段的诗通常也收录在现代诗史中。

另外，随着清朝的衰落，古诗创作也呈现出衰退的态势。1898 年“戊戌变法”之前，在谋求政治改革的同时，以黄遵宪为首的有识之士也尝试进行诗歌的改革。这就是在 1896 年前后掀起的近代诗界革命。代表人物有夏曾佑、谭嗣同、梁启超。1898 年“戊戌变法”失败，梁启超流亡海外，以著作《饮冰室诗话》等推动诗界革命。近代诗界革命始于对西方诗歌的翻译，并深受其影响。另外，其诗作与政治密切相关，其中《军歌》的创作尤为引人注目。诗作的形式虽然没能摆脱自古以来的形式，但在语言上探求新意，所谓“作诗非经典语不用”（不使用非典型性的诗性语言）（《饮冰室诗话》）。这些特色与《新体诗抄》时期的日本近代诗创作是有相通之处的。但在中国文学史上，近代诗界革

① 安藤元雄・大岡信・中村稔監修：『現代詩大事典』，東京：三省堂，2008 年，発刊のことば。

命的定位却相当模糊，乃至于时至今日仍有论文在探讨相关问题。近代诗界革命为后来的新文化运动等文学改革运动奠定了基础，但它几乎没有出现在现代诗的研究视野中。广义上来说，现代诗真正意义上的起源是近代诗界革命。如果讨论现代诗，实际上应该从近代诗界革命的诗歌说起。本书虽然要遵循中国学界一般的近现代诗定义，但仍然希望在做现代诗研究时，将近代诗界革命及当时创作的诗歌纳入研究视野，并将之作为中国现代诗的起点重点关注。

笔者认为，“当代诗”广义上也应该归入“现代诗”。“当代诗”的“当”意为“现在的”，这是个相对性很强的词语，而且没有对应的外文词诠释。从定义的角度来说，是不应该用这样的相对性较强的用语来定义的。而在做比较文学时，这样的“当代”，甚至包括“现代”“新（诗、词）”的定义都是很麻烦的。现在中国学术界也注意到了这个问题，把 1919 年至今的新形式的诗要么默认为“现代诗”，要么替换为用“新诗”称呼。

这里再次表明，本书的研究对象是建立、形成过程中的日本和中国的新诗，即狭义上的日本近代诗（1882—1921 年）和中国现代诗（1919—1949 年）。本书同时提及二者时，将之缩写为“日中新诗”。

顺便说一句，日本最初的新诗被称为“新体诗”（「新体詩」），而中国最初的新诗也被称为“新体诗”。这真的只是巧合吗？颇有研究的余地。这似乎也可看作是日本和中国诗歌史上的共同点之一吧。

第二节　近代诗的构建

本部分主要论述日本近代诗的诞生与形成。因在第三章中有日中新诗比较的内容，作为对照，此部分也适当加入了中国现代诗（新诗）的诞生与形成的相关内容。

一、日本近代诗的诞生

1882年（明治十五年），外山正一、矢田部良吉、井上哲次郎出版了译诗集《新体诗抄》，西方“诗”的风格被正式介绍到日本。《新体诗抄》没有诗情(poesy)，可能不具有文学性，但由于其符合时代潮流，引起了巨大反响。

森鸥外紧随其后，于1887年（明治二十年）出版了译诗集《面影》，其译诗注重音律节奏，受到北村透谷等人的喜爱。

在接下来的1897年之后的明治三十年代，岛崎藤村和土井晚翠在诗坛焕发异彩，分别出版了《嫩菜集》和《天地有情》诗集。与藤村浪漫婉丽的诗风相比，晚翠喜欢用“汉字词”，诗风刚健雄壮，但二人诗歌的诗形可以说都是七五调或五七调的格律诗。

以明治三十年代的文学与艺术杂志《明星》为据点，象征诗终于登上了舞台。上田敏翻译的诗歌富有视觉美和音乐感，1905年（明治三十八年）出版的《海潮音》整体译介了西方的象征诗。

然后，在明治三十年代的后半段，薄田泣堇和蒲原有明分别创作了《白羊宫》和《有明集》，推动了象征诗的创作。在1907年之后的明治四十年代，东京美术学校的学生川路柳虹打破了时至当时的、讲究韵律的近代诗形式，发表了日本第一首口语自由诗《垃圾堆》。

接下来，北原白秋和三木露风崭露头角，象征诗创作得到进一步发展。

进入大正时期后，文学创作开始关注“人的内面”的感情，高村光太郎、萩原朔太郎、室生犀星、山村慕鸟、宫泽贤治、八木重吉等人的作品点亮了日本诗坛的天空。

二、日本近代诗的构建

从语言的角度分析，近代诗是在“文言定型诗→文言自由诗→口语定型诗→口语自由诗”这一发展过程中建构起来的。其中，文言自由诗和口语定型诗会在某些阶段相重叠。到了《垃圾堆》之后，口语自由诗正式诞生，并在高村光太郎的努力下发展成熟。成熟后，诗坛的重点也转移到了前卫诗上。

如果以流派的推移来说，近代诗人个性强、集体意识弱。但总体来说，前期是浪漫主义，中期是象征派（支派：高蹈派[①]、拉斐尔前派、浪漫派），后期是个性化诗人活动较多的时期。

另外，近代诗在诞生初期，受到了翻译的巨大影响。从这个角度来看，近代诗史完全可以从译诗集切入，并加以把握。

英美诗的译作《新体诗抄》（1882 年、明治十五年）和其后的英美德诗的译作《面影》（1889 年、明治二十二年）将浪漫主义引进日本。在此巨大影响下，诞生了《嫩菜集》《天地有情》。在《面影》的影响下，诞生了《孔雀船》（当然，译诗集是重要因素，但不是绝对的因素）。这一时代，是属于藤村、晚翠的时代。

而后，翻译了意、德、法三国诗歌的《海潮音》（1905 年、明治三十八年）将高蹈派、象征派引入日本诗坛，从此日本象征诗开始走向主流。当时，拉斐尔前派、浪漫派也传入了日本，尤其还出现了受浪漫派直接影响的象征诗代表作《白羊宫》《有明集》。此后不久，又同样诞生了象征诗代表作《回忆》。这一时代，是属于泣堇、有明的时代。

翻译意、德、法三国诗歌的译作《珊瑚集》（1913 年、大正二年）继承了《海潮音》对日本诗坛的影响，进一步促进了高蹈派、象征派在日本的发展，对晚期象征诗影响巨大。这时已转变为以北原白秋、三木露风为代表的白露时代。

---

① 高蹈派（Les Parnassiens），又称“巴那斯派”或“帕尔纳斯流派”，19 世纪后半期法国诗歌流派，反对浪漫主义，主张“为艺术而艺术”，认为诗歌是纯粹的艺术，因而注重形式，抑制感情，描述客观形象。代表人物有戈蒂耶、德·列尔等。

此后，就是高村光太郎、萩原朔太郎、室生犀星等人各自活跃的时代了。

法国近代诗的译作《月光下的一群》（1925 年、大正十四年）问世后，近代诗发生进一步蜕变。

从以浪漫主义为代表的抒情诗，到向象征诗的演变，是近代诗在建构过程中最显著的特征。

“近代的抒情诗，通常都偏重感觉，倾向于意象主义或沉迷于理智的别出心裁的构思，而忘记了开始创作时充满诗意热情的、最单纯、最本质（最初）的表达。”（萩原朔太郎《冰岛》序言）

这是 1934 年（昭和九年），49 岁的萩原朔太郎在回顾近代的抒情诗的历史后，关于其变化所做的评论。而且，萩原朔太郎在这里所说的“近代的抒情诗”并不是将近代诗分类为抒情诗和某某诗，而是将所有的近代诗都视为抒情诗。然后他总结了近代诗变化的过程，即从“感觉”到理性，从“感觉”到设计性的过程。他认为，这种“充满诗意热情的、最单纯、最本质的表达”，是“质朴而又纯粹的咏叹”。

三、中国现代诗的诞生与形成

1918 年 1 月，《新青年》杂志上发表了胡适、沈尹默、刘半农（刘复）三人所作的白话诗，一般将其认定为是中国第一批新诗。其中胡适的《蝴蝶》一诗，被认为是最早的白话诗。

新诞生的所谓“白话诗”与传统相反，提倡使用白话（口语）和不遵循格律。但是，如何将不具有诗意的口语变成诗性语言，以之来创作诗歌？没有格律的情况下，又是如何构建语篇，才能让读者感受到诗情？为了解决上述问题，“五四”时期及之后相当长一段时间内，诗人们进行了各种各样的尝试与探索。

早期推动新诗运动的诗人有康白情、刘大白等，但大力促成新诗理论构建的是刘半农。值得一提的是，他还将目光投向民歌等，出版了民歌体的诗集《瓦釜集》。代表作《教我如何不想她》更是中国早期广为流传的重要现代诗。

虽然作品不多，鲁迅、周作人兄弟也创作了口语诗和散文诗。

少年中国、文学研究会等文学团体的诗人，以及王统照、谢冰心、朱自清、俞平伯等人也都发表了很多诗作。

此外，还有潘漠华、冯雪峰、汪静之、应修人等，创作了一批背离传统诗作内容的大胆的爱情诗。

1921 年，郭沫若、成仿吾、田汉、陶晶孙等人成立创造社，积极进行诗歌创作。特别是郭沫若的主张“诗不是作出来的，只是写出来的”，引起当时作家探讨新诗的兴趣。他的第一本诗集《女神》，以其自由奔放的诗风和积极的反抗精神，唤起了读者的热情与感动。抒情诗人冯至此时也崭露头角。

总之，以五四运动为契机，大批诗人几乎同时涌现，优秀的诗作也层出不穷。

1926 年，《晨报副刊·诗镌》创刊，徐志摩担任主编，闻一多、朱湘、饶孟侃等都纷纷在该刊发表作品，结成了“新月派”。“新月派”诗人努力发掘现代诗的新格式和新节奏，创作了“格律诗”。其中徐志摩追求精美的形式，但其后期的诗作明显地表现出了象征诗的特点。

新诗格律化的实际上的理论指导者闻一多则通过高成熟度的诗作，完成了对西方近代象征诗的完整移植。

说到象征诗，最先把它介绍到中国的是从法国留学回国的李金发。李金发对引进象征诗做出了贡献，但由于他忽视母语的语感，其诗作被认为晦涩难解。

到了 20 世纪 30 年代，现代派登上舞台，其代表诗人戴望舒指出：“诗的韵律不在字的抑扬顿挫上，而在诗的情绪的抑扬顿挫上，即在诗情的程度上。”其代表作《雨巷》《我的记忆》① 深受读者喜爱。

1933 年，出现了一位歌唱平凡的百姓生活的年轻诗人臧克家，同时还有卞之琳、何其芳、李广田等诗人，创作了一批不受格律束缚，想要自由表达思想的诗歌。

之后田间和艾青登上诗坛，以诗作反映黑暗现实，表达对劳苦大众的同情。

---

① 原题《我底记忆》。

第三节　近代诗的语言

诗是语言的艺术，它也许比任何文学形式都要注重语言的语体、节奏、色彩和锤炼。即使是再三强调“诗的原则一般是精神生活的原则”①“诗特别要在观念或思想中活动”②的黑格尔，也极其重视诗歌的语言，提出：“诗也不能停留在内心的诗的观念上，而是要用语言把臆造的形象表达出来。”“诗用语言，不能像日常意识那样运用语言，必须对语言进行诗的处理，无论在词的选择和安排上还是在文字的音调上，都要有别于散文的表达方式。”③

黑格尔在这里强调了诗歌语言的特殊性，除了要求诗歌语言要形象鲜明有想象力，还要求诗歌语言不能与日常所用语言相同。他不同意任何语言都可以入诗，而是认为语言被处理为诗歌用语之后才能入诗。语言的音调，以及诗歌具体用词，都是构成诗歌语言的重要因素。黑格尔比较精确地把握住了诗歌语言的特征。所以本部分主要用来探讨近代诗在诗歌语言方面的特殊性，较之前相比的变化等。

一、文言与口语

1. 文言与口语的区别

索绪尔将某一特定时期的语言描述称为“linguistique synchronique”（共时语言学），将纵向发展的语言描述称为“linguistique diachronique”（历时语言学）。诗歌的最终形式是静态的，但所使用的对象——语言是动态的。也就是说，诗歌创作从共时语言学的角度看是那个时代语言的反映，但必须从历时语言学

① ［德］黑格尔：《美学》第三卷下册，朱光潜译，商务印书馆 1981 年版，第 5 页。
② 同上书，第 6 页。
③ 同上书，第 17 页。书中“形象”一词写作“形像”。

的角度、从历史角度来俯瞰创作该诗歌的语言。近代诗歌从历时的角度来看，诗的语言从书面到口语的变化最为明显。而且这种变化通常伴随着节奏（韵律）的变化。

从共时的角度看，日语有三大区别：(1) 一般书面语和口语的区别；(2) 男性用语和女性用语的区别；(3) 敬语和普通用语的区别。从历时的角度看，是文言和口语（过去的文言和现实应用的口头语言）的区别，日本中古时代没有文言与口语的区分，中世、近世是文言与口语逐渐分离的时期。口语随着时代的变迁发生了极大的变化，但与之相对，文言的变化程度却较小。到了近代，将文言完全口语化的倾向越来越明显，近代成为语言形式交替的重要时期。近代诗一马当先，清楚地展现出了这一交替过程。

但即使在明治时代，口语体在文坛也不如现在人们想象的一般通用，作为书面语的文言依然稳居其位。

> 即使进入明治时代，很长一段时间内，大多数的书都是用数百年前没有人用于实际对话的文言体写成的。文言文虽然不如口语易懂，但有独特的威严和文韵，因此即使是文盲，也能在听了朗读后感受到其独有的美。幕府末期面向大众的通俗小说中已经有口语体的运用，特别是小说中的对话和歌舞伎剧本台词也做到了口语化，但依仗自己笔力的作家们很难轻易舍弃沿用了一千多年的文言体。小说家是在明治二十年代才将口语体扩展到小说的叙事部分，进而将其扩展到小说整体的。也就是说，彻底的口语化是在小说的写法首次被认真摸索后，才被二叶亭四迷等人加以实施的。①

语言的变化，最初体现在古典语法中使用日常用语（不是书面语言）的文章中。那样的文章体被称为“普通文”。1905年（明治三十八年），日本文部省颁发了《语法上应该允许的事项》，共计16条，承认了部分新语法。

---

① ドナルド・キーン著：『日本文学史　近代・現代篇一』，徳岡孝夫訳，東京：中央公論社，1984年，第11頁。

另一方面，在小说中也体现出了平衡文言与口语、使用日常语言的倾向。从明治二十年代开始，以二叶亭四迷、山田美妙为中心的文人发起了“言文一致”运动。二叶亭四迷付诸具体行动，用言文一致这一新文体创作了小说《浮云》，努力使书面语言趋近口头语言。那时，二叶亭四迷用「だ」体、山田美妙用「です」体、尾崎红叶用「である」体分别尝试了文章创作。之后，报纸、杂志的文章等与口语相近的文体也越来越多。沿用古代传统语法的文章被称为文言文，反映口语的文章被称为口语文。

日本近代诗鼻祖《新体诗抄》中，无论是译诗还是原创诗都使用了文言。关于诗歌语言，井上哲次郎在序文中写道：“故今之诗，用今之语。周到精致，使人玩读不倦。”矢田部良吉在序文中写道：“用我邦人向来之平常语作诗歌。”不过，他们所说的“今之语”“平常语”，“不是指口语体，而是一种优先将日常用语作为他们的用词，并拒绝使用古语的主张。不过古语范围十分广泛，雅语、诗词也包含其中，实际上在《新体诗抄》中也使用了相当多的雅语”。[①] 总之，《新体诗抄》的编者们原本打算用口语，但在当时的时代背景和语言条件下还是选择使用了古语。但对于编者们来说，《新体诗抄》中使用的古语是很接近口语的。也就是说，这是一种被认定为口语的古语，是一种时代性很强的古语。

因此，仓促地使用口语反而会产生适得其反的效果。例如，外山正一翻译的朗费罗《人生颂》中，有「そも靈魂の眠るのは／死ぬといふべきものぞかし」（原本灵魂睡去了，就可说是死了）一句。然而「のは」是口语语法，夹在文言诗中总令人感到违和[②]。《新体诗抄》中时常有雅语和俗语混用，而导致诗的品格下降的现象。这恐怕就是因为还不熟悉诗歌语言的运用。

显然，文言和口语都有其各自的优缺点。其中，文言的优点是简洁、准确、优雅。因此即使写现代内容，短诗型（短歌、俳句）也经常使用文言，或主张

① 安田保雄等注釈：『日本近代文学大系全60巻　第52巻明治大正訳詩集』，東京：角川書店，1971年，第414頁。

② 同上书，第82頁。

应该使用文言。冈井隆对于短歌中口语的弊端做了如下表述：

> ……我认为只有努力从现代日语中收集、丰富和歌用语，才是现代短歌真正成为现代短歌的必要条件。然而另一方面，如果认为我们一般用来表达或日常说话的日语，就能直接用作和歌用语的话，没有什么比这样的误解更能令和歌枯萎衰亡的了。俗流大众路线派喜欢将日常用语简明浅显、直截了当的特点用于和歌当中，但日常用语在和歌中意外地变得没有意义。或许因为那是散文培养出来的散文语言？①（着重点为原作者标注）

冈井隆的这段话表明：即使是现代短歌也不适合使用直接（「そのまま」）的口语。无论如何标榜是口语诗，但是诗歌作为一种独特的文学体裁，即使步入现代社会，对诗歌语言的处理也应该是极其慎重的。对口语进行加工是口语成为文学语言的前提条件，这个条件笔者认为是必要条件。近年来屡屡引发争议的一些现当代诗的问题，说到底是误将口语，甚至是低俗的口语直接放入诗中，而并不是运用诗歌语言进行写作。读者为之感到不满的原因，应该能从冈井隆的这段话中找到答案。

2. 语感

关于语感的概念有如下的释义：

“语言拥有的微妙感觉。从语言中接收到的主观印象。”（《电子版大辞泉》）

“一个词语除了表示某一事实含义外，还包含说话人或听者被该词唤起的感情。”（《国语学研究辞典》）

“每个词语都有固定的中心含义，其四周附随各种各样的感觉，这些感觉可总称为‘语感’。”②（《日本语教育事典》）

由以上解释可知：(1) 语感是指语言在基本意义（理性意义）之外的感情意义；(2) 语感给听众（读者）某种印象、感觉；(3) 在判断语感的有无、强

① 大岡信、塚本邦雄、中井英夫編：『現代短歌体系』，東京：三一書房，1972年，第47頁。
② 日本語教育学会編：『日本語教育事典』，東京：大修館書店，1982年，第291頁。

弱等方面，听众（读者）的主观感受发挥作用，也就是说，语感具有很强的主观性。笔者还想补充的是：(4) 即使是同一个词，如果外部条件改变了，语感也会相应不同；(5) 对于主观性很强的诗歌本身来说，语感是起到重要作用的语言要素。

西尾寅弥、中道真木男等学者都曾对语感加以论述。以此为参考，顾海根总结了类义词（近义词）语感的差异如下（例词为日语词，为进行比较，在破折号“——”的右边，列举出与例词具有相反语感的词语）。

(1) 有过时、陈旧感

例：活動写真——映画　飛行場——空港　色男——美男子、イケメン

(2) 有新鲜感

例：キッチン——台所　ショッピングモール——商店街　スニーカー——運動靴

(3) 有庄重感

例：定める——決める　昨年——去年　所持する——持つ

(4) 有幽雅感

例：まなこ——目　憩う——休む　おとめ——少女

(5) 有粗俗感

例：おでこ——額　めし——ご飯　腹——御中

(6) 有厌恶感

例：あま——女　ほざく——言う　くたばる——死ぬ

(7) 有忌讳感

例：女中——お手伝いさん　黒んぼ——黒人　便所——トイレット、化粧室

此外，还有共同语词与方言词的语感差别。

例：かぼちゃ——とうなす　太る——こえる　ありがとう——おおきに

まねしい——真似をする　あかん——いけない[1]

[1] 分类参见顾海根：《日本语概论》，北京大学出版社 1998 年版，第 201—203 页。一部分例句为笔者收集。

但是，笔者想对上述的分类做一个补充：就是没有“语感”的词。这类词不像上述例子一样能给人强烈的感觉、使人留下深刻印象，但在日常生活、新闻报道、文章文本中大量被使用。

关于语感，汉语语法中有“语感”这一说法，也有与之相近的“词的感情色彩”这种说法。在表示感情色彩的词中，分为“褒义词”（含有赞赏等积极意义的词）、“贬义词”（含有贬损等消极意义的词）、“中性词”（不含积极或消极意义，没有强烈感情色彩，一般词汇）三种。下面分别举例说明，在破折号“——”的右边，附上日文译文，有下划线处是作为例子的词语。

褒义词：积极做好善后工作——積極的に事故処理をする

取得突飞猛进的发展——飛躍的な発展を成し遂げた

贬义词：竟有如此骄横傲慢的人！——こんなに傲慢でわがままな人がいるなんて！

他们如此的颠倒黑白，却觉得自己非常的透明开放。——彼らはもう黒を白と言いくるめてこんなに事実を隠蔽するのに、自分のことをすでに十分に透明で開放的だと思い込んでいる。

中性词：商业街上搭起了夜市，热闹极了。/刚才还在烘烤着地面的太阳，已经消失了踪影。——商店街には夜店が出て、すごくにぎやかだ。／さっきまで、しつこく地面をあぶっていた太陽も、すでに姿を消した。

上例中，“烘烤”（あぶる）一词略带贬义，除此之外皆为中性词。

在语言的“感情色彩”这一类别中，毫无感情的“中性词”在数量上占大多数。需要强调的是，在“语感”这一语言学概念中分类的话，实际上不带“语感”的词才占大多数。也就是说，可表达诗人慷慨激昂等几类情感的词并不是很多。

如前文所述，语感有很强的主观性，即使是同一个词语，如果外部条件发生变化，语感也会产生变化。特别是“新”“旧”这一对相反概念，随时间和个人感觉发生变化。带有新鲜语感的词语如果变成日常使用的普通词语，语感就不再新鲜。如今，人们一般认为外来语带有新鲜语感，然而很多的外来语的

语感已经变得普通。例如“バイオリン”（小提琴）一词，在明治时期这一乐器本身对于当时的人来说是新传入的外来物品，人们被激发起好奇心而对此抱有新鲜感。然而，如今人人都知晓这一乐器，从幼时起便能听到小提琴的曲子。“バイオリン”一词的语感也就变得普通。这样的词语不胜枚举。和这些词的命运如出一辙的“日式外来语”也还有很多，如カレーライス（咖喱饭）、サラリーマン（工薪阶层）、クリームパン（奶油面包）、ルームクーラー（室内冷气设备）等。

进入当今时代，涌现出很多 IT 用语和各领域实用性较强的新词。例如：

IT 用语：アバター（虚拟人物）、インクジェットプリンタ（喷墨打印机）、インストール（安装）、ウィルス（病毒）、ウェブマスター（版主）、オンラインショッピング（网上购物）、ダブルクリック（双击）、バーチャルストレージ（虚拟存储器）；

社会相关用语：セクハラ（性骚扰）；

体育用语：バンジージャンプ（蹦极）；

医学用语：脳死（脑死亡）；

生活用语：チャージー（充值）；

经济用语：ハイブリッドカー（混合动力汽车）；

政治用语：グローバリゼーション（全球化）。[①]

这些词一旦固定下来，就会融入人们的生活，人们也会对之渐渐失去新鲜感。

语感会随着时代的变化而发生变化，或者说，语感会随着时间的流逝发生变化。从这个角度看顾海根的“语感”分类，则变化程度较大的是 (1) (2) 类，也就是与“新鲜度”有关的两类；而变化程度较小的，应是 (3) (4) (5) (6) (7) 类。

关于影响语感形成的要素，西尾寅弥做了详细的阐述，整理如下。

(1) 来自词语所指示的事物（指示对象）。如果指示对象带有肮脏的感觉，

---

① 新语的实例选自本书作者的论文「語学辞書改訂時における新語選定の条件－『新日漢辞典』の改訂実例を中心に－」，『東アジア日本語教育・日本文化研究』，2010 年。

表示指示对象的词语也会带来不愉快感。例：厕所（「便所」）。(2) 来自语言的来源和使用方法。例如，如果语种是“和语（固有的日语）”，会有一种柔和的感觉，而如果是日语中的汉字词，则简洁有力，给人一种庄重的感觉。若是外来语，往往具有新鲜、时髦的语感。当然，这并不是绝对的。可从下例体会不同的语感（顺序为和语、汉字词、外来语）：手紙——書簡——レター、おかしい——滑稽——コミカル。(3) 来自词语的形式（音声形式）。有些词如果其同音异义词有忌讳的话，那么这个词的语感也是有忌讳感的。而为了避免这种忌讳感，可以改变词语的发音，借此来改变语感。例：九(く)（与其同音的有忌讳感的词语：苦）→改变发音→九(きゅう)→语感发生改变，不再有忌讳感①。

以上其实正是从实际层面说明了笔者前文中所提到的观点，“对于主观性很强的诗来说，语感是起着重要作用的语言要素”。

我们在将思想转变为文字时，常在无意中十分自然地使用正式的表达。例如，给母亲写信时，不知不觉地使用“母亲”而不是“妈妈”来称呼对方。思想转为文字的途中，包含了整理内心想法的过程，也包含从感性到理性的变化。因此，文本具有某种正式性。对于诗人来说，那些被整理过的想法就变成了自己的作品——诗。明治时代以前，用文言书写的诗中，语言大多具有西尾寅弥所分类的“(3) 庄重感”“(4) 幽雅感”这种语感。而与此相对，口语明显地给人以分类中“(5) 粗俗感”的语感。甚至有时给人“(6) 厌恶感”“(7) 忌讳感”。另外，大多数的诗用通用的语言写成，用口语中的方言来创作诗则给人一种特殊，甚至异样的感觉。总之，人们仍对口语能否作为诗的语言这一点抱有疑问。或许因为如此，也有人反对口语诗。

然而，明治时代时用口语创作有一种优势，即有一种“(2) 新鲜感”。人们对于几千年来一直使用的文言失去了新鲜感。一方面是受到西方的影响，另一方面是人们的古文修养水平变低，顺着西方化的大势开始试图改变文言的使用。

---

① 日本語教育学会編：『日本語教育事典』，東京：大修館書店，1982 年，第 292 頁。一部分例文为笔者所收集。

近代诗的历史与其说是确立口语自由诗的历史，不如说是近代诗人与口语的非音乐性、非诗性、低俗感和糟糕的美感做斗争的历史。在生活中广泛使用的口语在小说领域得到了广泛使用，成为小说的常用语言。那么口语成为诗歌的语言也是必然的事，时间上看也是迟早的事——或许近代诗人怀有这样的想法。而他们也在实际行动中狂热地提倡在近代诗中使用口语。然而诗歌与小说有别，诗歌有超越现实的非现实性。为了表现这种非现实性，必须使用非现实性的语言。或许因为如此，渴求改革语言的近代诗人（特别是前期的诗人）没有简单地放弃文言，而且有时使用雅语甚至是古语。

比如，“明治三十年代，伊良子清白在受到‘明星派’浪漫主义和象征主义影响的同时也与该派所主张的激烈的主情性①与官能性划清界限。以理性的抑制与古典主义的典雅为宗旨，开创了怪异奇特而又充满传说般幻想的浪漫诗。浪漫诗发展了岛崎藤村所创始的日本近代抒情诗，在其上增添了语言的深沉与含蓄。伊良子清白为传统的雅语赋予了深度，缩减了助词的使用，注重头韵和母音的音声，创作完成了稳重而美丽的文言诗。值得一提的是，当时的文言诗采用五七调、七五调，而伊良子清白则采用了五五调，他所写的长篇诗波澜起伏、富有诗意。”②

3. 诗性语言

“诗语”，即诗歌中所使用的语词。对日本的象征派诗人有着很大影响的象征派代表作家法国诗人斯特凡·马拉美（Stéphane Mallarmé）对于诗语有如下的见解。

他将语言的性质分为“实用性”与“诗性”，在他作为诗人的观念中，生活中使用的语言与诗中使用的语言是互相对立的。他认为，诗人必须要先区分实用语言和诗性语言，“不为唤起语言中的具体意象而为迸发出纯粹观念”③

① 这里指重视感情和情绪。

②『現代詩大事典』，伊良子清白の項目（小林幸夫執筆），第 82 頁。

③ 西本晃二：「ヨーロッパの言葉、日本の言葉　——動作と動作主体の関係を中心として」『岩波講座文学 3　言語』，東京：岩波書店，1976 年，第 47、69 頁。

而进行写作。于他而言，诗性语言展现了“纯粹观念”，是一种理性的工具。

他还指出，“诗句是通过几个单词的组合，创造出有新意而又完美的语言，创造出在实用语言体系之外的巫术性的语言，从而达成语言的孤绝性。即使从含义与音声两个方面进行了多种重组的尝试，诗句好似通过颇有尊严的浅浅一躬来拂去语言本身中残存的偶然”①。于他而言，要创造出“诗性语言”，“诗句”的组合以及从含义与音声两个方面的重组是不可或缺的基础。这样一来“诗性语言”才能变得“完美”，具备“巫术性”和“孤绝性”。关于这种语言观的根源，西本晃二指出：“马拉美的思想正是在柏拉图和圣经的影响下诞生，以深深扎根于欧洲精神的语言观为依据。”②

筱田一士提出了“诗性语言”这一表述。③

“诗性”即“富有诗意的”（《电子版大辞泉》）。那么“诗性语言”应可以解释为“富有诗意的语言”。

筱田一士认为在英语中符合“诗性语言”一词的是“poetic language”，他承认这二者在定义上都有些生硬的违和感，但与此同时也认为在现代诗中这种表达是合适的。“另外，我认为没有比这更加恰当的词汇，而且我们之所以要有效利用文学用语，是为了广泛推广以自由诗型为主体的现代诗。也就是说，为了品味现代诗，为了将其魅力传达给自我与他人，‘诗性语言’一词是最合适的。”④

筱田一士认为，15 年前（20 世纪 60 年代之前）的“诗语”仅仅“单纯地抚摸诗作的表面，只是内容空洞的修辞短语。如若不然，这一词恐怕指的是在传统的定型诗中所培养出的、被许多规定围绕的古拙的语言，更加让人困扰”⑤。他想要与“诗性创造的本质”相关联，于是提出了“能极度贴近诗的创造、指

① 西本晃二：「ヨーロッパの言葉、日本の言葉　——動作と動作主体の関係を中心として」『岩波講座文学 3　言語』，東京：岩波書店，1976 年，第 47、69 頁。

② 同上书，第 47 頁。

③ 篠田一士：「詩的言語」『岩波講座文学 3　言語』，東京：岩波書店，1976 年，第 200 頁。

④ 同上。

⑤ 同上书，第 197 頁。

示语言功能”[①]的表达——“诗性语言”。“诗性语言”能够“通过彻底弄清精髓所在，首次揭晓诗之所以成为诗的缘由”。[②]

二、语言的变化

在语言方面，近代诗受西方影响而发生很大变化，主要有如下几点：呼格常用化；开始大量使用人称代词，特别是第一人称；开始使用复数；引入新词；开始使用标点符号等。

1. 呼格常用化

近代诗深受西方的影响，在语言方面的表现之一，就是诗中呼格的常用化。也就是说，在句子、节的开头，经常用短句（日语中多用“名词+助词”的形式）来称呼、呼唤。

这种“呼格”，相当于英语的 Apostrophe，英语中对此词的释义是：

A digression in the form of an address to someone(dead or absent), or to a personified object or idea as if presen,listening and under standing what is being said. 大意是对某人（已去世的人或不在的人）的称呼，或对仿佛在场的拟人化物体或想法的称呼，用来倾听和理解所讲的内容。

也就是说，（在演讲或诗歌中）脱离主题，向不在现场的人或死去的人，或者拟人化的东西及概念呼唤或呼吁的表现手法。这在日语中被称为“顿呼法”（「頓呼法」）。[③]

这种使用呼格的呼唤手法首先在西方经典《圣经》中被大量使用，几乎无处不在。以下面这首哀歌为例：

中文：

耶和华啊，求你使我们向你回转，

---

① 篠田一士：「詩的言語」『岩波講座文学３　言語』，東京：岩波書店，1976年，第197頁。

② 同上书，第198頁。

③Apostrophe（顿呼法）是一种修辞方法，但本书更注重将其视为语言的常用方法而非修辞方法，故没有置于“修辞”一节，放在了本章。

我们便得回转；

求你复新我们的日子，像古时一样。

你竟全然弃绝我们，

向我们大发烈怒。

《圣经》耶利米哀歌 5[①]

日文：

「ヤハウェよ、われらを貴神に帰らせ給え

われらは帰ります

われらの日を古えの日の如く

新たにして下さい

貴神がまったくわれらを棄て

永遠にわれらを怒り給うのではないならば」

『旧約聖書』哀歌五章[②]

看日文更能体会这种呼格所带来的人际关系的变化："耶和华（「ヤハウェよ」）"，上例通过这个呼格，通过这种呼唤的手法，与一般来说遥不可及的对方建立起亲密的联系。因此，在日文中，接下来的「貴神」不读作「きかみ」「おおみかみ」等，而是读作「あなた」。与提高对方地位的表示尊敬的「きかみ」「おおみかみ」相比，「あなた」往往表示双方处于相对平等的关系。

再来看耶利米预言的例子，能进一步了解呼格的作用。

中文：

我的肺腑啊，我的肺腑啊，我心疼痛！

我心在我里面烦躁不安，

我不能静默不言，

因为我已经听见角声和打仗的喊声。

① 中国基督教协会：《圣经》，中国基督教协会 1998 年版，第 811 页。

② 转引自関根正雄：『旧約聖書文学史　下』，東京：岩波書店，1980 年，第 252 頁。

毁坏的信息连络不绝，
因为全地荒废。
我的帐篷忽然毁坏，
我的幔子顷刻破裂。

《圣经》耶利米书 4 章 19、20

我有忧愁，愿能自慰，
我心在我里面发昏！
听啊，是我百姓的哀声从极远之地而来。
…… ……
先知说：因我百姓的损伤，我也受了损伤。
我哀痛，惊惶将我抓住。
…… ……
但愿我的头为水，
我的眼为泪的泉源，
我好为我百姓中被杀的人昼夜哭泣。

《圣经》耶利米书 8 章 18、19；9 章 1[①]

日文：

ああ、わが腸よ、わが腸よ、
わたしは呻く、
わが心臓の壁よ、わが胸たかなり、
わたしは黙すに耐えない。
わが魂よ、お前は今
ラッパの声と戦の叫びを聞く。
破れに破れがあいついで知らされ、
この国土はみな荒され
わが幕屋はにわかに荒され

① 中国基督教协会：《圣经》，中国基督教协会 1998 年版，第 737、738、745 页。标点等有轻微改动。

わが幕はたちまち破られた。

四章一九・二〇節[①]

歎きはわが胸に昂じ

わが心は病む。

見よ、わが民の娘の叫びが

この地のここかしこから起る。

……

わが民の娘の傷のために

わたしは傷つき、安きを得ない。

……

わが頭がすべて水となり

わが眼が涙の泉となることができたら！

わたしはわが民の娘の殺された者の為に

昼も夜も泣き続けるであろう。

八章一八・二三節[②]

关根正雄指出，《圣经》中呼格的作用在于形成抒情性文体。他在分析耶利米的蒙选召记事中写下了如下观点。

之前我拿耶利米的蒙选召记事（1 章）与以赛亚的进行比较时，我指出前者的文体具有抒情性。（略）根据我们的分析，耶利米的韵律单位为3,3为1的反复，表示强调之意。（略）第6节中「ああ、主、ヤハウェよ」（“啊，主，耶和华啊”）中 ahāh（h 的下面标上了黑点）通过 adōnāy yahwe 对ア音的重叠，以及内容上的呼唤来表示出对神抒情般的亲近。塞德勒[③]指出：“通过呼格，语言超出了其封闭的世界，抓住了包围我们的现实世界的直接性。”而耶利米文体的特色之一便是多次使用呼格。比起以赛亚书，耶利米书十分注重动词的使用，然而

① 转引自関根正雄：『旧約聖書文学史　下』，東京：岩波書店，1980 年，第 125-126 頁。
② 同上书，第 126-127 頁。
③ 音译。

就像其他语言那样，动词的多次运用并未发挥出戏剧的效果，而是通过同义词的反复来形成抒情的文体。耶利米在其预言中，经常长时间地用抒情的方式展开一个主题。①

通过呼格，的确能在内容上对呼唤的对象展示出抒情般的亲近。这是呼格的重要作用。然而，与此同时也令人产生两大疑问。其一是最开始 Apostrophe 一词的英文解释。被呼唤的人必须不在现场吗？例如，呼唤《圣经》中的神（耶和华）时，虽然无法看见耶和华的样子，但在呼唤的人、祈祷的人的心中，呼唤时应是正面对着耶和华。

在西方作品中，经常能看到呼格的应用。莎士比亚戏剧中，就经常使用呼格。

> O, here will I set up my everlasting rest,
> And shake the yoke of inauspicious stars,
> From this world-wearied flesh.
> Eyes, look your last.
> Arms, take your last embrace.
>
> William Shakespeare. *The Tragedy of Romeo and Juliet*

译文：

> 啊！我要在这儿永久安息下来，
> 从我这厌倦人世的凡躯上挣脱恶运的束缚。
> 眼睛，瞧你的最后一眼吧！
> 手臂，作你最后一次的拥抱吧！②
>
> **莎士比亚《罗密欧与朱丽叶》**

这是罗密欧的台词，出现在第五幕第三场，也就是全剧的最后一场高潮部分。罗密欧决心殉情，追随朱丽叶而去，他已经预见到了死亡是“漫漫长夜的

① 関根正雄：『旧約聖書文学史　下』第 12 章　第一節預言文学，第 123 頁。

②［英］莎士比亚：《莎士比亚全集》（一），朱生豪译，中国电影出版社 1997 年版，第 421 页。

幽宫”，要跟“那些蛆虫们在一起”，但为了爱情，为了永远陪伴爱人，罗密欧还是要结束自己年轻的生命。从他对“眼睛”和“手臂”的呼唤，可以看出他对世间的眷恋，而唯其如此，越发显出他情感的真挚，心意的坚决。而《奥赛罗》中，在奥赛罗杀妻之后，通过大量的呼唤发泄如怒涛般的感情，显示出他沉痛的心情。

从上述的几个例子可以看出呼格有强烈抒情的效果。“呼告修辞格是为宣泄某种感情而设。说话人自觉似可与万物沟通，与古人对话。”① 在此试总结呼格的作用如下：

(1) 抒情。展示对呼唤对象抒情般的亲切。

(2) 抒情。有助于吐露强烈的感情。

(3) 感情的交流。通过呼格，将对象拟人化，或达成与不在场对象的交流。因此能“超越人与物的界限，超越时空的界限”。②

而两大疑问中的其二为：在古代和歌与俳句中是否也使用了这样的呼格呢？

俳句中的确会使用呼格。主要用间投助词来进行呼唤。

间投助词是助词的一种，在句中或句末的句节中，用来调整语调，表示感动、余韵（咏叹）、强调、呼唤等意。现代语中的间投助词有「な（なあ）」「ね（ねえ）」「さ」等，古语中的间投助词有「や」「よ」「を」「ゑ」「ろ」等。说到间投助词的作用：“这一助词之声贯穿全句，留有余韵。有代表性的是「名月や」「しづかさや」等，这些俳句所特有的形式广为人知。间投助词在提高句意表达效果上起着很大的作用。”③

原文：

旅人<u>よ</u>笠島語れ雨の月　　　　（与謝蕪村）

蓑蟲の父よと呼びて母もなし④　　（高浜虚子）

---

① 卢炳群：《汉英修辞格比较、鉴赏与翻译》（七），《南京高师学报》1997 年第 3 期。

② 同上。

③ 大木葉末：『作句と鑑賞のための　俳句の文法』，京都：清水弘文堂，1986 年，第 259 頁。

④ 转引自『作句と鑑賞のための　俳句の文法』，第 263 頁。

译文：

行旅之人啊，请你说说那笠岛，雨润中秋月 （**与谢芜村**）

渺小蓑衣虫，曲曲曲地叫父亲，却连母亲也没有 （**高滨虚子**）

如与谢芜村的俳句一样，很多俳句会在首句后用间投助词「よ」来表示呼唤。虚子的俳句中的「父よ」其实是蓑虫的鸣声「ちちよ」替换而来的。

原文：

蓑蟲いとあはれなり。鬼の住みければ親に似て、これも恐ろしき心あらむとて、親の悪しき衣ひき着せて、「いま秋風吹かむ折にぞ来むずる。待てよ」と言ひて、逃げて去にけるも知らず。風の音聞き知りて、八月ばかりになれば、ちちよちちよとはかなげに鳴く。いみじうあはれなり。①

清少納言『枕草子』

译文：

蓑衣虫是很可怜的。因为是鬼所生的，怕他和父亲相像，也会有着可怕的想头，所以母亲便给他穿上粗恶的衣服，说道："现今秋风吹起来的时候，就回来的，你且等着吧。"说了就逃走了去了。儿子也不知道，等到八月里，听到秋风的声音，这才无依无靠地哭了起来："给奶吃吧，给奶吃吧！"实在是很可怜的。②

清少纳言《枕草子》（周作人译）

这首俳句借用《枕草子》中的「蓑蟲」，由其鸣叫声联想到「父よ」，再发展到「母もなし」，构思十分巧妙，大木叶末也曾盛赞。然而此处的「父よ」因为是表示蓑虫的鸣声，所以在严格意义上来说不能算作呼格。

「や」也表示咏叹和呼唤，例句如下。

---

① 转引自『作句と鑑賞のための　俳句の文法』，第263頁。

② ［日］清少纳言：《枕草子》，周作人译，北京联合出版公司2018年版，第70页。

原文：

春風や闘志抱きて丘に立つ　　　　（高浜虚子）

園丁や鉈の切れ味枯枝とび　　　　（高浜虚子）

しづかさや岩にしみいる蝉の声　　（松尾芭蕉）[①]

译文：

迎面是春风，斗志满怀立山冈，风新志亦高　　**（高滨虚子）**

园丁持锋锐，砍刀新试向枯枝，枯枝纷飞落　　**（高滨虚子）**

山中寂静极，唯有蝉鸣透青苔，渗入岩隙里　　**（松尾芭蕉）**

这里的「や」虽置于首句最后表切句的位置（「切れ目」），但显然不是呼格，不如说是提起话题或表示咏叹。

原文：

あらたふと青葉若葉の日の光　　（曽良）

译文：

无比尊贵啊，日光灵山绿叶间，日光影婆娑　　**（曾良）**

进一步来说的话可看此例。该俳句用「あら」这一感叹词统领全句，使得整个俳句传达出直率的感动。此处的「あら」不仅表示感动，也表示呼唤。然而，「あら」是否属于呼格的类别还留有疑问。

综上所述，在和歌和俳句中虽也使用呼格，但在数量很少这一点上不存在异议。关于为何数量少，笔者认为：（1）和歌和俳句的字数很少，而且在音数韵律上有规定，具有完备的形式。如果使用呼格，该部分与其后部分之间的空间会变得过大。（2）和歌和俳句追求余韵等古典的审美意识，最好在句中控制使用感情表达过于强烈的呼格。

那么在近代诗中呼格的使用情况如何呢？

---

① 转引自『作句と鑑賞のための　俳句の文法』，第 260 頁。

近代诗中基本上使用「よ」来表示呼格。在文言自由诗的阶段，大体上很少使用呼格，到口语自由诗的阶段呼格的使用越发多了起来，特别是高村光太郎认为呼格有助于感情的直接吐露，非常喜爱使用呼格。在多数情况下，因为用呼格呼唤后，与对方的感情变得更加亲密，通常在下一个情景中会用「汝」「君」等第二人称来称呼对方。具体可见下例：

原文：

あはれ小川よ汝がほかに、
道のしるべも今はなし。
命の水を汝が胸に、
くまぬ人とてあらざれば、
あはれ汝がゆく方にこそ、
家も里をもあるべけれ。

宮崎湖処子「小川」一節　『湖処子詩集』

译文：

啊啊，小河啊，
除你之外没有前行的路标。
你胸中流淌着生命之水，
无人汲取，
啊啊，沿着你前行的方向，
会有乡里和人家。

宫崎湖处子《小河》节选　《湖处子诗集》

这是近代诗人中第一个田园诗人宫崎湖处子的诗作。小河象征着田园，也就是宫崎湖处子所想象的乌托邦。「あはれ小川よ」（小河啊）这样的呼唤，让人产生了亲密的感觉，之后的「汝」（你）的称呼方式，使得拟人的写法也显得自然顺畅。

原文：

あゝをとうとよ、君を泣く、
君死にたまふことなかれ
末に生まれし君なれば
親のなさけはまさりしも、
親は刃をにぎらせて
人を殺せとをしへしや、
人を殺して死ねよとて
二十四までをそだてしや

与謝野晶子「君死にたまふことなかれ」一節

译文：

弟弟啊，我为你哭泣！
你不要去赴死！
你是家中之幺儿，
父母偏爱情更重。
不曾教你持刀去杀人啊，
父母养你到二十四，
不曾让你杀人去死！

与谢野晶子《你不要去赴死》节选

“晶子的娘家是位于堺市的一家名为骏河屋的点心店。继承了户主之位的弟弟筹三郎被征兵参加日俄战争，加入第三军参与了旅顺攻略战。晶子虽然因对铁干的爱背离了父母家”[①]，但在这首诗中，她通过「あゝをとうとよ」（弟弟啊）的呼唤，消除了距离感，让对方和读者都能感受到骨肉亲情。也使其之后用大胆的措辞表现对人类互相残杀的战争的厌战情绪，描绘母亲的心情、新婚妻子的叹息等家人感情的发展，显得无比自然。

---

① 分銅惇作・吉田凞生編：『近代詩物語』，東京：有斐閣，1978 年，第 54 頁。

关于这首诗有如下评价："没有对战争本质的洞察，没有考虑国家和个人关系，只有对亲人的思念，几乎表达的都是利己主义的东西。这实在是一首执着于女性感情而破绽百出的厌战诗。"[①] 然而通过「あゝをとうとよ」的呼唤，引出了女性强烈感情的迸发。

除此之外，在朔太郎的《漂泊者之歌》、佐藤春夫的《好人啊》、武者小路实笃的《哪个才是真的》、蒲原有明的《碑铭》（其三）等诗中也都可以看到使用呼格的现象。其呼唤对象分别是"漂泊者""好人""天气""人们"。

接下来，来看高村光太郎的作品：

原文：

冬よ
僕に来い、僕に来い
僕は冬のちから、冬は僕の餌食だ

高村光太郎「冬が来た」一節

人間よ、
もう止せ、こんな事は。

高村光太郎「ぼろぼろ駝鳥」一節

わがこころはいま大風の如く君にむかへり
愛人よ
いまは青き魚の肌にしみたる寒き夜もふけ渡りたり
されば安らかに郊外の家に眠れかし

高村光太郎「郊外の人に」一節

友よ
余を目して孤独を守る者となす事なかれ
余に転化は来る可し

① 分銅惇作・吉田凞生編：『近代詩物語』，東京：有斐閣，1978 年，第 55 頁。

恐ろしき改造は来る可し
何時なるを知らず
ただ明らかに余は清められむ
友よ
余は再びチエルジイに於けるが如く君の手を握らむが為に祈る

高村光太郎「廃頽者より」一節

译文：

冬天啊，
到我这里来，到我这里来！
我是冬的力量，冬是我的饵食。

高村光太郎《冬天来了》节选

人类啊，
这样的事情就不要做了吧！

高村光太郎《破烂的鸵鸟》节选

我心如大风迎向你，
恋慕的人啊，
现在夜已深沉，寒意渗入青色鱼肌中，
你且安眠在郊外的房中吧。

高村光太郎《给郊外的人》节选

朋友啊，
不要看我而成为孤独守望者。
于我会有转化来造访。
也会有可怕的改造到来。
不知是在何时，
但我显然会被净化。

朋友啊，
我愿像在切尔西一样，再次握住你的手。

高村光太郎《自颓废者》节选

这种呼格大量出现的现象，发生在高村光太郎创作了《道程》的后期。也就是说，随着对口语自由诗写作熟练程度的提高，高村光太郎对呼格的运用也变得更加纯熟，当然，呼格的高频度使用也与高村光太郎在诗歌创作中的感情表现比较直率、激烈有关。

另外在上述诗作中，其呼唤的对象是「冬」「愛人」「友」「人間」，这些都不是具体的某个人物，而是抽象概念意义上的人或自然景物等具有广度的东西，能让人产生一种苍茫辽阔的感觉。

在《破烂的鸵鸟》一诗中，到了最后阶段，作者以“鸵鸟”的口吻，向人类发出了强烈的呼唤。因这些呼唤，人类（社会）正式出现在作品的表层，成为驳斥批评的对象。一连串的“不是吗”（「ぢやないか」），批判了对被关在“动物园四坪半的泥泞中”（「動物園の四坪半のぬかるみの中」）的鸵鸟的不正当压迫，酝酿了强烈的不满情绪。最后大声呼喊，“人类啊，／这样的事情就不要做了吧！”（「人間よ、／もう止せ、こんな事は。」）表达了作者已达到顶点的愤怒。

原文：

僕の前に道はない
僕の後ろに道は出来る
ああ、自然よ
父よ
僕を一人立ちにさせた広大な父よ
僕から目を離さないで守る事をせよ
常に父の気魄を僕に充たせよ
この遠い道程のため
この遠い道程のため

高村光太郎「道程」全

译文：

我的前面没有路，
我的身后出现路。
啊啊，大自然啊，
我的父亲！
使我自立的宏大的父亲啊，
请你守护我，不要移开视线，
使我总是充盈着你的气魄，
为了这遥远的路程，
为了这遥远的路程。

高村光太郎《路程》全

“啊啊，大自然啊”（「ああ、自然よ」）这种呼唤，与圣经中的呼格起到同样的作用。通过这种呼唤，抒情地显示出与“大自然”的无比亲密，与“大自然”形成了密切的关系。于是，主人公得以脱离人类的世界，与超越人类力量的、非现实的存在“大自然”联系在一起。从这一充满自信的呼唤可以看出，“前期的精神上的动摇迷惑已荡然无存，这是以大自然为唯一指标的、独立自强的人类的决心和祈祷”①。

在为英年早逝的画家、诗人村山槐多而写的诗中，有在村山槐多的名字后加上「よ」，启用呼格的句子。

原文：

眼がつぶれなかつた画かきの槐多よ。
自然と人間の饒多の中で野たれ死にした若者槐多よ、
槐多よ。

高村光太郎「村山槐多」一節

① 分銅惇作・吉田凞生編：『近代詩物語』，東京：有斐閣，1978年，第143頁。

译文：

眼睛没瞎的画家槐多啊！

大自然与人类如此丰饶，却潦倒死在街头的年轻人槐多啊，槐多啊！

高村光太郎《村山槐多》节选

这是非常稀有的、在具体的人物后面加上表示呼唤的「よ」的做法，应该是高村光太郎哀悼槐多之死，所发出的沉痛的叹息。这里已不应将其视为呼格，而应视为表示感叹、惋惜之意。

2. 人称代词，特别是第一人称的大量使用

(1) 西方语言中人称代词的使用

无论东西方，第一人称（自称）、第二人称（对称）、第三人称（他称）以及不定代词的分类都是一样的。但在西方，人称代词的使用多少有些复杂。

英语语法中会大量使用 I 和 You 这样的第一人称和第二人称，并且习惯使用 He、She 这种第三人称来区别性别，还会用 It 这类的代名词来指代动植物和无机物。当这些人称代词在句子中充当宾语或者定语时，词形就会相应发生变化。

另外，在西方语言中，人称的区别具体表现在人称代词的区分和因人称导致的动词词尾变化上。与此相对，日语和汉语只有人称代词的区分。而且日本到明治时代，中国到五四运动为止，都没有出现与 It 的含义完全对应的词。

人称代词的大量使用最能够展现出西方语言的特征。翻开《圣经》和西方的一些经典，随处可见以“我”“你”“他”开头，或者在句中经常出现这样的人称代词，还会见到很多类似“我的”“我们”之类的词语。以下例子出自《旧约圣经》的“诗篇”。

译文：

神啊，求你按你的慈爱怜恤我，

按你丰盛的慈悲涂抹我的过犯。

求你将我的罪孽洗除净尽，

并洁除我的罪。
因为我知道我的过犯，
我的罪常在我面前。
我向你犯罪，唯独得罪了你，
在你眼前行了这恶，
以致你责备我的时候显为公义；
判断我的时候显为清正。
我是在罪孽里生的，
在我母亲怀胎的时候就有了罪。
你所喜爱的是内里诚实；
你在我隐密处必使我得智慧。[1]

《圣经》诗篇 51 章 1–6 节

日文译文：

私を憐れんで下さい、神よ、あなたの恵みにふさわしく。
あなたの豊かな慈しみにふさわしく、わが諸々の不義を拭い去って下さい。
いくたびも私を洗い清めて下さい、わが咎から。
わが罪から私を潔めて下さい。
まことに、わが諸々の不義は私が知っており、
わが罪は常にわが前にあります。
あなたに、あなただけに私は罪を犯し、
あなたの目に悪であることを私は行いました。
こうして、あなたが物言うときあなたは義しくあり、
あなたが裁くときあなたは無垢であるのです。
じじつ、咎のうちに私は産み落とされ、

① 中国基督教协会：《圣经》，中国基督教协会 1998 年版，第 545 页。

罪過のうちにわが母は私を孕んだのです。

じじつ、あなたは真実を内奥で悦び、

隠れた所で知恵を私に知らせて下さる。

「旧約聖書　詩篇」51：1—14[①]

这14行几乎每行都有一个或多个“我”“你”“我的”等词语。而且还称“神”为“你”，使人倍感亲切。但是，很明显这是西方独有的称呼方式，而在日语中，这种情况下一般会使用敬语，也很少会向神进行直接的呼唤和呼吁。

然而，像这样使用人称代词的文章在《圣经》中却随处可见。下面是使用代词“他”较多的诗篇。

译文：

然而他因自己的名拯救他们，

为要彰显他的大能，

并且斥责红海，海便干了。

他带领他们经过深处，如同经过旷野。

他拯救他们脱离恨他们人的手，

从仇敌手中救赎他们。

水淹没他们的敌人，

没有一个存留。

那时他们才信了他的话，

歌唱赞美他。[②]

《圣经》诗篇106章8-12节

日文译文：

しかしかれは彼らを救った、かれの名のゆえに、

かれの大能を知らせるために。

---

① 松田伊作訳：『「旧約聖書XI」詩篇』，東京：岩波書店，1998年，第138-139頁。

② 中国基督教协会：《圣经》，中国基督教协会1998年版，第583—584页。

かれが葦の海を脅すと、それが干上がり、
かれは彼らを行かせた、深みの中を荒野のように。
かれは憎む者の手から彼らを救い、
敵の手から彼らを贖った。
彼らの仇どもを水が蔽い、
その一人も残らなかった。
彼らはかれの言葉を信じた、
かれの讃歌をうたいつつ。

「旧約聖書　詩篇」106：8 － 12[①]

这里的“他”指的是“神”，也就是“耶和华”。因为这个部分是面向“你们”来表述的，所以没有把“神”称为“你”，而是称为“他”，换成这种能够客观叙述事实的措辞。用第三人称便于回顾“出埃及”后的耶和华给予的救赎，也有助于回顾祖先对此恩惠的背叛与遗忘。

(2) 日汉语中人称代词的使用

与此相对，属于汉字文化圈的中国和日本，原本就限制人称代词的使用，特别是第一人称，可以说是非必要时不使用。虽然不像西班牙语那样可以不使用人称代词，只通过动词的词尾变化就能知道动作的主体，但是如果根据文章的脉络，在不使用人称代词的情况下也是能知道动作的主体的。

举个最简单的例子，西方常说的语句“I love you”，直译为日语的话，应该是「私は君のことが好きだ」。但是，几乎不会有人把这句话完整地从头说到尾，大多时候，会省略主语，甚至连宾语也一起省略掉，只说「好きだ」或「君のことが好きだ」。即使使用「愛する」这个动词，采用另一个译法「私は君を愛してる」也是一样。顺便说一下，发展下去到达求婚阶段，相关的说法英语是“Will you marry me? ”而日语则是「結婚してくれますか」或「結婚してください」，相当于英语中的 me 和 you 的「わたし」「あなた」完全不必出现。但即使没有人称代词，意思却同样能够准确地传达过去。来看下例：

① 松田伊作訳：『「旧約聖書XI」詩篇』，東京：岩波書店，1998 年，第 301 頁。

原文：

一夜，相如坐月下，忽然东邻女自墙上来窥。视之，美。近之，微笑。招以手，不来亦不去。

《聊斋志异·红玉》

日文译文：

一夜、相如は月下に坐し、忽ち東隣の女の牆上自り来りて窺ふを見る。之を視れば、美なり。之に近づけば、微笑す。招くに手を以てすれば、来らざるも亦た去らず。①

『聊斎志異・紅玉』

原文是中国清代蒲松龄所著《聊斋志异》中《红玉》故事的一个片段，描述的是狐仙化为美丽的姑娘，前来诱惑书生“相如”的场面。并没有使用“他”“她”这样的人称代词，但是谁“视之”“近之”“招以手”呢？又是谁“美”“微笑”“不来亦不去”呢？读者一读即知，绝不会弄错。汉语就是这样，能够省略充当主语成分的人称代词却不影响意思表达，从而构建出简洁明朗的文章。

日本文学又是怎样呢？

原文：

一の巻よりして、人もまじらず、几帳の内にうち臥してひき出でつつ見る心地、后のくらゐも何にかはせむ。昼は日ぐらし、夜は目のさめたるかぎり、火を近くともして、これを見るよりほかの事なければ、（中略）物語の事のみ心にしめて、われはこのごろわろきぞかし、盛りになれば、容貌もかぎりなくよく、髪もいみじく長くなりなむ。光るの源氏の夕顔、宇治の大将の浮舟の女君のやうにこそあらめと思ひける心、まづいとはかなくあさまし。

菅原孝標女『更級日記』

① 竹田晃・黒田真美子編：『中国古代小説選9　聊斎志異（1）〈清代Ⅰ〉』，東京：明治書院，2009年，第217頁。

这是平安时代的作家菅原孝标女所写的《更级日记》中的一节。写的是：年幼的孝标女从上总国前往京城时，一位叔母赠予她《源氏物语》五十四帖。作者将此写在了日记中，并如实描写了自己夜以继日，专心阅读《源氏物语》的样子。正常来说，既然是记录私人生活的日记，那么应该会大量使用“我”这样的第一人称代词，但在这一整段中，相当于“我”的「われ」一词只出现了一次。将该段翻译为中文的现代语，则译文如下所示。

> 我从第一卷开始读起。躲开众人，独自躺卧在幔帐内，取出书来恣意阅读。那种快乐，只觉得即算皇后之尊贵也不值一顾。白天我读到日暮，夜里只要睁开眼睛，就在身边点亮灯火继续研读。心心念念，只有读书这一件事。（中略）物语的故事占据了我整个心胸，我读着，心中暗想，现在我还不算美，等我长大后到了青春年华，也会雪肤花貌、长发飘垂吧，那样，希望我能成为像光源氏的夕颜、宇治大将的浮舟那样的人物。啊，幼时的心灵多么浅薄可怜。
>
> **菅原孝标女《更级日记》**[①]

在翻译成现代汉语的《更级日记》同一段落中，相当于「われ」的第一人称“我”出现了 7 次。如果不用这么多“我”充当文中的主语及其他成分，译文会变得不自然不通顺。由此可见，无论是和中文古文，还是日文古文相比，现代汉语中第一人称的使用频度都有明显提高。

再来看一个日语与英语之间的例子。

原文：

来めやとは思ふものから蜩の鳴く夕暮れは立ち待たれつつ

よみ人知らず『古今和歌集』772

译文：

思君可来否，

茅蜩鸣黄昏。

① 陈岩、刘利国等：《日本历代女诗人评介》，大连理工大学出版社 2005 年版，第 101 页。此处为笔者译。

明知君难至，
仍往立等君。

佚名《古今和歌集》772

英语译文：

Although I wodder
If he really will be coming,
In the twilight hour
When the evening locusts call
I stand by the gate and wait.[①]

唐纳德·基恩译

原文虽然没有用人称代词，但是英语译文中出现了两次 I 和一次 he，共出现了三次人称代词。

这一点在诗歌方面也是如此。“在日本的传统诗歌中，很难找到强烈表达自我意识的例子，即便是有，大多数情况下也是依据自然界的活动或者是依据万物轮回转世的关系。日本近代诗探索了与和歌、汉诗等传统形式不同的新诗的表现形式，并突破了固定用语和思维框架，也研究着如何抒发个人主观感情和经验的相关课题。”[②]

(3) 日汉语中人称代词使用较少的原因

那么，到底是怎样的社会以及文化背景使得中国和日本的人称代词被尽量减少使用呢？对于中日两国而言，首先语言的性质是造成这一现象的第一要素。汉语作为孤立语很重视文章的简洁，并且汉字作为表意文字，在没有使用标点符号的古代，总是用短句来构成文章。在这种情况下，如果像西方那样频繁地使用人称代词，那么呈现在眼前的可能会是一片人称代词的海洋。

---

① ドナルド・キーン著：『日本文学の歴史２　古代・中世篇』，土屋政雄訳，東京：中央公論社，1994 年，第 90 頁。

② 金雪梅：『金子光晴の詩法の変遷　その契機と軌跡』，福岡：花書院，2011 年，第 321 頁。笔者译。第一句出自：宇佐美斉：「「私」の肥大と解体——啄木詩の変貌をめぐって」『日本文学における「私」』，東京：河出書房新社，1993 年。第一句转引于金雪梅的著作。

虽然语言的性质是主要原因，但是笔者认为中国古代思想以及传统文化的思维也是人称代词被限制使用的原因，主要可从以下两点来说明：一是认为与大自然相比人类如此渺小的崇拜自然的思想；二是谦虚的文化。与寥廓的大自然相比，人类总是被视为微小的存在。中国诗歌中经常能捕捉到这种自然与人类的对比。在雄伟的自然面前，如果强行地主张自我反而显得更加可笑。

这种崇拜自然的思想表现在诗歌里基本有两种类型，一种类型是无限大的自然空间与渺小的普通人类间的物理性比较。

来看下面的诗：

原文：

行到水穷处，坐看云起时。

〔唐〕王维《终南别业》节选

日文译文：

行きて到る水の窮(きわ)まる処(ところ)
坐(ざ)して看る雲の起こる時

唐・王維「終南別業」一節

这是被称为“诗佛”的唐朝诗人王维吟咏自由自在的山庄生活的两句诗。作者人过中年后开始信仰佛教，从尘世喧嚣中解脱出来。及至晚年，王维住在终南山脚下，兴起则随兴一个人上山。因为是自己随心所欲而行，不知不觉就走到了流水的源头（一说是流水消失的地方）。已经无路可走时，作者索性坐在那里，眺望远处的风起云涌。王维的诗被认为富有禅意，这两句诗自然清新，看似描写散步的乐趣，以至于后世甚至有人这样理解：走到水流穷尽之处，一般人可能只会关注眼前干涸的河底，感到焦躁无聊。但如果能顺其自然，眺望远处高空涌动的云朵，则能产生悠然自得的心境。如果把水流穷尽之处比喻为人生的困境，那么困境中可能蕴藏着希望。面对这样的困境，乐观的态度以及转换角度思考更为重要。

而在这里，笔者想要说的是，与远处涌动出来的白云（宏伟的大自然的象征）相比，前景中的人类被衬托得分外渺小。在纵向数千年的时间里，被宏伟的大自然所包围，人类的存在本身都是那么的渺小，而这渺小的存在所怀抱的烦恼、忧虑和困难，不用说更是微不足道。

正如李泽厚在《华夏美学》中所说："繁华短促，自然永存；宫殿废墟，江山长在。为中国无数诗人作家所咏叹不已的，不正是这种人世与自然、有限与永恒的鲜明对照从而选择和归依后者么？'千秋永在的自然山水高于转瞬即逝的人世豪华，顺应自然胜过人工造作，丘园泉石长久于院落笙歌。'连巨大的人世功业也如此短暂，作为个体的英雄就更为渺小了。从而歌颂记录这一切的诗文艺术，相对来说，便更不足道了。"①

再看下例：

原文：

前不见古人，后不见来者。
念天地之悠悠，独怆然而涕下！

〔唐〕陈子昂《登幽州台歌》

日文译文：

前に古人を見ず
後えに来者を見ず
天地の悠悠たるを念い
独り愴然として涕下る

唐・陳子昂「幽州台に登る歌」

"前不见古人，后不见来者"是在时间上的表现。诗人遐想着古代的贤人、惜才的上位者，由此不禁联想起当今的政治。之后诗人的视线又回到眼前，转为在空间上的表现。"念天地之悠悠"，描写出诗人望着苍茫广阔的天地，陷入无限感慨的思绪中的画面。比喻为坐标的话，那么时间的纵线与空间的横线

① 李泽厚：《华夏美学・美学四讲》，生活・读书・新知三联书店2008年版，第102页。

在“幽州台”相交。如果进一步“独怆然而涕下”，就会达到个人的精神世界。诗人独自站在时间与空间的交叉点——幽州台上，胸中充满怀古之情，哀叹失意的不幸境遇。以雄伟辽阔的天地为空间背景，以厚重的历史为时间背景，更加凸显了诗歌描绘的画面中诗人自身的渺小与孤独。这首诗通过雄伟辽阔的空间和渺小的个人之间的对比，给读者留下了深刻的印象，甚至会让读者对个人在宇宙中存在的意义产生怀疑。李泽厚在《华夏美学》一书中评价陈子昂的这首诗说：“虽也涉及宇宙、历史、人生和存在意义，但它仍然是儒家的襟怀和感伤，而不是禅或道。”①

另一种类型是将纵横无限的自然的时间与短暂的人类存在期限进行比较。这样，人类（或者说在文中的“我”）会表现出各种样态：要么因之觉醒或醒悟到“应珍惜时间”；要么惊讶于时间所带来的巨大变化；要么被“时间发生了变化，而大自然的物理性的东西完全没有发生变化”这样的事实所触发，从而发出感慨。除了上述的《登幽州台歌》以外，类似的例子还有很多，如：

原文：

人世几回伤往事，
山形依旧枕寒流。

〔唐〕刘禹锡《西塞山怀古》节选

日文译文：

人世幾回か　往事を傷む
山形舊に依って　寒流に枕す

唐・劉禹錫「西塞山懐古」一節

西塞山位于现在的湖北省大冶，濒临东江（长江），是六朝时代的军事要塞。这首诗前半部分吟咏了六朝，特别是晋与东吴兴亡的历史史实。到后半部分作者写到，目睹了政权更替历史的西塞山，它即使经历了几次人世间的伤心往事，

① 李泽厚：《华夏美学・美学四讲》，生活・读书・新知三联书店 2008 年版，第 173 页。

仍和以前一样，以寒冷的江流为枕，倒映于东江之上，姿态毫无变化。作者更进一步遥想唐朝的太平盛世，眺望着西塞山不变的山容，在秋风中心头涌起怀旧感伤之情。这里的“西塞山”与其说是地理上的名称、空间中的“物”，不如说是历史的余留，是悠长时间的象征。与这漫长的时间相比，一个时代的诞生与灭亡是极其短暂的。甚至可以说，创造了那个时代的人、生活在那个时代的人，也都是微不足道的渺小存在罢了。

讨论汉语和日语，尤其是古汉语和古日语“尽量避免使用人称代词”的原因，还可溯源至古代思想、传统文化的思维逻辑，那就是谦虚的文化。与西方的“自信”“自负”“自我”的思维方式、经常宣扬自我的行动方式相比，东方的思想讲究“谦虚”“宽容”，如总是把自己的功劳归功于大家，或者强调是在某个集体（大家）的协助下完成。也就是说，东方的思维是尽量缩小自我，令自己“微小化”，不引人注目（当然，不是把自己平庸化）。从心理学的角度来说，如日本谚语「出る杭は打たれる」、中国名句“木秀于林，风必摧之”所示，这种“自我微小化”的行为可以说是抑制他人嫉妒心、避免灾祸的东方智慧的产物，但其实这种行为深处，蕴藏了更为深邃的思想。那就是“和”的思想。一方面要维护与大自然的和谐，另一方面要避免人际关系中的纷争，谋求和谐的人类社会关系。孔子曾说：“君子和而不同，小人同而不和。”（《论语·子路篇》）从历史的角度来看，“和”的概念有从“实”到“虚”的变化，从具体的事物和经验中抽象提炼，最后到达价值理念的高度。

“和而不同”的“和”是以尊重和承认事物的差异、多样性为前提的。这与“消除差别，不承认个性”的“同”有着本质区别。就个人修养而言，所谓“和”，就是在具有协调性的同时能坚持自己的主体性。但另一方面，这种主体性的确立是以“和”（协调）为前提的。直白地说，如果过于富有个性，就有可能破坏“和”的前提。在尊重人的社会性的基础上确立个性，才是更好的做法。

在“和”“谦虚”这样的思想基础上，尽量避免使用第一人称代词，避免自己的语言表达中出现强烈的“自我”性，也就成为必然了。

大量借用汉字的古代日语也同样如此。甚至直到明治时代，日本的公文、正式的文章以及重要的小说等，几乎都是用与中文无异的汉语文言所撰写。日文也因此与中文一样，会重视文章的简洁。

而且古代日本的情况更加特殊。首先由于没有外敌，即来自外国（外族）的袭击，没有发生过外部战争的封闭岛国环境使整个日本成为一个拥有其内部世界的圈子。日本人生活在这个圈子里，可以用外界人不懂的“隐语”进行对话。其次是由于日本崇尚“和”的思想（这种“和”的思想与中国传统思想中的“和”的理念并不完全相同），日本重视集团意识，并且这种意识已经达到了日本文化的均一性。“除了人多地窄的国土特点外，日本还是一个国民生活的各个方面都长期受到国家管控的国家。从这些经验来看，日本人比起个人更倾向于优先考虑集体和国家。”“可以说，日本社会比起个体自我的主张，更加能把握集体存在中的个体，而这类个体也只有存在于集体中才能生存。”[①] 因为受到均一性文化和长期集团主义的影响，集团内部的人即使不使用人称代词，也能知道指代的是谁。在公司和家庭中，这种省略人称代词的表现更为突出。再加上日本所具有的“以心传心”“不立文字”等文化精神，重视心与心的相通，所以在日本这种尊重“沉默”的社会，省略人称代词是理所当然的。

在诗歌中，省略人称代词可以使诗歌（和歌、俳句）更加契合韵律、音律，使诗歌更加简洁、凝练。

⑷ 能够完成“人称代词的限制使用”的富有特色的日语表达

日语表达的特色为人称代词的限制使用提供了便利条件。其特色包括授受关系表达系统的发达以及敬语系统的发达。

① 授受关系表达系统的发达

例：日语：部屋代はきちんと払ってもらいます。

英语：You are required to pay the rent regularly.

汉语：请您按时缴纳房费。

日语：泳ぎ方を教えてもらった。

英语：He(She) taught me how to swim.

汉语：他（她）教会了我怎么游泳。

---

① 学研·辞典編集部：『日本タテヨコ』改訂第4版，東京：学習研究社，2002年，第28、42頁。

日语：一万円貸してくれませんか。

英语：Will you please lend me ten thousand yen?

汉语：能借我1万日元吗？

日语：代わりに行ってあげよう。

英语：I will go instead of you.

汉语：我替你去吧。

在现代日语中，表示授受关系的有「～てくれる」「～てもらう」「～てあげる」「～てくださる」「～ていただく」「～てさし上げる」等句型，有了这些授受关系表达，即使不使用人称代词，也能够准确地传达意思。如「部屋代はきちんと払ってもらいます。」这句话，到底是谁付房租，谁收房租，即使句中没有出现人称代词，也是一个意思完整的句子，听者也能明白说话人的意思。

② 敬语系统的发达

例：日语：コーヒーを召し上がりますか。

英语：Will you have a cup of coffee?

汉语：您来杯咖啡吗？

日语：ご用がありましたらお知らせください。

英语：If you need any help，let me know.

汉语：有事请通知。

在现代日语中，即使主语不出现，通过使用敬语的用语和句型，使得动作主体是谁能够一目了然。敬语的用语包括「召し上がる」「召す」「なさる」等，句型包括「お～になる」「お～くださる」「お～いただく」「お～いたす」等。

从以上例子来看，总体上来说，在现代日语、中文、英语中，人称代词的使用频率是英语＞中文＞日语，日语中人称代词的使用频率最低。反映在近代诗的创作中，使用频度应是同样顺序。

⑸ 日本近代诗中人称代词的使用

这种语言的特质自然也反映在诗歌中。和歌、俳句中虽然会使用人称代词，但从前述和歌的原文及译文中可以看出，使用频率较低。

但近代诗受到西方语言的影响，大量使用人称代词，尤其是第一人称代词。文言定型诗中，仍然很少使用人称代词，即使使用，也多会用「君」一词（如岛崎藤村），而到了口语自由诗的阶段，特别是强烈抒情、吐露强烈情感时，则变得会大量使用「われ」「僕」「わたし」等第一人称代词。高村光太郎的《路程》就是一个典型的例子。除此之外还有很多，如：

原文：

僕はあなたをおもふたびに
一ばんぢかに永遠を感じる
僕があり　あなたがある
自分はこれに尽きてゐる
僕のいのちと　あなたのいのちとが
よれ合ひ　もつれ合ひ　とけ合ひ
（略）
僕は自分の痛さがあなたの痛さである事を感じる
僕は自分のこころよさがあなたのこころよさである事を感じる
自分を恃むやうにあなたをたのむ
自分が伸びてゆくのはあなたが育つてゆく事だとおもつてゐる
僕はいくら早足に歩いてもあなたを置き去りにする事はないと信じ
安心してゐる
僕が活力にみちてる様に
あなたは若若しさにかがやいてゐる
あなたは火だ
あなたは僕に古くなればなるほど新しさを感じさせる
僕にとつてあなたは新奇の無尽蔵だ

凡ての枝葉を取り去つた現実のかたまりだ
（略）
あなたは僕をたのみ
あなたは僕に生きる
それがすべてあなた自身を生かす事だ
僕等はいのちを惜しむ
僕等は休む事をしない
僕等は高く　どこまでも高く僕等を押し上げてゆかないではゐられない
伸びないでは
大きくなりきらないでは
深くなり通さないでは
——何といふ光だ　何といふ喜だ

高村光太郎「僕等」一節

译文：

每当我想你时，
能最直接感受到永远
有我，有你
我自身穷尽于此
我的生命，和你的生命
互相扭结，互相纠缠，互相融合
（略）

我感受到，自己的痛苦就是你的痛苦
我感受到，自己的愉悦就是你的愉悦
如同依仗自己一般，我依赖你
自己伸展向上，认为就是你在成长
无论如何快步前行，也不会将你弃置丢下，我相信并为之安心

如同我充满活力一般
你朝气蓬勃，熠熠生辉
你是火焰
你让我感到历久弥新的新鲜
对我来说你是无尽的新奇
你是除去了所有枝叶的、现实的凝结
（略）

你依赖我
你将生命献于我
而这所有一切，都是让你存活
我们珍惜生命
我们从不休息
我们不能不推动我们向更高处，无尽高的高处去
不能不伸展向上
不能不无止境地变大
不能不彻底地变深
——这是何等光辉，这是何等喜悦

高村光太郎《我们》节选

关于近代诗中第一人称的具体使用，金雪梅举出了萩原朔太郎和高村光太郎的例子。萩原朔太郎在其作品中已经使用了「わたし」「わたくし」「私」「われ」等四个词（四个词均为第一人称“我”的意思），与之相对，高村光太郎在《冬天来了》中首先使用「僕」（我），之后他又在《路程》等作品中经常使用「僕」。金雪梅认为：萩原朔太郎使用了「わたし」等词，于是在他的创作中，“孤独灵魂的呐喊，以及那充满悲哀的自我告白的抒情诗渐渐成为了主流”，而高村光太郎的《路程》，显示了“一个青年下定决心要靠自己的力量，走自己的路”，是一首“自我肯定的励志诗”，在这首诗中使用「僕」，

自然意味深长。同时金雪梅也列举了金子光晴的例子，他在口语自由诗确立下来的时代反复使用「私」这个词，在赞颂民众诗派所标榜的人类平等精神的诗句中会使用「僕ら」（我们）。在之后创作《黄金虫》的时代，就会用「余」（我）来表达高昂的情绪[①]。

还有一点想要说明一下，那就是关于第三人称代词「彼女」（她）的使用。在中国的新诗史上，曾因为使用与「彼女」词义相对应的中文“她”而引起了很大的争议，那么日本近代诗中，第三人称「彼女」的使用又是如何一种状况呢？

「彼女」是西方语言中第三人称女性代词的译语，也是诞生于明治时代的新词。原本到明治时代为止，无论男女，第三人称都使用「彼」（他），明治时期以后，对讲话人或者对方以外的女性也开始使用「彼女」。「彼女」这个汉字写法早在江户幕府末期就已出现在一些介绍西方学问的书中，但是当时的读音为「アノオンナ」或「カノオンナ」，应是直到明治九年才将其音读成「カノジョ」。

关于「彼女」，日本明治八年的《小学教科书字典》中有「カノオンナ」的读法，之后明治九年的《小学教科书笔画索引（修订版）》中有「カノジョ」的读法，同年的《小学教科书字解（修订版）》中有「ヒジョ」（右边注音假名）和「カノジョ」（左边注音假名）的读法。在明治十二年和明治十五年的《小学教科书字典》中，二者都把它读为「カノジョ」。

小说界第一次使用「カノジョ」的作品是坪内逍遥的长篇小说《当世书生气质》。他在书中写道：“虽是俗称的野丫头，但听说她十分活泼伶俐，是个令书生们都心生爱慕的小姑娘。”[②]

但是，也有人指出：“「カノジョ（彼女）」的称呼被广泛传播是在大正

---

① 金雪梅：『金子光晴の詩法の変遷　その契機と軌跡』，福岡：花書院，2011 年，第 322-323 頁。

② 惣郷正明・飛田良文編：『明治のことば辞典』，東京：東京堂出版，1986 年，第 73-74 頁。上文有关「彼女」的解释，参照了『明治のことば辞典』，坪内逍遥的小说也转引自该辞典。

时代以后。”[1] 另外，虽然以前就出现了指代男性的第三人称代词「彼」，但它是在江户幕府末期到明治初期，才作为西方语言中的男性第三人称代词的译词被普及的。[2]

这种语言上的变化按理说应该反映在近代诗中，但出乎意料的是，在近代诗中很少使用「彼女」。岛崎藤村的《藤村诗抄》、北原白秋的《邪教门》以及萩原朔太郎的《吠月》等诗集中从未使用过「彼女」。虽然也偶尔使用「彼」，但也不那么经常。这可能是因为「彼」以及「彼女」等词具有很强的“客观性”，特别是因为当时人们对「彼女」这一人称代词不太熟悉，所以才不被抒情感强的近代诗所喜爱。

虽然高村光太郎在《智惠子抄》中使用了「彼女」，但也只是在《智惠子的半生》这样的记叙性文章中使用。也就是说，虽然「彼女」一词当时已经开始被经常使用，但仍然不会被轻易用在诗歌中。代替第三人称的说法，高村光太郎需要时都是直接用“智惠子”这个名字。这大概是由于日语中名字也可以代替第三人称来使用的语言性质吧。

而且，《智惠子抄》中对智惠子的称呼，从《某夜》到《狂奔的牛》，都不是如日本一般家庭称呼的那样称其为「智恵子」，而总是称之为「あなた」。但从《鲇鱼》到《某天的日记》，则以可说是第三人称的称呼，称其为「智恵子」。以 1938 年 10 月 5 日智惠子去世的那天为界，《柠檬哀歌》之后，高村光太郎又开始称呼智惠子「あなた」，「あなた」和「智恵子」开始交替出现在他的诗中。

探求其原因的话，有分析认为：在用第三人称称呼智惠子的时期，“是因为有比「あなた」更值得密切关注的事情占据了光太郎的心。那就是艺术工作的问题”[3]。“而且都是本是想让自己作为艺术家活下去、发挥才能，却在经济上受到阻碍不能实现，内心深处充满了苦涩愁思。”[4]

但是，众所周知，智惠子在此期间出现了精神上的异常，原因是她天生的

---

① 草川昇：『語源辞典　名詞編』，東京：東京堂出版，2003 年，第 65 頁。
② 同上书，第 71 頁。
③ 分銅惇作・吉田凞生編：『近代詩物語』，東京：有斐閣，1978 年，第 155 頁。
④ 同上书，第 155 頁。

性格以及娘家长沼家族的破产等。在高村光太郎的诗中，“笼统地说，几乎整个大正时期的《智惠子抄》所收录的作品都是生命的颂歌，但也可以说，这本书中智惠子的形象，是以不得不参与到光太郎的自我形成的形态，或是以对光太郎的自我形成有用的形态出现的”。长此以往，“不可否认的是，光太郎这种强烈的个性一贯追求的‘智惠子的形象’，强烈地限制了现实中的智惠子的半生”[①]。

在这种情况下，称呼从「あなた」变为「智恵子」，作为妻子的智惠子已经不再是作者的话语（也包括艺术的话语）的讲述对象了。也许是生病的原因，那时的智惠子已经不是能够理解作者的讲话、能够支持作者的对象了。而光太郎本人，也感受到了和智惠子之间的距离。他接受了这个事实，并投入全部心力照顾智惠子，这种夫妻关系的微妙变化映射到诗歌中，第三人称的「智恵子」也就很自然地出现了。

再次称呼「あなた」，大概是因为在智惠子死后，在高村光太郎对她的追忆里，她重新恢复成年轻的模样，“解除了现实束缚的光太郎内心的「あなた」，回到了《智惠子抄》初期的那个形象”。光太郎述说道：

「私はあなたの子供となり／あなたは私のうら若い母となる」（“我成为你的孩子 / 你成为我年轻的母亲”）[②]

「私はあなたの愛に値しないと思ふけれど／あなたの愛は一切を無視して私をつつむ」（“我认为我不值得你的爱 / 但你的爱无视一切包容着我”）

「あなたの苦しみを今こそ思ふ」（“唯有现在正是要考虑你的痛苦”）[③]

像这样，第二人称的使用其实伴随着微妙的感觉。与其相比，「彼女」表现出更强烈的距离感。因此，在讲究抒情的诗歌世界里，「彼女」的使用被尽量避免也就不是不能理解的了。

到了现代诗以后的阶段，无论是作者还是读者，即使在日常生活中也都已

---

① 分銅惇作・吉田凞生編：『近代詩物語』，東京：有斐閣，1978 年，第 154-155 頁。

② 引自高村光太郎「亡き人に」『智恵子抄』。

③ 引自高村光太郎「報告（智恵子に）」『智恵子抄』。

经习惯了人称代词的频繁使用，所以诗人们对人称代词的使用变得更加自然，他们不再为了追求新鲜的感觉而去刻意使用人称代词，而是变得能够极其自然地使用它们。

3. 开始使用复数

日语中有像「われら」这样的复数表达方式，但是由汉字构成的“汉语词”（「漢語」）中的复数表达方式却极少。

在印欧语等语法体系中，人或事物的数量如果超过两个以上，词的发音和形式就会发生变化。英语中名词、代词有变化，但在一些语言中，当表示复数时，动词、形容词以及冠词也会相应发生变化。受此影响，明治时期以后，日语中的复数表达也开始增多，并且在日常中也会使用。这在近代诗中也有所反映，如：

原文：

春は
小さな川々まで
あふれてゐる
あふれてゐる

山村暮鳥「春の河」一節

译文：

春天
连小小的河流都
溢满了
溢满了

山村暮鸟《春之河》节选

「川々」（河流）是日语传统中所没有的复数形式，伴随着音声的重复。不过“这种（因复数形式而带来的）发音不清虽有显得天真可爱之处，但也有人对这种新语法感到不快”[1]。

4. 吸收新词

(1) 新词和流行语

在进入“近代诗对新词的吸收”这一部分之前，首先需要弄清新词（「新語」）是什么。人们也许很自然会想到“新的词语”这一理所当然的解释，然而“新”是个相对的概念，所谓的“新”到底指的是哪一时间点呢？

楳垣实先生下定义说：所谓新词，就是“以一定的时期为中心，在一定的社会中，所开始使用的到当时为止没有被使用过的词语”。在《国语学辞典》（加茂正一著）中的定义是：“新出现的词，或从针对原来就有的事物或概念，为对其进行新颖表达，而创造或赋予了新的意义的词。”在《国语学辞典》中，将“新词”分为三类：新出词（教科书的）、新词、所谓“新词”。[2]

由以上解释可知：

①新词的“新”是一个相对的概念。时间点的“新”，是立足“现在”，与“过去”相对而言的东西。因此，2021 年的新词绝对与 2020 年的新词不同，2020 年的新词绝对与 2019 年的新词不同。因为所谓“新词”，指的是“把某个时间点作为‘现在’来观察时，在那个时间点新出现的一切语言现象”，所以本部分所说的“新词”，指的是明治时代（或者说是近代诗的时代）的新词。

②新词的“新”不单指词形，还包括意义、用法等方面。如果以往的词形被赋予了新的意义，那也会成为新词。例如，日语中的「おたく」一词，原本的意义是：“①对对方的家的尊敬语；②对对方的丈夫的尊敬语；③对对方或对方一侧的人的尊敬语。”但现在，这个词还增加了一条释义：“④（多用片假名书写）指只对特定的领域、事物抱以关心，并异常熟悉或精通，但缺乏社

---

① 大岡信・谷川俊太郎編：『声でたのしむ　美しい日本の詩　近・現代詩篇』，東京：岩波書店，1990 年，第 20 頁。

② 该段落及①中关于「新語」的解释，見坊豪紀：『辞書をつくる　現代の日本語』，東京：玉川大学出版部，1976 年，第 32-33 頁。不过「新出語」一词，不仅指教科书中的新词，也指新出版的辞典中的新词。

会常识的人。”④这种情况的「おたく」就是新词，且已经固定下来广为人知，并被大量使用。其中文译文是“御宅族”，还衍生出了“宅男”“宅女”这样的词。

这里先要阐述一下“新词”和“流行语”的区别。很多人将新词误认为是流行语。但其实流行语只是“在某一段时间内，很多人对之产生兴趣从而被广泛使用的词语”（《广辞苑》）。流行语中有很多词语并不是“新的”词，在新词中一时盛行的词语当然有很多。但是专业领域产生的新词未必被广泛使用，所以基本上不会成为流行语。可以说，只有“一时流行的新词”才是二者重合的部分。其关系见下图：

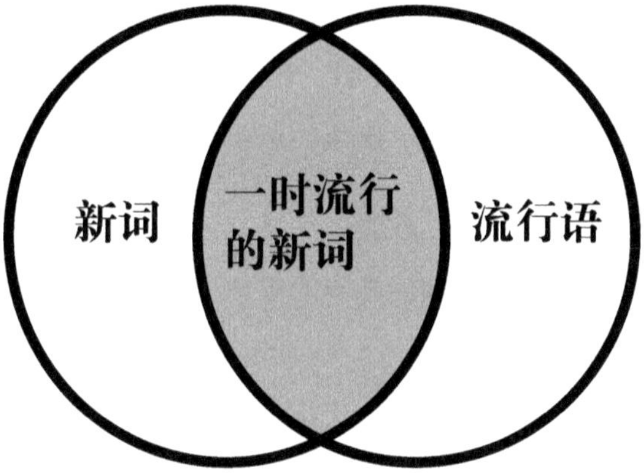

明治时期出现了大量的新词和流行语。这些新词和流行语是从与西方的接触中产生的，所以大多具有“和制汉语词”的特征。另一个特征是通过翻译（在翻译过程中）创造出来的。在现代的新词中，外来语（片假名词）占优势，而明治时期的新词是使用汉字创造的。也就是说，明治时期的新词几乎都是用意译法创造出来的。

诗反映了其所处时代的语言。特别是主张使用口语的近代诗广泛地使用了新词。然而，新词的“新”虽然能给诗带来新鲜感，但未必能带来诗的氛围。因此，近代诗虽然使用新词，但用得并不多。

⑵ 因翻译诞生的新词（翻译新词）与西方词汇直接进入诗歌

日语词汇可分为和语、汉语词（「漢語」）、外来语。汉语词有吴音词，汉

音词，唐音词、吴音汉音混读词，按和语化汉字音读的词，和制汉语词、新汉语词，惯用音词，佛教用语七种。举例来说，分别是：客（キャク）、世間（セケン）；愛（アイ）、文章（ブンショウ）；行脚（アンギャ）、暖簾（ノレン）；宿世（スクセ）、本意（ホイ）；返事（ヘンジ←カエリゴト）、心配（シンパイ←ココロクバリ）、地球、相对；消耗（ショウモウ←ショウコウ）；旦那（ダンナ）、刹那（セツナ）。[①]

其中，明治时期，翻译西方的科技、文明书籍时，根据汉语词的语言构成法创造的词汇叫作新汉字词。在现代日语的常用语中，这种词汇占据着重要地位。除了前例的「地球、相対」（地球 相对）之外，还有以下这些：

「絶対　物質　元素　引力　階級　哲学　科学　経済　抽象　概念」
（绝对　物质　元素　引力　阶级　哲学　科学　经济　抽象　概念）

新汉语词的范畴涉及哲学、政治、经济、艺术、文化、生活等各个方面，其中影响力最大的还是与东方截然不同的哲学和政治领域的词汇，以及东方所没有的科技用语。

这样的新汉语词自不必说，在近代诗中也有所反映；但笔者认为它们并不像前面所说那样在近代诗中被广泛使用。这是因为，新汉语词的范畴虽然很广，但以科技用语为主，充满感性的诗性要素则很少。下面就来看看近代诗中新汉语词（翻译新词）的使用情况。

原文：

あゝ照る月はむかしより
人の望むにまかせたり
芸術の花はむかしより
人の慕ふにまかせたり

島崎藤村「月光　二」一節　『夏草』

① 上述分类参见顾海根：《日本语概论》，北京大学出版社 1998 年版，第 148—149 页。

译文：

啊啊，普照之月，自古以来
任凭世人仰望
艺术之花，自古以来
任凭世人倾慕

岛崎藤村《月光・二》，节选自《夏草》

虽然使用了「芸術」（艺术）这一译词，标音却没有标「げいじゅつ」，而是标为了「たくみ」，可以看出在很少使用新汉语词的岛崎藤村身上，所发生的从使用古语到使用当时的用词的渐进性变化。

原文：

日は酔ひぬ、綠は蒸しぬ、
ゆをびかに野はうるみたり、
揚雲雀——阿刺吉（アラキ）のみ魂、
軟風や輕き舞ぎぬ。

蒲原有明「皐月の歌」一節　『有明集』

译文：

日头醉了，翠绿蒸腾，
原野坦荡荡地润泽。
高飞空中的云雀——阿剌吉的魂灵，
软风和轻盈的舞衣。

蒲原有明《皐月之歌》，节选自《有明集》

“阿剌吉”荷兰语称之为arak，是将海枣树液等发酵，或蒸馏制成的酒。这里指的是酒精。虽然“阿剌吉”是江户时代由荷兰人传入日本的酒，“阿剌吉”算是江户时代的译词（但来源不明，因中国元朝时就已有“阿剌吉”一词），但在明治时代似乎仍有新鲜感。

此外，直接在近代诗中使用西方语言（英语或德语）也是一种特征。在近代诗中直接引用西方诗的一节似乎是当时的风潮，因此也是经常使用的一种手法。

如果要在过去相当于“词书”的一部分中引用什么的话，最早的近代诗人们经常引用中国的古诗或是日本人所作的汉诗。比如，岛崎藤村的《哀歌》的序言中便引用了中野逍遥的秋怨十绝中的一首，以及他的《思君九首》。

受译诗集的影响，近代诗渐渐地开始引用西方词语或者西方诗歌的一节。在这里需要注意的一点是，这些引用几乎都是从译诗集中摘录出来的译文，而不是直接引用原诗。这也是翻译对于近代诗影响力之大的证明。下面是西方词语直接入诗的例子：

原文：

さて在るは、嚢に吸ひたる
Hachisch（ハシツシュ）の毒のめぐりを待てるにか、
あるは劇しき歡楽の後の魔睡や忍ぶらむ。

北原白秋「赤き僧正」『邪宗門』一節

译文：

有的等待曩昔吸入的
Hachisch 之毒循复而来
有的许是在忍耐
剧烈快感后的麻醉

北原白秋《红僧正》节选《邪教门》

Hachisch（大麻）是为了表示“南蛮趣味”而故意使用的，也可能是因为这个词当时还没有合适的译词，所以干脆直接使用原词。以下是引用西方一小节诗歌的例子。

原文：

Où va l’esprit dans l’homme? Où va l’homme sur terre
Seigneur! Seigneur! Où va la terre dans le ciel?

-Hugo: *Les Feuilles D’Automne*

O life as futile，then，as frail!
O for thy voice to soothe and bless!
What hope of answer or redress?
Behind the veil! Behind the veil!

-Tennyson:*In Memoriam*

译文：

人的灵魂要去哪里？地球上的人要去哪里？
天哪！天哪！地球已在天上还要去哪里？

雨果《致我的朋友 L.B. 和 S.B》

啊，生命是徒劳的，且是脆弱的！
啊，求你的声音来给安慰和祝福！
有多大的希望得到答复或补救？
在面纱后面！在面纱后面！

丁尼生《纪念 A.H.H.》

以上是土井晚翠在《黄昏的回忆》（《天地有情》）的序文部分中引用的雨果的《致我的朋友 L. B. 和 S. B》（《秋叶集》），以及丁尼生的《纪念 A. H. H. 》（《悼念集》）第五六章的最后一节。晚翠在小时候受父亲的影响学习文学，有着深厚的汉文素养。后来他考入东京帝国大学的英国文学系，学习了西方语言，便直接阅读并学习西方文学。在他当上仙台第二高中的英语教师后不久，他辞掉教师工作去欧洲旅行，在此期间他接触到了古希腊文明。经过这样一番教育和旅行的经历，西方和东方的特质在晚翠身上达到并存。他的诗集《天地有情》中收录了《马前之梦》《星落秋风五丈原》两首长诗，分别描绘和歌颂了 18 世纪法国皇帝拿破仑和中国三国时期蜀国丞相诸葛亮。他所描绘的两位英雄人物正好是一西一东，东西方的融合在《天地有情》中得到了展现。

他不仅在《黄昏的回忆》的序文中直接引用了西洋诗的原文，还在《马前之梦》《星落秋风五丈原》《红叶青山水急流》《万物和诗人》《暮钟》中也采用了同样的写作方式。当然，引用的诗文和原诗的中心思想相关联，起到了引导或者抒情的作用。比如，《暮钟》中便引用了雨果的《黄昏之歌》(*Les Chants du Crépuscule*) 中的一段关于 “钟”的描写。因此，这段引用不但和诗的题目一致，并且其最开始的一句“La cloche ! écho du ciel placé près de la terre !”（钟！大地之旁的天之回响！）还和诗中「大空高く聲あげて／今はと叫ぶ暮の鐘」（向着天空高喊 / 喊出“就是现在”的暮钟）这一句产生呼应。

5. 在文字表记方面，开始使用标点符号

现在，标点符号的使用已很普遍。所谓的标点符号，是指在句子断句或句中意思需要切断时使用的符号。以常见的日文标点符号为例，标点符号相对应的日语是「句読点」，狭义上来说，指的就是句号「。」和逗号「、」。广义上来说除了句号和逗号以外，还有问号「？」、感叹号「！」、间隔号「·」、括号「「」、()」等。

在日本的所有古代诗歌中，在用文字表记的情况下，广义上的标点符号是完全不使用的。

关于其原因，大冈信表示若是通过声音就能理解含义，则没有必要加上标点符号。

> 要问为何没有使用标点符号，因为即使没有标点符号的帮助也能够理解这些和歌、俳句、歌谣的意思。诗歌只需要即兴吟唱一下就能理解，这是理所当然的前提。为什么呢？因为原本它的声音中就没有标点符号。如果是只通过发出声音就能理解的作品的话，那么用文字表示时便没有必要使用标点符号了。①

① 大岡信・谷川俊太郎編：『声でたのしむ　美しい日本の詩　近・現代詩篇』，東京：岩波書店，1990 年，はじめに p. ii。

古代诗歌字数较少，且有固定的音律，很容易就能明白在哪里断句，这应是没有必要使用标点符号的原因。

进入明治时期之后，日本开始使用标点符号，其直接原因就是明治初期，标点伴随着西方书籍的翻译，被引用到日语中。

另外，标点符号本身也起到了促进理解文章逻辑的作用，是帮助人们阅读的一种手段。当时印刷技术发达，可以将大量的内容收入在一张纸中，文章也从古语向口语发展从而变得更长。为了应对这种情况，有必要将文章正确地分割，标点符号能兴起正是由此。

日本诗歌大约是从大正时期开始使用标点符号。但是，诗歌有其自身的节奏，只要朗读出来自然就能知道在哪里断句。而且诗句本身并没有那么长，因此笔者认为，在近代诗的阶段，并不存在通过使用标点符号来创造视觉效果的意识。而且，日语疑问句的含义很容易理解，因此很少使用表示疑问的“？”。也就是说即使是疑问句，也几乎不使用“？”。对近代诗作者来说，使用标点符号与其说是在追求其语法功能，不如说是在追求新事物所带来的新鲜感，以及将其作为诗歌构成要素之一来考虑的结果。

因此，近代诗中标点符号的使用具有以下特点：(1) 近代诗的前期，即文言定型诗（新体诗）和文言自由诗的阶段，基本上不使用标点符号，到了口语诗的阶段才逐渐开始使用；(2) 在句子中使用「、」较为普遍，但在句末使用「。」并不普遍；(3) 是否使用标点符号，也要看作者的习惯；(4) 大正时期以后的自由诗中，使用引号、感叹号、问号等变得理所当然，但基本上主要仍是使用「、」「。」，表示强烈感情的感叹号和问号使用得很少，即使是在抒情诗的场合也用得不多。

从上面的 (3) 可以看出，标点符号的使用也是作者风格的一部分，或者说，也构成了作者的诗风。例如，土井晚翠在诗集《天地有情》中基本上不使用标点，只是在每一节最后一句话的结尾处用「。」（如《诗人》《云之歌》等）。他还在一部分诗中用了「、」（《希望》《星落秋风五丈原》等），但这样的诗很少。这样，在行文时保证了一气呵成，不受标点等的阻碍打断气息，对打造土井晚翠刚劲强健的诗风当然是极为有利的。

大冈信列举了当时的短歌中标点符号的使用，并和近代诗进行了比较。

> 在短歌创作中，即使有一个时期的若山牧水、前田夕暮，以及长期使用标点符号的释迢空这些例子的存在，但他们都属于短歌世界的异端，众所周知，现在不仅是俳句，短歌中也几乎不使用标点符号。①

与此相比，近代诗中开始渐渐使用标点符号。

> 自不必说，近代诗中使用标点符号与诗歌强调逻辑性要素、重视意义的特点是密不可分的。可以说，短歌、俳句这种传统的定型诗与近现代诗之间的巨大差异，已经（通过使用标点符号）象征性地体现了出来。②

三、中国新诗的用词

那么，中国新诗的情况又是怎样的呢？

与日本一样，强烈受到来自西方的影响：(1) 呼格常用化；(2) 开始大量使用人称代词，特别是第一人称。这些现象出现在了当时的中国新诗中。

1. 呼格常用化

先来看呼格在新诗中使用的例子：

原文：

琵琶呀，伴我的琵琶：
你瞧太阳落下了平沙，
夜风在荒野上发，
与一片马嘶声相应答，
远方响动了胡笳。

朱湘《昭君出塞》节选

① 大岡信・谷川俊太郎編：『声でたのしむ　美しい日本の詩　近・現代詩篇』，東京：岩波書店，1990 年，はじめに p. ⅱ。

② 同上。

日文译文：

琵琶よ、友の琵琶：
夕日が平沙に沈み、
夜風が荒野をさまよう。
馬の鳴き声に答えるように
遠くに胡笳の旋律がする。

朱湘「昭君出塞」一節（笔者译）

原文：

红烛啊！
这样红的烛！
诗人啊！
吐出你的心来比比，
可是一般颜色？

闻一多《红烛》节选

日文译文：

紅い蠟燭よ
かくも紅い蠟燭よ
あわれ
詩人よ　汝の心臓を吐き出して
比べてみよ
どちらが明るいか

聞一多「紅い蠟燭よ」一節（今村与志雄译）[1]

原文：

爱人啊！你是个国手

① 今村与志雄：『中国の革命と文学12　詩・民謡集』，東京：平凡社，1972年，第98頁。

我们来下一盘棋；
我的目的不是要赢你。

闻一多《国手》节选

日文译文：

恋人よ
あなたは名人です
一局、碁を打ちましょう
あなたに勝ちたいからではありません

聞一多「名人」一節（今村与志雄译）[①]

不仅是“爱人”这样的具体的人，“琵琶”“红烛”这样的无机物也可以被呼唤。通过对呼格的运用，实现了无机物在下一部分的拟人化。汉语是孤立语，组成词的每一个字都是独立的，具有独立的意义（个别词除外）。因此，呼格的形式除了“名词＋感叹词‘啊’”“名词＋感叹词‘呀’”等形式以外，还有呼唤的对象单独构成的形式（只有“名词”）。不过在这种时候，新诗经常会加上“，”这样的标点符号，将呼格与后句隔开，以形成节奏。

来看诗人艾青的代表作《大堰河——我的保姆》节选。

原文：

大堰河，今天，你的乳儿是在狱里
写了一首呈给你的赞美诗，
呈给你黄土下紫色的灵魂，
呈给你拥抱过我的直伸着的手，
呈给你吻过我的唇，
呈给你泥黑的温柔的脸颊，
呈给你养育了我的乳房，

① 今村与志雄：『中国の革命と文学 12　詩・民謡集』，東京：平凡社，1972 年，第 98 頁。

呈给你的儿子们，我的兄弟们，
呈给大地上一切的，
我的大堰河般的保姆和她们的儿子，
呈给爱我如爱她自己的儿子般的大堰河。

大堰河，
我是吃了你的奶而长大了的，
你的儿子，
我敬你，
爱你！

艾青《大堰河——我的保姆》最后二段

日文译文：

大堰河（ダイヤンホ）よ、今日、あなたの乳児は牢屋にいて
あなたに捧げる讃美歌を書いているのだ
黄土の下にの　あなたの紫の魂に捧げ
大きく開き、抱いてくれるあなたの手に捧げ
キスしてくれるあなたの唇に捧げ
黒い優しいあなたの頬に捧げ
甘い汁を出してくれたあなたの乳房に捧げ
あなたの息子——僕の兄弟に捧げ
大地にいるすべての
あなたのような乳母と彼女たちの息子に捧げ
自分の息子の如く　僕を愛してくれた大堰河に捧げる。

大堰河よ
僕はあなたの乳を飲んで育った
あなたの息子であるよ

僕はあなたを敬い、

あなたを愛する！

艾青「大堰河、僕の乳母」最後の二連（笔者译）

这是大地主家庭出身的诗人艾青满怀深情，讴歌自己的保姆大堰河的诗。大堰河家境贫寒，却把艾青当作自己的儿子一样深爱着。这首具有现实主义风格的诗虽然是长篇叙事诗，但通过“结构的反复”这一修辞手法，直抒胸臆，抒发出真挚的情感，强烈地打动了人心。诗中回顾了大堰河苦难的一生，感慨大堰河的死去，并叙述了她死后的现实世界。文章中经常先呼唤或提起“大堰河”，使读者感受到作者对“大堰河”的强烈感情；接下来再用第三人称代词“她”来称呼大堰河，在与“大堰河”之间设下距离，从而显示出作者是在客观地叙述大堰河的一生。可以想象，如果作者在呼格后接下来用第二人称代词“你”，会表示出与“大堰河”的亲密，那么就成为主观叙述了。像这样，作为呼格的“大堰河”一词经常出现在诗的段落开头，然后引导下面的客观叙述，因为作者的强烈呼唤，读者感受到作者对大堰河的强烈情感；因为接下来第三人称代词“她”的使用，使读者能客观审视大堰河的苦难人生，从而对这个人物既悲且悯，叹其不幸，却能进一步提升意识，联想到大堰河的悲剧，不是她一个人的悲剧，而是旧社会千千万万个底层劳动妇女的悲剧；造成大堰河悲剧命运的，是万恶的剥削人的旧社会的制度，从而达到主题的升华。

这里引用的段落是最后两段，作者在这个部分集中抒情，先唤一声“大堰河”，然后用一连串的“呈给～”的反复手法逐步积蓄情绪，随着喊出最后的“大堰河”，作者的感情终于全面爆发，喊出了“你的儿子，/ 我敬你 / 爱你！”这样发自肺腑的声音。由于诗中间不断出现的“大堰河”的呼格，使得最后作者的集中爆发、直抒胸臆都显得水到渠成。

从这首诗中可以明显看出，呼格有着抒情地显示与对方的亲密关系、触动感情迸发的作用。

2. 第一人称代词的经常使用

在汉语中第一人称代词有“我、吾、余、俺、咱”等。虽然看起来很多，但最常用的还是“我”。“吾、余”虽在近代仍然使用，但给人感觉过于陈旧便用得越来越少了。“俺、咱”方言感过重，只有在特殊场合才使用。（曾有一个时期在一些网络论坛上，即使是来自都市的青年也会故意称自己为“俺”，制造出“我就像个无知的乡下人”这种自嘲的氛围，赋予了其特殊的语感，可以说是一种新的用法。）

日语的第一人称代词有男女之分。说「おれ」「ぼく」的基本上是男性，说「あたし」的是女性。与此相对，汉语的第一人称代词没有男女之分。从这种意义上来说，汉语的第一人称代词数量较少。

在新诗中，主观感情强烈的抒情诗多使用第一或第二人称代词。从内容上看，在表达爱情、爱国，以及自由奔放、意气高扬、苦闷、烦恼等自我的多样情感的诗中，使用第一人称代词的情况很多。如：

原文：

轻轻的我走了，
正如我轻轻的来；
我轻轻的招手，
作别西天的云彩。

徐志摩《再别康桥》节选

日文译文：

軽やかに僕は去ってゆく、
軽やかに僕が来たように；
僕は軽く手を振り、
西空の雲に別れを告げる。

徐志摩「ケンブリッジに再び別れを告げる」一節（笔者译）

徐志摩（1897—1931 年）出生于浙江省海宁硖石镇的富商家庭，年轻时师从一流学者，后到西方留学。1918年，他前往美国留学，1920年10月至1922年8月，他前往英国，在剑桥大学留学。英国留学对徐志摩的一生产生了很大的影响，剑桥宁静秀丽的风光，与一流学者的交流，乃至违背道德的单相思——这一切，都在作者短暂的一生中留下了难以忘怀的烙印。他在诗集《猛虎集》的序文中说，自己24岁之前，对诗的兴趣，远不如对相对论或民约论的兴趣。但是，在剑桥的生活启发了徐志摩的文学创作热情，他在这一时期开启了自己的诗人生涯。徐志摩后来深情地回顾了这一时期的生活："我的眼是康桥教我睁的，我的求知欲是康桥给我拨动的，我的自我意识是康桥给我胚胎的。"（《吸烟与文化》）

"康桥"现在直译为"剑桥"，诗人因为重视剑桥，所以当时把它翻译成了独具特色的"康桥"，把流经剑桥大学的河流也翻译成了独具特色的"康河"。1928年，诗人重游英国，11月6日踏上归途，在海上创作了这首诗。

这里所引用的是原文的第一段。作者没有使用有陈旧感觉的"吾、余"做第一人称，而是使用了对当时来说比较有新鲜感的"我"。最初的两句中"我"与"轻轻的"相结合，看似客观描写，但接下来的句子中头一个字就用了"我"，显示出主观感情的投入，接下来马上接续"轻轻的招手"，再加上优雅抒情的"作别"一词，显示出感情色彩的徐徐加深。这一段的"我"和"轻轻的"的反复、结构性的交错使诗歌变得富有节奏感，并营造出诗意的氛围。起首只一段，就奠定了"哀而不伤"的诗风。而这种手法的有效使用，优雅地表现了作者的彷徨、依恋、恋恋不舍等感情。

在"我"的使用上，必须特别指出的一位诗人是郭沫若。郭沫若的诗以大胆热情地表达主观感情为主要特征，在他的诗中，大量地、极其"充分"地使用了第一人称"我"。

例如郭沫若于1920年写的《天狗》一诗，一共有20行，每一行都是以第一人称"我"开头。统计诗中其他的"我"可知，该诗共使用了34个"我"。由此可以看出作者的直抒胸臆和似火热情。作者的《炉中煤——眷念祖国的情绪》一诗也由20行组成，共计使用了19个"我"。

《炉中煤》创作于1920年初。当时，作者郭沫若在位于日本福冈的九州帝国大学医学部留学。1919年的“五四运动”也影响了身在海外的郭沫若，他对国内军阀政权的不满和愤怒，并未因身在海外而减弱。郭沫若自己也承认，“五四运动”以后的几年是自己的“一个诗的创作爆发期”。后来他将这几年间所写的诗集结成册，于1921年出版了诗集《女神》。

作者是一位抒发感情比较直白热情的人，但在诗中，并不是直接抒发对祖国的感情，而是将譬喻贯穿全篇。他将自己比作“炉中煤”，将祖国比作“年青的女郎”。“煤”的形象黑鄙丑陋，身份卑微，但为了“心爱的人儿”，不惜投身炉中，将自己燃烧殆尽。诗中反复咏叹的“年青的女郎”的形象，暗示着作者对祖国的感情，与对恋人的爱情同样的火热。诗中的“我”指的是为国投入全部心力的自我，同时也指的是即使地位低下，力量微薄，也心系祖国的平民大众这样的大我。诗中“我”的大量使用，不仅通过音声的反复形成了节奏感，而且表现了作者热情洋溢的诗风。正如郭沫若本人曾说：在“五四运动”之后，“我几乎每天都在诗的陶醉里。每每有诗的发作袭来就好像生了热病一样，使我作寒作冷，使我提起笔来战颤着有时候写不成字”。就是这种状态，造就了“我”的大量使用吧。来看其中一节：

原文：

啊，我年青的女郎！
我自从重见天光，
我常常思念我的故乡，
我为我心爱的人儿
燃到了这般模样！

郭沫若诗集《女神》中《炉中煤》节选

日文译文：

ああ、わが若い女郎（むすめ）よ！
私が再び天日の下に戻ってから

ずっとわが故郷を偲んでいる、

私は心愛なる娘(こ)のために

こんなにまで燃えつくした！

郭沫若「炉中煤」一節　『女神』（笔者译）

第一个句子在其他三节中同样位置被重复吟咏。该诗通过被开采的煤炭思念故乡，暗示了自己身在异国他乡的事实，也暗示了这首诗并非是表面上的歌颂爱情，而是在抒发对祖国的感情，副标题也强调了这一点。最后的句子“我为我心爱的人儿/燃到了这般模样！”，与第一个句子则形成了呼应的效果。“我”被放在一连四个句子的开头，每个句子的长度又基本相同，这样的并列节奏感极强，将感情逐步推向了高潮。

3. 第三人称代词“她”的创作与使用

关于第三人称的使用，中国在进入近代以后表示第三者的女性采用了“她”这个字，与表示男性的“他”发音相同。很长一段时间以来，人们都认为这个字是新诗诗人刘半农创造的（刘半农本人也认为这个字是自己创造的），但有学者指出，中国古代就有这个字，发音为“jiě”。这位学者就是语言学家、原《光明日报·语言文字》专刊主编张巨龄，他在文章中阐述道：“‘她’字古已有之。所以，严格地讲，刘半农并不是该字的发明者，他只是将这个至少有1500年历史的方块字，借用为现代汉语的第三人称，不仅增加了字义、字音，而且客观上使它符合了汉字‘形声’的特点。”“据查，早在南朝梁代顾野王所撰的《玉篇》里，就已经有了关于‘她’字的注释，说它是‘古文’的‘姐’(jiě)字，《集韵》注音为‘子野切’。但是，这个‘她’并不是代词，而是名词。从意思上说，它也不是指第三人称的女性，而是对‘母亲’的称谓字。”①

但确实是在刘半农的提议和宣传下，“她”字才得到广泛应用，从历史的角度来看，这可以说是中国文字史上的一大改革。直到近代时，中国的代词中

① 张巨龄：《“她”字不是发明，而是借用成的另一形声字》，《光明日报》2005年8月9日。

并没有区分男、女、第三人称单数代词的习惯，也没有这个必要。作为宾语的第三人称可使用“之”直接代替。近代以后，随着对西方语言，特别是对英语进行翻译的规模猛然变大，第三人称的不对应性逐渐凸显。随着白话文运动的兴起，“他”被作为第三人称代词使用，这个“他”既可以指男性，也可以指女性和事物。但是，常用的 she 没有对译语，she 经常被译为“他女”“那女的”，不仅音节增加为两个或三个，而且因为 she 是常用词，一旦如前述这样翻译，会导致文中到处都是“他女”“那女的”，极其不自然，也不美观。有一段时间，白话小说中使用了吴地方言“伊”来表示第三人称的单数女称，但毕竟是方言，北方人（当时新文化运动的中心在位于北方的北京）并不习惯使用这个字。

1917 年，时任北京大学教师的刘半农最初使用“她”并提议用其指代第三人称的女性（当时并未发表），周作人在 1918 年 8 月的《新青年》杂志上推举了刘半农的这一提议，但也表示最好慢慢考虑其使用，但这还是引起了强烈争议和反对。1920 年初，上海杂志《新人》刊登了寒冰的《这是刘半农的错》一文，该文章认为创造出一个新的“她”字完全没有必要。后续还有孙祖基的《她字的研究》、寒冰的《驳她字的研究》等正反方观点进行了交锋。

当时正在英国伦敦留学的刘半农于 1920 年 6 月 6 日写了《“她”字问题》一文，并于 1920 年 8 月 9 日（一说创作于 8 月 6 日）发表回应。他在阐述了“她”字（第三人称阴性词）的必要性后，说明了“她”字的实用可能性。他认为，“她”字不会无用，至少在翻译中占一个地位。① 刘半农又指出，当时的白话小说中多使用的“伊”字难以普及。

1920 年 9 月 4 日，刘半农在伦敦创作了著名的口语自由诗《教我如何不想她》。这首诗由著名的语言学家赵元任作曲，被收录到 1925 年出版的《新诗歌集》中，并被大家广泛传唱。于是“她”字迅速开始流行并被广泛使用。后虽有反对者，但已无法阻挡这种趋势。在刘半农给周作人的信中，又进一步用“她”字来表示无生命物的“文学”和自己珍视的宝物。在现代汉语中，经常怀着感情用“她”

---

① 此部分参见朱洪：《刘半农传》，东方出版社 2007 年版，第 67 页。

来称“祖国”“故乡”“大地”的这一用法应算是以刘半农为起源。

1934年7月14日，年仅43岁的刘半农因急病去世。鲁迅先生写下《忆刘半农君》回忆他的生平，其中对刘半农“创造”“她”和“它”字的功绩给予了高度评价，并指出，刘在当时的社会背景下创造“她”，是冒着巨大风险、秉持着非凡勇气的创举：“他（刘半农）活泼、勇敢，打了几个大仗。譬如吧，‘她’和‘它’字的创造，就都是的。现在看起来，自然是琐屑得很，但那是十年前，单是提倡新式标点，就会有一大群人，如丧考‘妣’，恨不得‘食肉寝皮’，所以的确是大仗。现在二十岁左右的青年人，大约很少有人知道三十年前，单是剪下辫子，就会坐牢或杀头的。”①

的确，“她”字结束了此前近代文章用语中第三人称的混乱现象，做了一场重要的常用语变革，也使汉文的语汇更加丰富。“她”字的创造，使得作为常用语的 she 的、简洁而又能与其音节相对应的译语终于产生，这使得吸收西洋文化变得更加快速和方便。也就是说，“她”的出现为当时的吸收先进文化、后来的国际交流做出了贡献。

因此，在考据学的意义上来说，刘半农并没有创造出“她”和“它”字，据考证，《教我如何不想她》一诗也没有在近代文学中首次使用“她”字。但是，的确是刘半农最初提出把“她”和“它”字作为第三人称代词来使用，并明确了其用法和发音规则。刘半农创作的诗使得“她”的影响力扩大，他和反对者们的论战也进一步使“她”字的使用固定下来。我们不应该忘记这些功绩。而且，“她”字的启用自新诗开始，这也是“她”字富含诗性要素的证明吧！下面就是刘半农使用了“她”字的新诗：

原文：

天上飘着些微云，
地上吹着些微风。

① 引自鲁迅《忆刘半农君》，载贾植芳主编《现代散文鉴赏辞典》，上海辞书出版社2003年版，第53—54页。

啊！
微风吹动了我头发，
教我如何不想她？

月光恋爱着海洋，
海洋恋爱着月光。
啊！
这般蜜也似的银夜，
教我如何不想她？

水面落花慢慢流。
水底鱼儿慢慢游。
啊！
燕子你说些什么话？
教我如何不想她？

枯树在冷风里摇，
野火在暮色中烧。
啊！
西天还有些儿残霞，
教我如何不想她？

刘半农《教我如何不想她》

日文译文：

空を微雲がただよって、
大地を微風が吹きぬける。
ああ！
微風がわれの髪を吹き、
如何にしてあの子のことを想わないのか？

月が海に恋をして、
海が月に恋をする。
ああ！
この蜜のような銀の夜、
如何にしてあの子のことを想わないのか？

落花が水面をゆるやかに流れ、
魚が水底をゆるやかに泳ぐ。
ああ！
燕さんよ、何を話しているの？
如何にしてあの子のことを想わないのか？

枯れ木が寒い風に揺るがれ、
野火が黄昏に燃えている。
ああ！
西空に夕焼けが残り、
如何にしてあの子のことを想わないのか？

劉半農「教我如何不想她」（笔者译）

各节都采用了这样的形式：“/啊！/教我如何不想她？”而且在第四句的末尾，基本上最后一个字都与“她”押同样的韵，分别是“发、话、霞”三个字。最后一句的“教我如何不想她”在诗中重复4遍，形成循环往复之美。在彻底贯彻“结构的反复”，使4个诗节呈现出统一之美的同时，既具有反复咏叹的效果，又具有强烈的节奏感。

这首诗中的“她”指的是谁呢？由于刘半农英年早逝，对此并没有留下具体的说明。最初发表时是以《情歌》为题，所以这里的“她”还是设定为单相思或者恋爱的对象似乎比较好。也有另一种解释：为其作曲的赵元任在1981年回国时曾被问到上述问题，他回答说：“‘他’字可以是男的，也可以是女的，也可以是指男女之外的其他事物。这个词代表一切心爱的他、她、它。”他说这首歌词是当年刘半农在英国伦敦写的，“蕴含着他思念祖国和怀旧之情”[①]。从原文抒情的氛围中来推断，就可以隐隐约约地理解其中苦甜参半的心情，似乎还是理解为对爱人的思慕之情更合适。当时，表达对祖国的思念，多是像郭沫若《炉中煤》那样热情坦率的作品。

虽然如此，长时间以来“他”“她”混用、以“他”代“她”的情况还是比较普遍的，就连《教我如何不想她》1980 年被选入《五四时期音乐选集》（人民音乐出版社出版）时，用的仍然是“他”字，即歌名为《教我如何不想他》。

另外，使用“它”字的诗歌如：

原文：

爱啊，我一人游荡在郊原，
将恋情比作了，夕阳淹淹！

它是那红色的夕阳，
运命啊，淡似青山。

冯至《在郊原》节选

日文译文：

わが愛よ、私は一人郊原(のはら)をさまよい、
わが恋を、落ちる夕日に擬えた。

それは赤い色の夕日だ、
運命よ、青山みたいに浅かった。

馮至「郊原に」一節（笔者译）

这里把“恋情”比作夕阳，用“它”来指代无机物“夕阳”。另外，冯至在 1926 年写的《蛇》一诗中将“我的寂寞”比喻为“蛇”，诗中用“它”指代寂寞的蛇。在戴望舒的《我的记忆》一诗中用“它”来表示“我的记忆”，在 32 行的诗中用了多达 20 个“它”。

---

① 民国文林编著《细说民国大文人——那些国学大师们（白金增订版）》，现代出版社 2018 年版，第 97 页。原书中为表示“不分男女”的意思，将“她”字写为“他”字。

日文译文：

我々はその小昆虫を讃えよう、
彼らは一回の媾合を経て
或は一回の危険に抵抗した、

馮至『我々は準備している』一節（笔者译）

接下来看“吸收新词”。

中国的新诗诗人几乎都有很高的外语素养。有些外语词还没有适当的译语，或者是为了给所写诗歌带来新鲜感时，这些诗人将新的译语或是外语的原文直接写入诗中，也就成了很自然的事。例：

原文：

啊啊！雪的旷野呀！
啊啊！我所畏敬的俄罗斯呀！
晨安！我所畏敬的 Pioneer 呀！
晨安！雪的帕米尔呀！
晨安！雪的喜玛拉雅呀！
晨安！Bengal 的泰戈尔翁呀！
晨安！自然学园里的学友们呀！

郭沫若《晨安》节选 《女神》

日文译文：

ああ！ 雪の荒野！
ああ！ 私の畏敬するロシア！
おはよう！ 私の畏敬する Pioneer ！
おはよう！ 雪のパミール！
おはよう！ 雪のヒマラヤ！
おはよう！ Bengal のタゴール翁よ！
おはよう！ 自然学園の学友たち！

郭沫若「晨安（おはよう）」一節 『女神』（笔者译）

Pioneer：先驱者，开拓者。

Bengal：孟加拉，指印度半岛东北部，以恒河下游流域为主的地区。

“Pioneer”与郭沫若在《天狗》中使用的“Energy”（能量）性质相同，是在当时具有新意的新词。“Bengal”则是地名，是专有名词。

接下来，看标点的使用。

与上述日本近代诗中标点符号的使用特征相对应来看，中国新诗中标点符号的使用呈现出如下特征：(1) 在新诗诞生之前的旧体诗、新诗诗人和当时的文学家所写的旧体诗中，也就是在文言定型诗和文言自由诗阶段，基本上都不使用标点符号。到了口语诗的阶段才逐渐开始使用标点符号。(2) 句末的“，”“。”的使用虽然有例外，但已经变得很普遍。这大概是因为新诗诗人对标点符号改革均持赞成态度。(3) 是否使用标点符号，也要看作者的习惯。(4) 表达强烈感情的“？”“！”的使用，被一部分诗人所喜爱。

其中，第 (2) 点和第 (4) 点与日本近代诗有明显差异。特别是第 (4) 点，在中国的新诗中，为抒发强烈的感情，经常使用感叹号。这也可能是因为诗人们还没有完全习惯标点的使用，想着既然特意使用标点，那么干脆使用对于当时来说最新鲜的问号和感叹号。感情热烈的郭沫若使用感叹号最积极，他的《晨安》只有 36 行，但共计使用了 88 个感叹号。在其他诗中他也大量使用感叹号。徐志摩经常在诗节的最后一行，或是全诗的最后一行用感叹号，如《雪花的快乐》《沙扬娜拉》《偶然》《半夜》《深巷琵琶》《秋月》《山中》《云游》等。

虽然中国当时的白话文（以口语体写作的文章），尤其是最初出现的白话文展示出了一些不错的成果，例如创造了新字“她”，但由于白话文运动初期一部分人过于激进的语言改良主张，导致其没能对古文中的优秀部分进行完全的吸收，从词汇到语法的某些部分出现了断层。从翻译的角度来看，白话文无法在哲学思想层面、文化精神层面和外文实现良好的对译；就算单从词汇角度来看，也可以注意到白话文的词汇量（尤其是具有诗意的词汇）明显不足。举例来说，白话文因为缺少拟声拟态词和介词（相当于日语的助词），而不具有足够的能够和西方语言实现对译的词汇。即使为了填补这一断层，白话文从各国语言中吸收了大量的翻译新词，并且取得一定成效，但它依然是不完善的。并且，随着时间推移，这种不完善带来的负面影响越发显著，某些时候甚至加剧了中文语句的西化趋势。而它还导致了用于作诗的语句极度匮乏，冲击了新诗的创作，新诗作家们也因此长年烦恼于缺乏足够雅致的口语语句。

第四节　近代诗的诗体

说起近代诗的诗体，可分为两种类型。第一种是诗的整体形式（根据行数、节数等分类）。另一种是根据诗的每行的音节数等构成的形式（根据每行或各句的音节数分类）。按照第一种分类方法，在古代诗歌中，汉诗分为了“古体（古诗、乐府）”和“近体（绝句、律诗）”。按照第二种分类方法，可将诗歌分为“定型诗”“自由诗”“散文诗”等种类。按照这种分类方法分出来的各类“诗体”也可以称作“诗形”。

不过，按照《电子版大辞泉》的解释，“定型诗、自由诗、散文诗、文言诗、口语诗、无韵诗”等各种分类都属于“诗形”这一范围。而很明显，“文言诗”“口语诗”是按照语言表达形式区分的，“无韵诗”则是按韵律来分的；这与其说是按照诗的“形”，不如说是按照文体，或是音韵来分的。不过，如果硬要将“韵”也作为形式的一种来看的话，倒也能将“无韵诗”划进“诗形”的范畴。

站在第一种分类方法的视角来看，日本近代诗诗体的特点就在于对新诗体（十四行诗体等）进行了吸收；站在第二种分类方法的视角来看，日本近代诗诗体的特点就在于，后人能够从近代诗作家各种各样的新尝试中，看到它逐渐演变的过程：从文言体到口语体，从定型诗到七五调、五七调、八六调，最终形成自由型。

然而，如果要更具体地来谈，将诗简单地分成这两类再分别解释反而更加不便。以十四行诗举例来说，诗整体是十四行诗，那每一句又是什么“形”呢？是否要求押韵呢？只有站在第二种分类方法的视角才能对这些问题做出回答。

一、十四行诗体的吸收与变化

译诗集对近代诗建构的最大贡献，是导入了十四行诗体形式的诗形。

十四行诗（Sonnet，又称商籁体）是由 14 行诗句组成的欧洲定型诗。它在文艺复兴时期在意大利始创，后被吸收入英国诗歌，成为西方诗歌的代表性诗歌形式之一。

十四行诗的特征是：

行数：14 行。有例外。

形式：多为 4、4、3、3 或 4、4、4、2 行构成。十四行诗体的形式分为意大利式、英国式、斯宾塞式三种类型。大部分是意大利式，即前述前者的行结构。

格律：尤其在押韵上要求严格。例如：莎士比亚十四行诗（Shakespearean sonnet）的押韵格式是“ABAB CDCD EFEF GG”。意大利式十四行诗（Italian sonnet）或彼得拉克式十四行诗（Petrarchan sonnet）的押韵格式是“ABBA ABBA CDE CDE”或“ABBA ABBA CDC CDC”。

十四行诗作家中，著名的有弗兰齐斯科・彼得拉克、莎士比亚、约翰・弥尔顿、威廉・华兹华斯等。下面列举的明治时期的译诗集中，都收录有十四行诗体的译诗：《新体诗抄》中翻译了莎士比亚《哈姆雷特》中的一段；《面影》中翻译了莎士比亚的《奥菲利亚》；《海潮音》中翻译了莎士比亚的《当水仙花初放它的娇黄》。

日本人惯以“小曲”或“绝句”来作为“十四行诗”的译词。上田敏就将十四行诗集《生命之殿》的序诗译作了“小曲”。在那之后，蒲原有明也将《有明集》开头的八篇十四行诗称作“小曲”。

《海潮音》中收录了《小曲》《王座上的“爱”》《青年的春赞》《向空之心》等作品。对于被收录在《海潮音》中的埃雷迪亚的《出征》，《日本近代文学大系》（第 52 卷）中评论道：“原诗是一首由 14 行构成，且一行有 12 个音节的十四行诗。《海潮音》会介绍西方诗作的诗形是必然的。虽然偶尔会出现行数不同的情况，但总体来说《海潮音》的翻译特点之一，就在于它尽可能地保留了原诗的行数。上田敏在翻译这种‘壮丽体’时，尝试了使各行以‘五七五’‘七五七’的形式交错这种新型的韵律形态。蒲原有明受此影响，使诗句以‘七五七’‘五七五’的形式交错而写成十四行诗，最后收录进了《有明集》。”①

自从十四行诗被“引进”后，立刻就出现了追随者，并受到近代诗人的喜爱。

例如，上田敏的《小曲》虽然没有押韵，但和原文一样采用了14行的形式（其一行的字数对于当时的诗来说字数过多）。蒲原有明模仿其创作了《有明集》开头的八首十四行诗，并也称之为《小曲》。让我们来看其中的一首：

原文：

熟えて落ちたる果かと、噫見よ、空に
日は搖ぎ、濃くも腐れし光明は
喘ぎ黄ばみて灣の中に滴り、
波に溶け、波は咽びぬたゆたげに。

磯回のすゑの圓石はかくれてぞ吸ふ、
飽き足らひ耀き倦める夕潮を、
石の額は物うげの瑪瑙のおもひ、
かくてこそ暫時を深く照らしぬれ。

風にもあらず、浪の音、それにもあらで、
天地は一つ吐息のかげに滿ち、
沙の限り彩もなく暮れてゆくなり。

たづきなさ——わが魂は埋れぬ、
こゝに朽ちゆく夜の海の香をかぎて、
寂靜の黒き眞珠の夢を護らむ。

蒲原有明「寂靜」『有明集』

① 安田保雄等注釈：『日本近代文学大系全60巻　第52巻明治大正訳詩集』，東京：角川書店，1971年，第447頁参照。

译文：

可是果实熟透了在掉落？看那天空
太阳在摇晃，浓重地腐烂
光芒，喘息着泛黄，滴落进海湾
融进波涛。波涛哽咽着摇晃

海岸尽头的圆石，偷吸着
餍足地泛着光的、倦怠的晚潮
石头的额顶，如玛瑙般忧郁的情思
就这样深深照亮片刻时光

没有风，也没有浪声
天地间只充满一声叹息的阴影
所有的沙粒，都平淡地笼进暮色

没有办法——我的灵魂已被湮没
我嗅着夜晚的大海腐朽的香气
要守护这寂静的、黑玉般的梦

蒲原有明《寂静》　《有明集》

有下划线的地方是押韵之处。蒲原有明的《小曲》虽然没有严格押韵，但是严格遵守了4、4、3、3的十四行形式。

二、长诗形的引入

进入到近代诗阶段后，对整首诗的长度变得不再有限制，对诗中每一句的长度也变得不再有限制。相对于定型诗来说，这种长度上的放开，看似简单，却可以说是一种根本性的革命。自由的长诗形的引入给明治时期的近代诗坛带来了新鲜感和开放感，于是一系列长诗诞生了。

其代表作就是土井晚翠的《星落秋风五丈原》。他的诗甚至让人感觉到，如果不是长诗的诗形，其刚健雄浑的诗风和“一咏三叹”的韵律感是完全表达不出的。

这种长诗形的引入（或者可以说是自然产生的）是通过翻译创造出来的，但反过来也为翻译提供了便利的条件。

诗的长度变化看似简单，但是伴随着诗歌阅读方式、读者接受程度和接受心理等问题。而且，对于近现代的诗歌来说，到底什么样的长度才是最合适的，这也是需要讨论的问题。

然而遗憾的是，诗歌的“形”变长了，叙事诗却仍然很少出现，也就是说，回归诗歌诞生之初的叙事功能并没有成为当时诗人的目标。土井晚翠的《星落秋风五丈原》歌颂了虽然正在病危之际（「病篤かりき」），但为了报答主公的恩情，与敌人和命运战斗到底的丞相孔明，诗作十分优秀，但是其抒情性远超过叙述性。

三、文字表记、排列与诗形构成

黑格尔在《美学》第三卷中阐释道，“诗”是介于造型性的各类艺术与哲学的思辨思想这两者之间的存在。书中提道：“由于诗的观念方式处在这种中间地位，诗就同时分属于左右两极的领域：诗从思维里取得精神方面带有普遍性的东西，这就是从直接呈现于感官的分散的事物之中抽出它们的较单纯的定性；诗在观念方式方面还保留着造形艺术所用的在空间中同时并列的关系。”[①] 黑格尔没有否认诗歌与造型艺术有相通之处，认为诗歌在“观念方式方面”（表象作用上）有着造型艺术的空间上的共存关系。黑格尔的这番论断暗示了，（处在造型艺术和哲学思想两者之间的）诗歌具有一种视觉性效果，能促进内部要素形成有内在联系的统一体。

黑格尔还在后文中表示，诗通过语言表达出来，“精神内容意蕴才获得表

①［德］黑格尔：《美学》第三卷下册，朱光潜译，商务印书馆 1981 年版，第 96 页。原书中将“造型”写作“造形”。

现”。[①] 然而，他在后文中更多强调了语言的语音元素，而没有进一步剖析诗有着造型艺术一般的空间上的共存关系，即诗歌语言的视觉元素。

诗的视觉性还分为形式上的视觉性（外在）和意象上的视觉性（内在）。前者由诗的文字、诗句排列来表现，后者由诗展现出的意象来表现。后者所说的“意象”，还能再细分为实际存在的意象和感觉层面的意象两种。感觉层面的意象又通过与不同感官的联系，还能进一步分作“视觉意象”“听觉意象”“触觉意象”“共感意象”等各个种类。

除了文字还未诞生，文学靠口耳相传的时代的诗作，赋予诗“物质存在性”的语言表达形式都是“文字”。因此，诗的外在的视觉性基本上也是通过文字来表现的。

古时候人们并不把文字的排列与表现视作诗的形式的组成部分，因为那时候的诗（日本是和歌、俳句，中国是诗、词）都是定型诗。因此，只要能保证诗中每一行“型”的完整，就已经具备了写出一首好诗的条件。以中国的诗举例来说，诗的内容不会因是用楷书还是行书书写，在行首空一格还是两格而产生丝毫改变。日本也是如此，创作和歌时，有时全文都用平假名，有时平假名中又夹杂一些汉字，但它们都属于和歌。

这里借艺术作品《隆房卿艳词绘卷》为例。这幅绘卷描绘了平安时代末期的贵族冷泉藤原隆房（1148—1209）与小督的悲情恋爱故事，据推断创作于13世纪末。其“词书”的内容是长歌。

在开头的画面的右下角，散落着用“苇手”画法[②] 画出的文字。在樱花树的树干上，变形画出了「のとかに」这4个文字。这是从长歌“词书”开头部分的「いまは雲井の　月かげの　のどかに　てらす　御代にあひて」中截取

①［德］黑格尔：《美学》第三卷下册，朱光潜译，商务印书馆1981年版，第97页。此短句的日文译文为「感覚的実存を得る」（回译：“才被赋予感觉上的实体存在性”），对照读颇有趣味。出处：ヘーゲル著：『ヘーゲル　美学　第三巻の下』，竹内敏雄訳，東京：岩波書店，1981年，第2202頁。

②“苇手”，是平安时代的一种文字游戏式书写手法。原本是指在水边长满芦苇的风景画中，用文字变形手法，将假名或汉字描绘成草、岩石、松树、水鸟等形状。也称“水手”。（《广辞苑》）

出来的文字。但是，即使这样将文字变形后表现出来，对“词书”中长歌的内容和意义没有任何影响。

不过，到了近代诗的阶段，只要诗写成了，那么之后不论是谁再誊写，不论哪个出版社来出版，它的形式都将是固定不变的。如果原诗是用汉字写成的，就算难以知晓读法，其他人也不能擅自将汉字改成假名。近代诗包括文字排列，甚至是标点符号在内的一切形式都是固定不变的，只要形式（包括排列等在内）有所改变，诗的内容、意思也会随之改变。到如今这一倾向更加显著。近代诗还能够在出版时由竖写改成横写，当代诗则完全行不通。尤其是视觉性较强的诗，诗形就是诗的关键所在。也就是说，到了近代诗产生的时候，诗的形式（诗形）已经是诗的组成部分之一了；或者可以说，进入近代诗阶段，诗形与诗的本质之间的联系更加紧密了。

近代诗作家们也注意到了这一点，开始有意识地对包括文字排列在内的诗的形式进行改变，不断努力使诗的形式也成为诗的一部分。他们进行了诸多尝试，比如设计行的摆放位置，巧妙地排布空格，等等。如山村暮鸟的《春川》，诗中「おなじく」的定位（位置安排）就是如此。其最大的尝试就是利用形式来表现诗的深层含义，如果往极端发展，就会成为视觉诗。

原文：

いちめんのなのはな
いちめんのなのはな
いちめんのなのはな
いちめんのなのはな
いちめんのなのはな
いちめんのなのはな
いちめんのなのはな
ひばりのおしゃべり
いちめんのなのはな

山村暮鳥『風景』一節

译文：

满眼一片油菜花
满眼一片油菜花
满眼一片油菜花
满眼一片油菜花
满眼一片油菜花
满眼一片油菜花
满眼一片油菜花
云雀在空中鸣叫
满眼一片油菜花

山村暮鸟《风景》节选

上例与其说是运用了音声的重复，不如说实际上很明显是运用了书写元素的重复，营造出一种视觉上的意象。「いちめんのなのはな」(满眼一片油菜花)，诗中每一节的前 7 句话将其反复重复，描绘出一片茂盛的油菜花田的景象，让读者在脑海中联想到有关油菜花田的意象；而黄色也将自然而然地出现在读者的联想之中。作者虽然没有直接描写颜色，却运用黑色的文字创造出了彩色的意象，将读者从印刷本的黑白世界引向了明媚的彩色世界。

并且，原文这一行的「いちめんのなのはな」8 个字中，除了首字，其他 7 字都有向左倾斜的、类似“丿”的笔画；像这样连续 7 行重复，不仅诗文纵横两向都得到一种均衡感，而且文字形成斜向平行，制造出了一种斜向上的均衡感。这首诗正是通过这种方法给人带来了视觉上的美感享受，凝聚着作者的巧思妙想。

另外再加入一行「ひばりのおしゃべり」(云雀在空中鸣叫)，使得菜花田中出现人的视线，出现鸟的形象。使得这里不再是一眼望不到边的无人的田地，而是加入了人的(动物性的)要素，描绘出了充满活力的油菜花田。

但是，「ひばりのおしゃべり」(云雀在空中鸣叫)又为诗添加了声音的要素。所以这首诗不仅刺激读者的视觉，还能调动读者的听觉神经。

笔者甚至怀疑，这首诗印刷时按照日文的书写习惯，一直是竖写的，那么是否可以横着书写呢？横着书写还是否能有原诗的特色和感觉？就这样，到了近代诗的后期，可以说出现了视觉诗的萌芽。

第五节　近代诗的韵律

一、对叠句效果的追求

“正如 Alonzo Snorkel 所说的那样，希伯来文学的特点之一就在于对同一句话进行重复，尤其是抒情性文学的文体中就更常见这样的技巧。”①

关根正雄的这番评论表明，适当的反复（重复）能够使诗更具抒情性。通过反复来赋予诗歌节奏感，使其更具诗的风韵，这是自古就有的文学传统。只不过，和歌和俳句因为字数较少，多见读音与文字的重复，只偶尔可见句子（或短语）的重复；但日本到了近代诗阶段，由于对诗歌的长度不再有约束，诗文变长，也就能够随性运用反复手法了。不过，随着近代诗在表达上越发无所拘束，其节奏感也变得容易弱化。近代诗作家们充分认识到了这一点，开始合理运用重复手法，以追求叠句 (refrain) 效果。

笔者还将在后文的“修辞”部分详细阐述反复修辞法，在此先简单提上两点：

(1) 近代诗人几乎都使用过反复法。其中尤其喜欢运用反复手法的人就是岛崎藤村、土井晚翠。这大概是因为在新诗形式还没有定型的时候，对诗歌节奏不稳定有所恐惧的缘故。

(2) 近代诗人喜欢使用的反复法是“结构的反复”。运用“结构的反复”，不仅具有强调效果和叠句效果，而且如果巧妙地应用于各节，还可以产生层次渐进法的效果。

① 関根正雄：『旧約聖書文学史　下』，東京：岩波書店，1980 年，第 50 頁。

二、对押韵的尝试

受中国古诗的影响，很久以前，日本诗歌作家就尝试“押韵”，他们曾试着在创作和歌时用“韵”。

比如，1196年（建久七年）9月18日，藤原定家受内大臣九条良经所命，写出了《韵歌百二十八首和歌》，被编入了《拾遗愚草》中卷的开头部分。将作诗时使用的“韵字”融入和歌创作中，这样写就的和歌就叫作“韵歌”。《韵字四季歌》（收录于《拾遗愚草员外》）也曾做同样尝试，其不仅在形式上用韵，在内容上也试图融入中国古诗的风韵。

由此又诞生出一个新词“韵字”。中国古诗中，将用于押韵而置于句尾的字称作“韵脚”，而日本歌学中所谓的“韵字”，《和歌大辞典》做了如下阐释：“将各句的末尾一字称作‘韵字’。在《袋草纸》下卷的问答部分，就将短歌第三句的尾字称作‘初韵’，第五句的尾字称作‘终韵’，这两个‘韵’又都称作‘本韵’。《歌经标式》中已经可见‘韵字’在和歌中的运用，但是这里的‘韵’指的是使用与「アイウエオ」同一段的文字，另外规定如果使用同一文字，则称之为‘声’。如「見まく欲り我思ふ君もあらなくに何に来けむ馬病らしに」就是同声，如果将第三句改为「過ぎにけり」，则「り」与「に」可称同韵。但这里的‘韵字’规定有一个问题，那就是认可‘同声’，也就是说认可使用同一文字。‘声韵病’一说，也批判了很多和歌各句句尾的‘同韵’只不过是‘同声’，即使用了同一文字的问题。这种混乱产生的根源就在于，汉语理论被强加在了无法真正对 ‘声’与‘韵’加以区分的日语中。而连歌与俳谐中的‘韵字’，即是置于短句末尾的字词，所指的都是物名，或「けり」「かな」「らん」等。”①

然而，使用日语创作的和歌其实并不需要用“韵”，甚至不如说，不使用“韵”才更有日本特色。无论是汉诗的发祥地中国，还是极大地影响了日本近代诗的西洋诗都讲究押韵，为什么单单是日本，不论是古代的和歌、俳句，还是近代诗，都不必追求押韵，或者说很少押韵呢？造成这种现象的原因就在于：

① 犬養廉等編集：『和歌大辞典』，東京：明治書院，1986年，第75頁。此条目由赤羽淑执笔。

⑴ 日语，尤其是日语语音系统本身具有的特点。首先，日语中只有 5 个元音，以「あ、い、う、え、お」这 5 个文字符号来表示。音韵论认为，上述 5 个是以文字符号表示的日语元音，而以音素符号来表示则如下：

/a/，/i/，/u/，/e/，/o/。

正因为日语元音数量太少，投射到音韵上，就表现为读音也较为缺乏变化。并且，日语还倾向于重复同一文字（假名）。除此之外还有一些语音上的原因，在此略去不谈。

⑵ 自古以来，日本就有将和歌与汉诗区分开来的传统。和歌与俳句也曾有人尝试押韵，但往往比较罕见，所以和歌与俳句应该说是没有押韵的传统的。日本的诗人出于本能，追求由七个字、五个字构成的句子的跃动感，避免了押韵。或者说，自从汉诗自中国传入以来，经历了对中国文化的消化过程、假名的创制之后，日本人很快就自觉地视汉诗为汉诗、视和歌为和歌，将二者区分开来。本来日本的和歌（在汉字传入之前，《万叶集》以前）就不押韵，汉诗传入后，为了区别汉诗与和歌，就更不用在和歌上押韵了。

前面“近代诗的诗体”部分中，提及了近代时期十四行诗的传入，在传入过程中翻译十四行诗时曾做了押韵的尝试。之后，近代诗作家曾多次尝试写诗时押韵，然而违背本国语言特性的尝试最终还是失败了。

顺便提一下，俳句被翻译成汉语时，关于应采用何种形式，曾经在中国学界有过激烈讨论。其中的一种翻译方法，提倡在翻译的同时要保持形式美，特别是要尊重日语俳句独特形式之美，译文也采用五七五的形式。但是，被翻译成汉语的和歌与俳句很自然地就被添加了日语所没有的“韵”。如果没有押韵，在中文里会被认为没有“诗味儿”，读者会有违和感。

唐纳德•基恩用英语翻译的和歌、俳句中，行数和句子长度与日语基本对应，但不押韵的情况很多。

第六节　近代诗的意义世界

本部分主要考察近代诗中的“摆脱传统——变”的特点；分析近代诗中“独特的视觉美”；分析近代诗的象征诗中“象征主义的核心——神秘与丑陋”；从近代诗中对大自然的意识考察与西方“崇高”美学精神的偏离。

一、摆脱传统——变

1. 樱花形象的演变

奈良时代人们倾心于梅花，到了平安时代，樱花受到广泛喜爱。自那之后，只要说到“花”，让人首先想到的就是樱花。现在，樱花已经成为日本的国花，与现实生活也相连甚密。

除了最有名的《古今和歌集》之外，还有很多咏樱的和歌，以樱花为背景创作的和歌也不在少数。有关“樱花”的意象是日本文学独有的，并且是一种并非“皆大欢喜”的意象。

“与‘皆大欢喜’截然相反，日本人在欣赏樱花的美丽的同时，还从樱花中看到了灭亡、逝去的意思。 古时武士认为，在战场赴死应当像樱花凋落一般果断而毫不畏怯；而在歌舞伎表演中，樱花的出现也常伴随着妖魔鬼怪的猖獗横行，剧中人物将遭遇不幸。正如俗语‘樱开七日’所说的那样，樱花的盛放期极为短暂，会在一夜之间随风飘散，所以人们从中既感受到了纯洁、无畏，又品味出了缥缈无常。”① 能从美丽而深受人们喜爱的樱花身上联想到死亡与不幸，这或许是一种极为独特的、只有日本人才有的想法。正如无法想象西方人喜爱的象征爱情的玫瑰、中国人喜爱的象征富贵的牡丹如何才能与不幸联系起来。

① 学研・辞典編集部：『日本タテヨコ』改訂第4版，東京：学習研究社，2002年，第332頁。

在此将从古至今有关樱花的意象整理如下：

(1) 表示美丽。因此，樱花也被用来形容出众的容貌，花色黯淡也用来暗示美人的颜老色衰。以樱花的这种意象创作的和歌数不胜数。

原文：

花の色はうつりにけりないたづらに
わが身世にふるながめせしまに

小野小町　『古今集』113

译文：

樱花颜色失春雨，
怅惘我身付流时。

小野小町　《古今集》113

上面这首小野小町所作和歌大意为：春日阴雨连绵不绝，雨中樱花颜色逐渐消退。眺望这光景，我不由沉浸在思绪里：我的美貌与青春会不会也和那樱花一样，在不知不觉中衰退？这首和歌把花和美貌的形象联系在了一起。

(2) 表示纯洁。

原文：

さくら花ちりぬる風のなごりには
水なき空に波ぞたちける

紀貫之　『古今集』89

译文：

风散樱花尤缱绻，
无水碧空扬花波。

纪贯之　《古今集》89

随风飘舞的樱花花瓣被比作空中舞动的白浪，花瓣飘浮的轨迹与洁白的颜色引人注目，构成了一番“美而壮绝的景致”（窪田空穗《评释》）。

原文：

敷島の大和心を人問はば
朝日ににほふ山桜花

本居宣長

译文：

若有人问大和心，
朝日映照山樱花。

本居宣长

将山樱作为民族心灵的象征，大概也是源于樱花纯洁的形象吧。

(3) 表示缥缈无常。这或许是因为樱花花期短暂，转瞬间就会飘散凋零。尽管盛放时那样的清纯而美丽，却会在转瞬之间飘零散落，痕消迹散，让人不禁联想到，世间的美好总有消失的一天，过分美丽的事物都无法长存。不过，日本人对“花（樱花）落”还持有一种特殊的观念。如大冈信所说：惜落花之情“不只是寂寥、绝望或厌世之类的想法，不如说，日本人会将自己与凋落的花同化，在流逝的时间中与花共消亡，但会歌咏这份消亡之美”[①]。日本人不会将花的凋零视作“美的破灭”，反而会将其转换为“因破灭而生的美”“唯有破灭了方才能诞生的美”的观念。

(4) 表示灭亡、死去。

原文：

願はくは花の下にて春死なむ
そのきさらぎのもちづきのころ

西行『山家集』

① 大岡信：『古典のこころ』，東京：ゆまにて，1983 年，第 71 頁。

译文：

我愿樱花树下死，

早春二月月圆时。

西行《山家集》

这首和歌是西行法师所咏，歌中表明他希望死在阴历二月的月圆之夜，樱花盛放的树下。据说西行逝于阴历二月十六，他的这一夙愿最终得偿。西行既是歌人，又游历各地，既倾心和歌，又投身佛道，创作了很多吟咏樱花的和歌。自然，这些和歌的创作并非为了传达樱花“消逝”的意象，但后世的人总不免产生这样的联想。

有关“花”（樱花）的意象也随着历史变迁有所改变。“《万叶集》中，歌人们还没有对‘花落’给予特别关注，只注意到了其盛放之美。然而到了平安时代，人们开始有‘花有开必有落’这种想法。此后到了《新古今和歌集》编成时，歌人们已开始对花，尤其是樱花骤然凋落这种现象给予高度关心，甚至认为‘花为谢而开’。此时，中世盛行的‘无常观’也进入了和歌的创作视野。在描写‘花’这一最为绚丽的事物时往往对其凋落多加着墨，这其实是日本的诗，以及日本艺术思想整体的特点之一。”“花一旦过了盛放期，尤其是樱花，就会开始急剧地凋落。平安时代以后的诗人将这视作了自己人生的映射。”①

到了明治时期，虽然上述意象也得到了继承，但当时不仅受到来自西方的影响，而且还有开创新意象、开拓新意境的时代要求，所以以樱花为题的近代诗明显变少。取而代之的，是歌咏“紫罗兰”“玫瑰”等具有西方意象的花的诗。并且，有关樱花的意象也开始出现分歧，走向两个极端：一端，樱花被当作古典的代表；另一端，在政治层面上，樱花被当作国家主义的象征。如下例。

原文：

春静かなる里川の

① 大岡信：『古典のこころ』，東京：ゆまにて，1983 年，第 70 頁。

岸のへ匂ふ花櫻
水面の影にあこがれて
涙灑げる幾たびか。

おのが影とも花知らず
光のどけき朝日子に
姿凝らして水面を
あゝ幾度か眺めけむ。

影ものいはじ水去りて
いつしか老ゆる花の面
うつらふ色を眺めては
思やいかに夕まぐれ。

春も空しく暮去れば
梢離れてあゝ花よ
水面の影と逢ひながら
行くゑはいつこ末遠く。

土井晩翠「岸邊の櫻」『天地有情』

译文：

春日寂静里川边，
樱花香气沁岸原。
憧憬倒映水面影，
几度洒泪天地间。

不知水中是己影，
弄姿搔首向水面。
旭日之光和且暖，
啊啊几度看又看。

影子无语水流去，
不知不觉花颜颓。
容色不再频眺望，
思来想去日已昏。

春色匆匆空逝去，
可怜花朵离梢头。
终于花影两相见，
水流远方不知处！

土井晚翠《岸边之樱》　《天地有情》

土井晚翠的这首《岸边之樱》（『岸邊の櫻』）就继承了古典的樱花的意象，在此基础上又融入了新的元素。生在岸边的樱花单恋，或可说是憧憬上了自己在水中的倒影，却不知那映照的就是自己。然而，二者始终无法结缘，花色日渐衰颓，而一旦到了能够和水中影相见的那天，自己也将不知会随水流漂向何方了。也就是说，恋情得偿所愿（去向恋慕对象的身边）意味着自己迄今为止存在的世界将要崩坏，也意味着自己将前往未知的世界。

这里的樱花的形象，首先是眺望自己倒映在水中的影子的形象。这是东方常有的“临流照影”的表达，但对于有很深的西方文学造诣的土井晚翠来说，当他描写这样的樱花形象时，却让人怀疑他实际上想到的是那个著名的希腊神话人物“纳西索斯”[①]，因为纳西索斯也是迷恋爱慕自己在水中的倒影。接下来，作者借用“花容”（「花のかんばせ」）这样古老的形象，用拟人的手法，描写了樱花对花色衰颓的感叹，这是借用了将自己的容貌比为樱花的古来的形象，小野小町的和歌「花の色はうつりにけりないたづらにわが身世にふるながめせしまに」（樱花颜色失春雨，怅惘我身付流时）最经典地运用了这种譬喻。土井晚翠诗中的「朝日子」是「朝日」的意思，也属于古式的表达，在《古今

① 纳西索斯是希腊神话中一位俊美无双的男子，拒绝了仙女伊可的求爱之后，他爱上了自己在泉水中的倒影，最终因恋情不得圆满郁郁而终，死后化为水仙。

六帖》中就有「朝日子がさすや岡辺の松の枝の」（朝日映照处，丘旁青松枝）的说法。

最后一节描写出，岁月流逝，落花终于到达了憧憬向往之处，但相伴而来的，是自我世界的崩溃与黑暗未来的降临。达到理想的境界就意味着理想的破灭——这里显示的显然是一个具有哲学意义的主题。最后一节似乎也可认为是"流水落花春去也"[①]的近代式解释。但是，这样的结果并不是樱花自身所能决定的，对于柔弱的花儿来说，这是自身无法控制的宿命。整体上，《岸边之樱》中樱花的形象是自古以来的形象，但如果将「みずから水に映る影をみる」与纳西索斯的神话联系起来的话，可说是将东方与西方的形象融合在了一起。这种新的诗歌元素，再加上最后一节中出现的哲学元素，成为诗人塑造樱花新形象的一个小小的尝试。

2. 女性形象的变化——从恋爱的对象到官能的对象

和歌的两大主题是自然与爱情。自然的主题表现了日本诗人对外部世界的观察和感情，恋爱的主题表现了自我内部的感情。近代诗也继承了这一传统，但在爱情（「恋」）的表达方式上受到了西方的影响，当然同时也表现出了日本式的一面。

原文：

まだあげ初めし前髪の
林檎のもとに見えしとき
前にさしたる花櫛の
花ある君と思ひけり

やさしく白き手をのべて
林檎をわれにあたえしは

① 出自李煜《浪淘沙令》：帘外雨潺潺，春意阑珊，罗衾不耐五更寒。梦里不知身是客，一晌贪欢。　　独自莫凭栏，无限江山，别时容易见时难。流水落花春去也，天上人间。

薄紅の秋の実に
人こひ初めしはじめなり

わがこゝろなきためいきの
その髪の毛にかゝるとき
たのしき恋の盃を
君が情けに酌みしかな

林檎畠の樹の下に
おのづからなる細道は
誰が踏みそめしかたみとぞ
問ひたまふこそこいしけれ

島崎藤村「初恋」 『若菜集』

译文：

当初相遇苹果林，
你才挽起少女的发型。
前鬓插着如花的彩梳，
映衬着你的娟娟玉容。

你脉脉地伸出白净的手，
捧起苹果向我相赠，
淡红秋实溢清香啊，
正如你我的一片初衷。

我因痴情犹入梦境，
一声叹息把你的青丝拂动，
此时似饮合欢杯啊，
杯中斟满了你的恋情。

苹果林中树荫下，

何时有了弯弯的小径？
心中“宝塔”谁踏基？
耳边犹响着你的细语声声。①

岛崎藤村《初恋》　《嫩菜集》(罗兴典译)

恋人有着美丽的刘海、白皙的手和温柔的性格。男主人公“我”经常与她在苹果树下幽会，树下因此竟然形成了一条小路，然而她却问道：这里“何时有了弯弯的小径？”恋人天真无邪的样子实在可爱。而且在这里，是由女性主动提起话题，表现出了女性在这场恋爱中的地位。在西方的恋爱诗中女性经常被放在与作者平等的位置上，受到尊重与赞美。而在这首诗中，女主人公是“我”的恋爱对象，与男主人公处于平等的位置。可以说，这种表达在当时是现代的，是采用了与西方恋爱诗一样的表达。

而且「林檎」（苹果）的形象让读者想到《旧约圣经·创世记》第二章中的伊甸园的苹果，令人怀疑作者是否也心中有此印象。“耶和华神吩咐他说：‘园中各样树上的果子，你可以随意吃，只是分别善恶树上的果子，你不可吃，因为你吃的日子必定死。’”（《创世记》2:16-17)

上文中的“他”指亚当。如此说来，在这首诗中，作为禁果的苹果的出现，果真只是单纯作为恋爱的工具吗？

「まだあげ初めし前髪の」（挽起少女的发型）这样传统的女性美的表现，加上像「花櫛」（花梳）这样的时尚要素，使得日本的传统与近代美统一到了女主人公的身上。藤村的《初恋》中的女性形象虽然外观是传统与近代的美的融合，但内视的话，其“温柔”的性质仍是日本传统的女性美。

蒲原有明的《智慧的相面人给我看相》中描写了一个富有魅力的女性形象。

原文：

噫遁れよと、嫋やげる君がほとりを、
緑牧、草野の原のうねりより

① 罗兴典：《日本诗史》，上海外语教育出版社 2002 年版，第 58—59 页。

なほ柔かき黒髪の綰の波を、——
こを如何に君は聞き判きたまふらむ。

蒲原有明「智慧の相者は我を見て」一節　『有明集』

译文：

快逃走！从你温顺的人儿身边，
从比草原牧场的绿色涟漪
还要柔软的发圈香波里。
——恋人啊！你可知这其中的奥妙。[①]

蒲原有明《智慧的相面人给我看相》节选　《有明集》(罗兴典译)

这首诗虽说和西方诗歌一样地赞美女性，但比起实际的容貌，这首诗更倾向于称赞女性的秀发。通过使用「波」(香波)这一隐喻，进一步深化了“蓬乱的秀发”等经典的形象。此外，「嫋やげる」与「嫋やか」「嫋やぐ」是同系列的词，意为“袅娜、娴静、温和、柔美”，表达的是平安时代——王朝女性之美的理念[②]。在第三节，诗人把诗歌主人公离开那位迷人女性时的形象比喻成「飢えてさまよふ獣」(饥饿游荡的野兽)；在第四节的结尾，主人公下定决心，即使有「雲」(乌云)、「疾風」(疾风)所象征的不幸、危险，也要投身爱情的「香の渦輪」(芬芳旋涡)、「彩の嵐」(华丽风暴)。由于无法忽视那位女性的存在，主人公为了爱情打破了理性——通过这一描写，进一步凸显了女性恋人的魅力。

原文：

咽び嘆かふわが胸の曇り物憂き
紗の帳しなめきかかげ、かがやかに、
或日は映る君が面、媚の野にさく

① 罗兴典：《日本诗史》，上海外语教育出版社 2002 年版，第 87 页。
② 久保忠夫他注釈：『日本近代文学大系全 60 巻　第 18 巻土井晩翠・薄田泣菫・蒲原有明集』，東京：角川書店，1972 年，第 475 頁。

阿芙蓉の萎え嬌めけるその匂ひ。

魂をも蕩らす私語に誘はれつつも、
われはまた君を擁きて泣くなめり、
極秘の愁、夢のわな、——君が腕に、
傷ましきわがただむきはとらはれぬ。

また或宵は君見えず、生絹の衣の
衣ずれの音のさやさやすずろかに
ただ傳ふのみ、わが心この時裂けつ、

茉莉花の夜の一室の香のかげに
まじれる君が微笑はわが身の痍を
もとめ來て沁みて薫りぬ、貴にしみらに。

蒲原有明「茉莉花」

译文：

哽咽着叹息着，我心中挂起烦闷的纱帐
某一日掀起，熠熠映照出你的容光
如开放在妩媚的原野里，刚要枯萎的
娇艳罂粟，散发出莫名的幽香

被你那荡魂动魄的低语所诱惑
我却想再次拥抱着你哭泣
这是至密的忧愁，梦一样甜美的陷阱
我痛苦的胳臂，被你的柔腕抓住俘获

或在某个夜晚，看不见你
却能听到你的绸衣，发出沙呀沙呀的响声
仅听到那窸窣之音，我的心此时已裂成两半

夜里，茉莉花的香气溢满整个房间

你的幻影同你的微笑一同浮现

寻找我身上的疮痍，不停地沁入香气来抚慰

蒲原有明《茉莉花》

到了《茉莉花》，蒲原有明诗歌的官能性就变得比较露骨了。诗中的女性颓废妖艳、颇具诱惑性，是外表美丽但有毒性的「阿芙蓉の萎え嬌めける」（刚要枯萎的娇艳罂粟）。她说的是“甚至会玩弄人的心性并使之痴狂的、充满爱欲的低语”①。她的本事（诱惑人）对于主人公来说既是甜美的陷阱，又是恼人的忧愁，实难逃脱。最后，主人公既因幽会而感到罪恶，同时又能品尝甘美；而女性则兼备美丽的容貌与引诱男性的毒性。在诗人的笔下，主人公同时感受到快感与痛感。这种矛盾加深了诗歌的故事性。

此外，这首诗中视觉、触觉、听觉、嗅觉的共鸣使用也值得关注。分别是视觉（=映る君が面、阿芙蓉の萎え嬌めける、微笑）、触觉（=君が腕に、とらはれぬ）、听觉（=魂をも蕩らす私語、衣ずれの音）、嗅觉（=茉莉花の夜の一室の香、沁みて薫りぬ）。正是在这些感官的共同作用下，创造出了一个官能的世界。

尽管描写的是非传统的女性，但传统的审美意识仍然存在。在第三节中，那位女性没有露出身影，只能听到她让他听到衣物窸窣作响的声音。这种手法只调动听觉，将影像隐藏，让读者无限放飞想象。而在东方，“隐”的美学发挥着重要的作用。唐朝诗人白居易在《琵琶行》中描绘女主人公出场时，用了“千呼万唤始出来，犹抱琵琶半遮面”这样的句子。可以说，在东方美学中，认为通过遮住“美”来表现美，更有美的效果。日本同样接受了这种美学观念，如在描绘日本平安朝女性的绘卷中，女性登场时往往半遮面，或把面部全部遮住。以绘卷《隆房卿艳词绘卷》为例，女主人公小督在第一幅画面中初次登场时，就将一半面部以长袖遮住了。这实际上是追求含蓄之美的东方审美意识作用下的结果。

在近代的象征诗中，很多诗中的主人公面向自己的内心，或是观察其中理

① 久保忠夫他注釈：『日本近代文学大系全 60 巻　第 18 巻土井晩翠・薄田泣菫・蒲原有明集』，東京：角川書店，1972 年，第 445 頁。

性与感性围绕着恋爱进行的战斗，或者吟咏自己因为恋爱而感到的不安、绝望与苦恼。这些诗中，很少有关于女性容貌的直接描写，大多是营造出现场的气氛，从而来衬托女性的魅力，至于具体的女性形象，则有赖于阅读者来想象补充。这些诗中的女性形象很值得研究。

中国有很多恋爱诗，但总体来说，在西方诗中，恋爱的内容更多，也更显重要。朱光潜曾说：

> 西方受中世纪骑士风的影响，女子地位较高，教育也比较完善，在学问和情趣上往往可以与男子忻合，在中国得于友朋的乐趣，在西方往往可以得之于妇人女子。
>
> 东西恋爱观相差也甚远。西方人重视恋爱，有“恋爱最上”的标语。中国人重视婚姻而轻视恋爱，真正的恋爱往往见于“桑间濮上”。
>
> 西方诗人要在恋爱中实现人生，中国诗人往往只求在恋爱中消遣人生。中国诗人脚踏实地，爱情只是爱情；西方诗人比较能高瞻远瞩，爱情之中都有几分人生哲学和宗教情操。①

日本关于恋爱的和歌非常之多，有着吟咏“恋慕之心”（「恋心」），以及恋人直接赠答和歌相互应和的传统，但与西方的恋爱诗相比，仍有很多不同之处。如对于《万叶集》中关于恋爱的和歌（「恋の歌」），就有人指出：这些和歌“几乎没有道德上的判断”。

> 《万叶集》原本就没出现过关于性爱的道德上的判断。也就是说，在当时的社会普遍观念中，性爱作为一种原始真实的人类现象已被自然而然地接受了。②

日本和歌中所表现出的可以说是“恋爱至上”的恋爱观，在中古、中世、

① 朱光潜：《中西诗在情趣上的比较》。朱光潜：《诗论》，生活·读书·新知三联书店1998年版，第78—80页。

② 中村真一郎：『日本古典にみる性と愛』，東京：水声社，2006年，第36頁。

江户时代也被继承了下来。只是在日本，恋爱双方不一定要像西方那样站在平等的立场上，正如很多和歌中所表现的那样，女性在恋爱中其实还是处于不利的地位。她们处于追随男性、附属于男性的立场，在经济、生活、恋爱中都不是独立的存在。和歌中经常能看到女性被追求的场面，但与西方不同，女性并没有得到像对女神或对缪斯那样的崇拜。在“男尊女卑”的东方，这并不是不可思议的现象，即使是在恋爱的和歌很多、性观念相对开放的日本也不例外。

明治维新以后，西洋的恋爱观念也传入日本，与传统的开放的性观念以及一些作家的个性相融合，酝酿出了官能性很强的诗歌，而在这些诗歌中，一部分女性的形象也发生了很大的变化，从恋爱的对象发展成了官能的对象。

二、独特的视觉美

对近代诗来说，“视觉美”指两个方面。一方面，指形式上的视觉性。近代诗自诞生以来，视觉性就被加以重视。到了山村暮鸟的《风景》，已经表现出了高度的视觉性以及伴之而生的强烈感知性，称之为后来视觉诗的前奏都不为过。

另一方面，指诗的内在的视觉性。内在的视觉性，指诗的内容部分有很多富有视觉性的要素。视觉美尤其是象征派诗人的追求，蒲原有明在《春鸟集》的序言中就庄重地发表了象征派的宣言。

> 认识“自然”就是认识“自我”。如果“自然”是豹的斑，“自我”可说是豹的瞳吧？（中略）为“自我”而活，在“自然”中闪耀，一只灵豹进入诗天之苑。
>
> 视听等也交错其中，混杂在近代人的情感中。这里有银光闪烁的声音，这里有嘹亮震耳的颜色。
>
> 虽然我们说要用心去看、用心去听，但有时嗅觉的感官也能够嗅到灵魂的香味。称嗅觉的感官为“卑官”，也许只是不了解官能深切程度的说法罢了。

自然与自我的关系，应该是和谐融合的；而只有通过视觉、听觉、嗅觉等感官的交错作用，才能充分表现出近代人复杂的情感。这可以说是重视包括视觉在内的感觉的宣言。

实践这一信条的象征诗名篇有好几篇。富于官能性和幻想性的《茉莉花》、表现了理性与爱欲的冲突的《智慧的相面人给我看相》，是其中的经典。

三、象征主义的核心——神秘与丑陋

卡尔·罗森克兰茨（Johann Karl Friedrich Rosenkranz）在著作《丑的美学》一书中，极力主张“丑”是美学的一部分。他说：

> 所谓美学是大的概念的总称，分为三组特殊群体。第一组涉及美的理念；第二组涉及创造即艺术的概念；第三组涉及各种艺术的体系，是通过特定媒体上的艺术表达美的理念。其中第一组可以用“美的形而上学”的题目来概括。但如果要考察美的理念，则离不开对丑的探索。“丑”作为负的美，是美学的一部分，没有可以托付的其他的学问。因此，谈论丑的美学是合乎道理的。①
>
> 我把“丑”作为定位于“美”与“滑稽”中间的东西，努力展开从丑的萌芽状态到呈现出恶魔样貌的丑的完成状态。
>
> 我想要揭示，丑是否具有“美”这一正面前提，丑是否扭曲了美，丑是否创造出了不崇高而庸俗的东西，是否创造出了不令人满意而令人厌恶的东西，是否创造出了不理想而颇具讽刺的东西。
>
> 话说回来，丑真的那么令人讨厌吗？丑得连一点光都没有吗？对于哲学家和艺术家来说，丑就没有蕴藏一些积极的内容？根据我的看法，丑位于美与滑稽中间。滑稽没有丑的因素就不能成立。滑稽被从丑陋中解放出来，回到美的自由中去。

---

① 转译自：カール·ローゼンクランツ著：『醜の美学』，鈴木芳子訳，東京：未知谷，2007年，序文第1頁。

从美到丑，从丑到滑稽是个愉快的循环。[①]

卡尔·罗森克兰茨认为“丑”介于“美”与“滑稽”之间，笔者对此抱有疑问。笔者认为合理的顺序应是“美”——“滑稽”——“丑”，正是滑稽存在于美丑之间。“丑”是美学的一部分，这种说法虽然不是卡尔·罗森克兰茨的原创，但提出这一点本身，至少对于近现代诗学来说是好事。

从古至今，人们对“丑”的看法不断变化。苏格拉底主张“没有绝对的善”，认为没有“实用性”的东西就是“丑”。奥古斯丁则认为“丑”不是缺陷，而是必要。

到了近代诗的阶段，近代诗学的范畴也被扩展，从对“美”与“善”的关注扩大到了“丑”。北原白秋在《邪教门》的序中这样写道：“诗的生命在于暗示，而非只是对事实现象加以说明。于笔墨、语言难以表达的情趣的无限振动中，去追求微弱的心灵的唏嘘，去憧憬缥缈的音乐的愉悦，去骄傲地表现自我观想的悲哀，这方是我所主张的象征诗的宗旨。因此，我的诗崇尚神秘，喜欢梦幻，爱慕腐烂中的颓唐之红。唉，可叹，我们近代邪教门徒梦中也难忘的，是在苍白月光下抽泣的大理石的嗟叹，是被暗红而浑浊的埃及浓雾所折磨的斯芬克斯的眼眸，或是在落日余晖中欢笑的浪漫音乐，以及屠杀男孩[②]前后所发生的悲伤的号哭。”

“腐烂中的颓唐之红”，不能说是美的概念，但这正是以北原白秋为首的象征诗人所追求的东西。“解体”和“腐败”等过去诗中禁忌的材料也被引进到近代诗中，只不过此类材料被用一些鲜明而又贴切的形象给表现出来了。

原文：

半身は砂のなかにうもれてゐて、
それで居てべろべろ舌を出して居る。

---

① 转译自：カール・ローゼンクランツ著：『醜の美学』，鈴木芳子訳，東京：未知谷，2007年，序文第2-3頁。

② 应指的是《新约圣经》中《马太福音》2的16到18节的描述。

この軟体動物のあたまの上には、
砂利や潮みづが、ざら、ざら、ざら、ざら流れてゐる、
ながれてゐる、
ああ夢のやうにしづかにもながれてゐる。

ながれてゆく砂と砂との隙間から、
蛤はまた舌べろをちらちらと赤くもえいづる、
この蛤は非常に憔悴れてゐるのである。

みればぐにやぐにやした内臓がくさりかかつて居るらしい、
それゆゑ哀しげな晩かたになると、
青ざめた海岸に坐つてゐて、
ちら、ちら、ちら、ちらとくさつた息をするのですよ。

萩原朔太郎「くさつた蛤」『月に吠える』

译文：

半身埋进沙里，
就潜伏在那里伸出黏糊糊的舌头。
在这软体动物的头上，
砂石和潮水咋拉咋拉、咋拉咋拉地流动着，
流动着。
啊啊就像梦幻般，安静地流动着。

冲走的砂石与砂石的缝隙间，
蛤蜊又隐约露出泛红的舌头，
这个蛤蜊已经非常地憔悴。
它绵软的内脏看去已经开始腐烂，
而且等到了哀愁的傍晚，
它会坐在苍白的海岸上，

其拉其拉、其拉其拉地，断续着进行腐烂的呼吸。

萩原朔太郎《腐烂的蛤蜊》　《吠月》

“但当‘存在’丧失了对生的意志，只把对存在的自我意识（而非实际存在）语言化的时候，比起伦理，这更倾向于用感官上的意象来进行自我表达。当作者放弃对生的意志，把自己作为感觉上的存在来吟咏时，常常会采用解体、腐烂的形象，在生物性的、天然的语态下表达这一点。这是自然而明的事情。”①

“虽然朔太郎敏锐的感知性在追求内心意志的坚定，却只能把实际上不可能存在的根源性不安形象化。通过对两栖类、爬行动物和隐花植物的比喻，来幻视解体和腐烂。而且，将自身不发光的‘月亮’的光通过反射的‘苍白’色调，从海底世界浮现到外部世界。从这个意义上来说也值得注意。”②

评论家将“腐烂的蛤蜊”理解为“感官上的意象”，分析认为“解体和腐烂”的形象是将“根源性不安形象化”。

四、与西方“崇高”美学精神的偏离

1. 日本人的自然观

日本四季分明，风光秀丽。居住于此的日本人珍惜自然，热爱自然。对日本人来说，传承下来的观念是，大自然和自身融为一体，生老死都离不开自然。这其中有自然环境的因素，有宗教的因素，也有外来文化影响的因素。

西方的自然观向来重视人的独立性，习惯于把大自然作为与人对立的或者是独立于人的存在来对待。其结果是人类喜欢挑战大自然、征服大自然，或者是喜欢对自然进行客观观察，征服大自然和回归大自然经常成为西方文学的主题。如海明威的小说《老人与海》、儒勒・凡尔纳的《海底两万里》等都是这种自然观的典型表现。

与此相对，日本人自然观的最大特征是亲近自然，希望与自然融为一体。以下面的和歌为例：

---

① 饗庭孝男：『夢想の解読 近代詩人論』，東京：美術公論社，1983年，第114頁。
② 同上书，第118頁。

原文：

春は花夏ホトトギス秋は月

冬雪冴えて涼しかりける（道元）

译文：

春花秋月夏杜鹃，冬雪凉意沁心头。（**道元**）

原文：

かたみとて何か残さん春は花

夏ホトトギス秋はもみじ葉（良寛）

译文：

留存世间有何物，春来樱花秋红叶，夏日杜鹃鸣。（**良宽**）

相传以上是道元、良宽二人辞世时所写和歌，因为被川端康成在获诺贝尔文学奖时的演讲《美丽的日本的我》中引用而广为人知。道元把“春有樱花；夏有杜鹃①；秋有月；冬有雪，寒气逼人令人神清”这样的“司空见惯的事情用常见的话语”②表达出来，但其中蕴含的是对四季分明的独有气候特征的爱，传达出顺其自然的禅意。道元主张通过坐禅“自然地身心脱落”，使“本来的面目”展现在眼前（《普劝坐禅仪》）。笔者将其译为：“春花秋月夏杜鹃，冬雪凉意沁心头。”

良宽吟咏的和歌意为：“死后遗留不下什么。只在春天留下樱花，夏天留下杜鹃鸟，秋天留下满山红叶，请把它们当作良宽我的遗物好好爱惜吧。”通过这首和歌，传递出“自然就是良宽，良宽就是自然”的二者相融的心境。樱花、杜鹃鸟、红叶，这些本是自然界之物，在这里却成了良宽的遗物。人们看到这些景物，会想起良宽，不，想不起也没什么，因为良宽已经成为这些景物。这首和歌虽然率真直白，但从中可以窥见超越了生死的禅的境界。笔者将其译为：“留存世间有何物，春来樱花秋红叶，夏日杜鹃鸣。”

① 指杜鹃鸟。又称杜宇、子规、催归。

② 引自：川端康成：ノーベル文学賞受賞記念講演「美しい日本の私」。

村上胜彦评价道：

> 他们的生活方式，非常接近“与大自然的一体化”——这种美意识的根源。他们选择了精神上的成长。这就像密宗所说的“即身成佛”一样，“充分活出现在在这里的存在”。而到了该灭亡的时候，灭亡就灭亡吧。
>
> 像这样对自然的亲近、自然与自我的一体化，会进一步产生享受自然、讴歌现世的肯定现实的想法。[①]

2. 西本晃二谈自然观

西本晃二在《欧洲的语言、日本的语言——以动作和动作主体的关系为中心》中，从语言学的视角分析了日本人的自然观。

与以英语为主的西方语言不同，日语的动作主体（主语）和动作（谓语）相隔甚远。而且，动词本身不包含动作主体。也就是说，只看动词的话，并不知道动作的主体是谁。同理，格助词中表示动作主体的助词并不局限于一个，与动词的关系也很疏远。总而言之，在日语圈中，使用语言的主体（= 发话者）和客体［外界，即大自然和他人（某些情况下也可能包含发话者自身的心理）］之间，没有（或者很少有）能够产生大的紧张关系的基础。即使没有明确表示动词主体（主语），日语句子也能达到调和的状态。[②]

反映到人与自然的关系上，可以清楚地看出东西方的区别：西方强调主体（自我），东方不强调主体（自我）；西方强调人类对大自然的支配，东方对大自然表现出亲和感。西本晃二列举了《旧约圣经》、帕斯卡[③]、波德莱尔[④]、洛

① 学研・辞典編集部：『日本タテヨコ』改訂第4版，東京：学習研究社，2002年，第30頁。

② 西本晃二：「ヨーロッパの言葉、日本の言葉　——動作と動作主体の関係を中心として」，『岩波講座文学3　言語』，東京：岩波書店，1976年，第45-51頁参照。

③ 布莱士・帕斯卡（1623—1662，Blaise Pascal），法国数学家、物理学家、哲学家、散文家。代表作品《算术三角形》《思想录》等。

④ 夏尔・皮埃尔・波德莱尔（1821—1867，Charles Pierre Baudelaire），法国象征派诗歌的先驱。代表作品《恶之花》《巴黎的忧郁》《美学珍玩》等。

根丁[①]等来例证。

帕斯卡的名言："人不过是一根芦苇，是自然界最脆弱的东西；但他是一根会思考的芦苇。"[②]这句话揭示了人类意识的尊严。他说："即使宇宙要毁灭他，他也比致他于死地的宇宙要高贵得多；因为他知道自己将要死亡，他知道宇宙相对于他的优势，而宇宙对此却是一无所知。"[③]在这段话中，帕斯卡将宇宙视为比人类更强大的存在，并将其视为能轻易捻碎人类的、令人恐惧的人类的对立面。[④]西本晃二解释道："人类和宇宙是对立的，人类虽然恐惧不安，但仍然要'通过意识来恢复对宇宙的优越性'。"[⑤]

西本晃二还以《万叶集》、平忠度、西行法师的和歌和维尼、托马斯·格雷、歌德的诗歌为例进行了比较。其结论如下：

> 西行并没有视自己为独自与全宇宙对峙、凭借意识战胜宇宙的帕斯卡式的人物。相反，他认为"无心之身"是宇宙的一部分，和宇宙是一体的关系。因此，"哀"（「あはれ」）既不单是一时的兴致，也不是感叹自己总有一天会死去的悲哀，而是"物哀"（「物のあはれ」）。即万物皆有的渺茫无常，以及因事物变迁而显现出的美丽。

在西方诗歌中，诗人与大自然呈对峙关系。与大自然"有明显区别的存在'我'（= 诗人），对作为客体的外界进行观察"。

> 迄今为止所看到的欧洲诗歌中，外界与以它为对象眺望的诗人之间的关系在西行的和歌中是见不到的。"物哀"源于万物，将人与物

① 日文为：ロカンタン。指法国作家萨特小说《恶心》的主人公安东纳·洛根丁。

② [法] 布莱士·帕斯卡：《人是一根会思考的芦苇》，郭向南译，北京联合出版社 2017 年版，第 203 页。

③ 同上。

④ 西本晃二：「ヨーロッパの言葉、日本の言葉　——動作と動作主体の関係を中心として」，『岩波講座文学 3　言語』，東京：岩波書店，1976 年，第 52-53 頁参照。

⑤ 同上书，第 53 頁。

毫无区别地全部包裹、浸泡。①

西本晃二还列举了李白的五言绝句《独坐敬亭山》、达摩大师的偈子、《正法眼藏随闻记》等，试图追溯日本人的自然观，并指出其源头在于中国文化中“强调自然与人的一体感的倾向”、佛教中以“轮回思想”为主的自然观、以“事事无碍法界”为代表的宇宙观，还有视“自我”为到达领悟的最大障碍、认为只有放空自我才能领悟的禅的思想。

3. 中国的天人合一思想

西本晃二说：

> 日语圈本身就存在对大自然的亲近感。除此之外，与古希腊与古罗马的古典时期对欧洲语言圈的影响一样，中国文化也给日本带来了巨大影响。其中，包括强调自然与人的一体感的倾向。②

这种一体感的倾向的源头是春秋战国时期（甚至更早）所形成的“天人合一”思想。关于其思想，这里需要借用李泽厚的解释。

与自然的一体感是什么呢？只是融入自然的静态行动吗？不，并非如此，“天人合一”思想具有动态的意义。其意义结构如下所示。

> 《易传》中没有人格神对人的主宰支配，相反，它强调的是人必须奋发图强，不断行进，才能与天地自然同步。天地自然在昼夜运转着、变化着、更新着，人必须采取同步的动态结构，才能达到与整个自然和宇宙相同一，这才是“与天地参”，即人的身心、社会群体与天地自然的同一，亦即“天人合一”。这种“同一”或“合一”，不是静

---

① 西本晃二：「ヨーロッパの言葉、日本の言葉　——動作と動作主体の関係を中心として」，『岩波講座文学 3　言語』，東京：岩波書店，1976 年，第 53-60 頁。

② 同上书，第 61 頁。文中所说的“古典时期”，是对希腊—罗马世界（以地中海为中心，包括古希腊和古罗马的一系列文明）（英语：Greco-Roman world）的长期文化史的广义称谓，是希腊语和罗马语文学作品（如埃斯库罗斯、奥维德、荷马等人）繁荣的年代。

态的存在，而是动态的进行，此即“日新之谓盛德”。[①]

李泽厚进一步阐述了“天人合一”思想的儒家根源，指出“天人合一”所展现的宇宙、自然的感性世界的肯定意义，指出“天人合一”中的“天、地、人”的关系是相通的平等关系。

> 孔门仁学由心理伦理而天地万物，由人而天，由人道而天道，由政治社会而自然、宇宙，由强调人的内在自然（情、感、欲）的陶冶塑造到追求人与自然、宇宙的动态同构，这就把原典儒学推到了顶峰。宇宙、自然的感性世界在这里既不是负性的（如在许多宗教那里），也不是中性的（在近代科学那里），而是具有肯定意义和正面价值的，并且具有一种情感性的色调和性质。这是孔、孟、荀肯定人的感性存在和生成、重视感性生命的基本观点的一种世界观的升华。
>
> 这感性世界的肯定性价值，不是上帝或人格神所赋予，而是通过人的自觉意识和努力来达到。在这里，天大，地大，人亦大，天人是相通而合一的。从而，人可以以其情感、思想、气势与宇宙万物相呼应，人的身心作为的一切规律和形式（包括艺术的一切规律和形式），也正是自然界的宇宙普遍规律和形式的呼应，例如运动、流变、动态平衡、对立统一，等等。[②]

人与外界的“同一”、一体感也有危险性。那固然能减少或减轻与外界的摩擦，但正如西本晃二所说，“如果每个人依赖于安逸的一体感，而懈怠于律己的主体性努力的话，那么反而只会阻碍对人类的存在的充实”。[③]但是，“天人合一”的动态性最大限度地防止了这种危险。《易传》强调说：“易：穷则变，变则通，通则久，是以自天佑之，吉无不利。”（《易·系辞下》，大意为：当事物发展到极点时，要加以变化，方能求得通达。懂得“变通”之理，能够

① 李泽厚：《华夏美学·美学四讲》，生活·读书·新知三联书店2008年版，第73页。

② 同上书，第73—74页。

③ 西本晃二：「ヨーロッパの言葉、日本の言葉　——動作と動作主体の関係を中心として」，『岩波講座文学3　言語』，東京：岩波書店，1976年，第63頁。

得到上天保佑，诸事顺利。）这种“人类应当效法自然，在变化运行中去不断建功立业，求取生成和发展”① 的积极态度，正是“天人合一”思想的主动性的一个表现。

4. 基于日本人自然观的文学表现

日本人的自然观表现在文学和艺术上，有如下表现：

(1) 大自然成为文学创作的重要主题。表现出对自然变化（特别是四季）的细致观察、对自然的敏锐感受。很多和歌、俳句都显示了这一点。“和歌和俳句吟咏花鸟风月，俳句加入季语也是要在那个小世界里导入自然的姿态的体现。”②

因此，在日本的文学作品中，尤其是在和歌与俳句中，往往不是把植物、动物当作有实用性的东西、当作狩猎的对象，而是对这些东西感到亲切、喜爱，甚至眷恋、依恋。小林一茶的俳句尤为明显。

原文：

やせ蛙　負けるな一茶　これにあり　（小林一茶）
やれ打つな　はえが手をする　足をする　（小林一茶）
われと来て　遊べや親の　ないすずめ　（小林一茶）

译文：

瘦小青蛙不要输！一茶我呀在这里　（**小林一茶**）
啊呀不要打，小蝇儿在搓它手，又搓它的脚　（**小林一茶**）
和我来玩呀，没爹没娘的小麻雀　（**小林一茶**）

对青蛙、麻雀这样弱小的生命感到同情，对被人厌恶的苍蝇也有一颗爱护之心，所以一茶的俳句能让人感觉到动物乃至自然的可喜可爱，由此也可以窥见一茶敏锐的观察力和细腻的感性，而其背景，是与自然万物站在平等的立场

① 李泽厚：《华夏美学 美学四讲》，生活・读书・新知三联书店 2008 年版，第 74 页。
② 学研・辞典編集部：『日本タテヨコ』改訂第 4 版，東京：学習研究社，2002 年，第 30 頁。

上进行交流的自然观。

(2) 在文学表现上，不是要征服自然，而是将自然与自己的人生融为一体，或者是将自然观与佛教的无常观、禅宗的思想相结合。其结果，出现了“幽玄、侘、寂”的文学理念与审美意识，“真实不矫饰”的风格受到欢迎。芭蕉的俳句就是表现这种意境的最好例子。

原文：

しづかさや岩にしみいる蝉の声　　（松尾芭蕉）

译文：

寂静一何极 / 漫山蝉鸣急如雨 / 声沁岑岩里[①]　　（**陈岩译**）

这是芭蕉在《奥州小路》中“立石寺”一篇所咏的俳句。在句前，芭蕉这样描绘了眼前的风景：「松柏年古り、土石老いて苔滑らかに、岩上の院々扉を閉ぢて物の音聞こえず。岸を巡り岩を這ひて仏閣を拝し、佳景寂莫として心澄みゆくのみおぼゆ」（“佳景寂寞。若心思澄明，则能感到静寂中的蝉声，似将渗透进布满青苔的岩石里。如此的寂静啊。自我与自然融为一体，只有蝉声鸣叫不停。刹那间陷入忘我境地的作者唇间，轻叹出一句‘寂静一何极’。”[②]）

(3) 喜欢表现乡愁。热爱自然就等于热爱自己的故乡，或者二者从一开始就是密不可分的关系。喜欢表现乡愁，应是日本诗歌与中国诗歌最相似的地方。

5. 近代诗中的大自然

如前所述，基于日本人自然观的文学表现，主要表现在三个方面：(1) 大自然成为文学创作的重要主题；(2) 将自然与自己的人生融为一体，或者是将自然观与佛教的无常观、禅宗的思想相结合；(3) 喜欢表现乡愁。那么，近代诗是怎样表现自然的呢？

---

① [日] 松尾芭蕉：《奥州小路》，陈岩译，译林出版社 2011 年版，第 65 页。

② 大木葉末：『作句と鑑賞のための　俳句の文法』，京都：清水弘文堂，1986 年，第 260-261 頁。

原文：

山林に自由存す
われ此句を吟じて血のわくを覚ゆ
嗚呼山林に自由存す
いかなればわれ山林をみすてし

あくがれて虚栄の途にのぼりしより
十年の月日塵のうちに過ぎぬ
ふりさけ見れば自由の里は
すでに雲山千里の外にある心地す

眥を決して天外をのぞめば
をちかたの高峰の雪の朝日影
嗚呼山林に自由存す
われ此句を吟じて血のわくを覚ゆ

なつかしきわが故郷は何処ぞや
彼処にわれは山林の児なりき
顧みれば千里江山
自由の郷は雲底に没せんとす

国木田独歩『山林に自由存す』

译文：

自由存于山林
我吟此句，热血沸腾
啊啊，自由存于山林
为何我却离弃山林

一心攀缘虚荣之途
十年岁月尘垢中虚度
仰首望自由之乡

已在那云山千里外

决眦望天外
高峰白雪映朝阳
啊啊，自由存于山林
我吟此句，热血沸腾

我眷恋的故乡在何方？
在那里我是山林的孩子
回首是千里江山
自由之乡就要沉入云底

国木田独步《自由存于山林》

这里的“自由”，是“灵魂的自由”，还是政治上、人格上的自由呢？国木田独步是东京专门学校（现早稻田大学）的英语专业学生，喜欢读华兹华斯的诗。他曾感叹“新日本建立之际，诗歌十分匮乏”。他哀叹道，虽然自由的风气传入日本，颁布了宪法、成立了议会，但日本却没有形成咏唱诗人热血——“自由”的诗歌形式。在这首诗中吟咏了「山林」（山林）这一雄伟的形象，吟咏了「高峰の雪の朝日影」（高峰白雪映朝阳）这样庄严的大自然，却看不到与自然对立的意志和欲望。

原文：

わが故郷は、朝凍の眞葛が原に楓の葉、
そそ走りゆく霜月や、専修念佛の行者らが
都入りする御講凪ぎ、日は午さがり、夕越の
路にまよひし旅心地、物わびしらの涙眼して、
下京あたり時雨する、うら寂しげの日短かを、
道の者なる若人は、ものの香朽ちし經藏に、
塵居の御影、古渡りの御經の文字や愛しれて、
夕くれなゐの明らみに、黄金の岸も慕ふらむ

かなたへ、君といざかへらまし。

薄田泣菫「望郷の歌」一節　『白羊宮』

译文：

我的故乡，晨冻的真葛原枫叶艳红，
霜月匆匆奔过，一心念佛的修行者们
纷纷进京做法事，那时节天气晴好。
过午，想起夜晚翻山迷路时的心境，
这行旅者落寞地泪眼朦胧。
下京一带忽降急雨，冬日苦短稍微冷清。
精通此道的年轻人，喜欢香气枯朽的经藏，
边有棱线的经箱，更爱古时传来的经典中的文字。
喜欢傍晚的天空那彤红的明亮，更钦羡七宝池岸。
到那里去呀，我想和你一同回故乡！

薄田泣堇《望乡之歌》节选　《白羊宫》

这是一首吟咏现代京都的和歌，是一首将京都作为自己心灵故乡，饱含爱意的诗歌。引用的最后一节摆脱了春、夏、秋三节“思念故乡”的情调，敬慕“七宝池岸”已久的修道者的登场，表明这首诗并不是传统的风花雪月的情调。诗中不仅描写了自然，还表现出了与精神生活有关的新鲜感。

而且，也有近代诗将大自然视为丑陋的存在。

原文：

雨のふる間
眺めは白ぼけて
建物　建物　びたびたにぬれ
さみしい荒廢した田舍をみる。
そこに感情をくさらして
かれらは馬のやうにくらしてゐた。

私は家の壁をめぐり
家の壁に生える苔をみた
かれらの食物は非常にわるく
精神さへも梅雨じみて居る。

雨のながくふる間
私は退屈な田舎にゐて
退屈な自然に漂泊してゐる
薄ちやけた幽靈のやうな影をみた。

私は貧乏を見たのです
このびたびたする雨氣の中に
ずつくり濡れたる　孤獨の　非常に厭やらしいものを見たのです。

萩原朔太郎「厭やらしい景物」

译文：

下雨的时候
景色模糊了
每一幢房子　每一幢房子都湿哒哒
我看到冷寂的荒废了的乡村。
在那里让感情腐烂
他们像马一样生活着。

我绕着看房屋的墙壁
看到墙壁上生长的青苔
他们吃得很差
精神上也像梅雨一样。

长时间下雨的时候
我在一个无聊的乡村
在无聊的自然中漂泊

我看到了微弱的幽灵般的影子。

我看到了贫穷
在这湿哒哒的雨意中，
我看到了沉甸甸的　孤独的　非常讨厌的东西。

萩原朔太郎《讨厌的景物》

将“自然”置于人类的对立面，视“自然”为令人畏惧的存在的“崇高”观念，即使在近代诗阶段，在日本也没有行得通。顶多只有如上例萩原朔太郎《讨厌的景物》一般，感到轻微苦恼的程度。

第七节　近代诗的修辞

本部分通过实例，分析日本近代诗修辞的特点和作用，特别阐述了迄今为止的研究中所没有涉及的“反复”修辞手法的视觉作用，以及与诗的音乐性的关联。进而指出，综合运用修辞手法来构建诗意世界是近代诗，乃至现当代诗歌的常用手法。在诗歌创作不再活跃的今天，提高立意，在修辞上多下新奇、凝练、隐蕴等的功夫，或许可以开辟现当代诗的未来。

对于诗歌来说，修辞对诗的节奏、形式、意义世界的形成产生巨大作用，修辞研究是诗学的重要组成部分。

在《修辞学事典》的前言中，关于语言的修辞技巧（あや）和修辞（rhetoric）阐释如下：“修辞技巧（あや）在英语中是 figures of speech，在法语中是 figures de rhétorique，指的是所有的修辞技巧。说是所有的，但那是与这个词的广义相对应的，其实也有狭义的用法。在那种情况下，则指的是 tropes 以外的修辞技巧。所谓 tropes 是指将单词转换成其他意思的手法，指的是转义的比喻［本书称为意义作用的修辞技巧（あや）］。figures 这个词的本义是指人的脸、形体、像、图形、数字等，所以这些狭义的用法应该是其本来的意思。”

修辞技巧（あや）不是古代修辞学的全部。古代修辞学（レトリック、rhetoric）最初是作为一种辩论术产生的，能使口头演讲具有说服力的一切技巧都属于其功能范畴。但在古罗马从共和制走向帝制时，至少在政治场合中，公开辩论的重要性减弱，古代修辞学也逐渐向现代意义上的修辞学开始演变。

在现代意义的修辞学中，修辞技巧[①]是中心主题，但在古典时代的辩论术中，比如构思论是个重要的主题，特别是和逻辑相关联的“主题（希腊语topos）”，被认为是在文学上和体裁相关的文体而受到剖析。[②]

也就是说，古代修辞学（レトリック、rhetoric）包括辩论术和修辞学两个方面。现在说到修辞，已被广泛认为是一种增强文章表达效果的技巧，而不是作为最初的辩论术的手段。也就是说，现在所说的修辞属于广义上的使用，包含了含语义作用的“修辞技巧”用法。本书所探讨的“修辞”，是古代修辞学中所包含的修辞学的方面，或者说，是以“修辞技巧”用法为主的广义上的修辞。

在《修辞学事典》中，将古代修辞学分为以下几类：“第一部分，表现形态的‘修辞技巧’；第二部分，语义作用的‘修辞技巧’或比喻；第三部分，思考样态的‘修辞技巧’；第四部分，论证的‘修辞技巧’；第五部分，词形的修辞技巧及特殊句型。”[③]作为论述法的第四部分与文学关系甚微。而修辞的第一部分包含语句的插入、省略、倒置、反复，第二部分包含直喻、隐喻、换喻、提喻，这些在诗歌中都非常实用。第三部分中的一部分（比如讽喻）在诗歌中也经常被使用。

日本的近代诗摒弃了古代和歌与俳句中经常使用的“双关”“缘语”等修辞，但随着字数的增加，语言和形式更趋自由，近代诗中开始使用更多或更新的修辞手法，以追求新的节奏和诗意效果，这些修辞呈现出新的特征。其中包括且

① 此处的“修辞技巧”指「あや」，后文同（无论是否文中加注）。

② 引自：佐藤信夫・佐々木健一・松尾大：『レトリック事典』，東京：大修館書店，2006年，まえがき。

③ 同上书，目次参照。

不局限为：(1) 大量使用“反复”，特别是结构上的“反复”，使其产生不断重复的叠句效果 (refrain)，以制造出节奏感，并求得意义的深化。受西方诗歌使用“头韵”的影响，在行和段的开头经常使用反复。这些重复的大量使用，除了音声和节奏上的效果，也自然会产生一种视觉效果。(2) 大量使用明喻，以求得鲜明的形象化效果；有意识增加以隐喻为主的比喻手法，以追求意义的多层化。古代和歌利用双关和缘语实现内容的双重意义，而近代诗，尤其是其中的象征诗则主要利用隐喻，使其具有多重意义，从而构建出一个象征的世界。(3) 活用日语的特点，多用拟声词、拟态词。这些修辞上的新手法酿造出日本近代诗的个性，使得口语化并没有成为诗歌创作的阻碍。

一、反复

1. 反复的定义

《修辞学事典》中对“反复”的定义如下：

> 所谓“反复”，简而言之，就是重复同一件事或物。从反复的内容来看，可以有音字（发音或文字）的反复、词句的反复、表达形式的反复等。原本广义上的“反复”，指的是各种要素的重复的综合，其代表性的用语repetition/répétition被作为普遍的修辞用语的条目，但一般来说，单说“反复”一词时，指的只是同一词句的重复，用途比较狭隘。也就是说，“反复”指同一词语的重复。①

简而言之，“反复”就是同样内容的重复。关于反复有如下几个问题。首先，平时的文章中经常把内容的重复称为重复，且要尽量避免。那么作为修辞手段的“反复”与这种重复有何区别呢？这要看是不是有意使用。在有意识地重复词句的情况下，这种重复就是修辞法意义上的“反复”。反之亦成立。也就是说，如果不是有意识的使用，那么多数就只能算是普通的“重复”。当然，作为附

① 引自：佐藤信夫・佐々木健一・松尾大：『レトリック事典』，東京：大修館書店，2006 年，まえがき，第 45 頁。

加条件，也可以从重复的效果来判断。如果能带来修辞效果，那就可以判断是“反复”。

还有一个问题，平时我们经常使用的词、句子成分的重复，算是“反复”吗？实际上，判断这种情况是否算“反复”，其判断标准与上述标准相同。也就是说，要看作者是不是有意识地使用这些词和句子成分。如果只是因为语法上的原因使用并不算是修辞法的“反复”。例如，人称代词的使用，这几乎是人们在日常生活中无意识地使用的，不是“反复”。但如果是为了增强句子的表达效果，例如在连续几句的句首使用第一人称代词“我”，如同西方的首韵，则很可能成为修辞法上的“反复”。当然，也有必要结合句子的形式、内容等综合判断，例如在“我”后面加上相同的谓语的情况下，“反复”的可能性会变得极大。

接下来的问题是，根据重复的次数是否能提高“反复”的效果？也就是说，重复的次数越多，是否就越能起到“反复”的修辞效果？答案当然是否定的。是否有修辞效果，取决于修辞手段的“有效性”。重复的次数与有效性并不等价。修辞始于辩论术，是否有说服力是其有效性的最初标准。“反复”是修辞的一种手段，判断其有效性也要看其有无说服力。和说服别人时一样，有时重复说两遍以上比较有效，而有时则不需要重复，甚至如果一直重复的话，会变成啰唆的说教，容易引起听者的反感。

在《修辞学事典》中也曾写道：“反复强调很难判定程度。重复两次就比一次强吗？如果这样的话，增加重复次数到三次、四次甚至十次、二十次的话，不是会变得效果更强吗？但实际上，次数多未必能保证意义的增强。”① 强行重复的句子，“甚至给人一种滑稽的印象。随意重复的词语反而会削弱意义”②。

在诗歌的修辞中，特别是在近代诗的修辞中，“反复”是一种重要的表达手段。但是，这里就有了第三个问题：一般来说，诗歌是要求词句简洁的文学形式。对于诗来说，应该避免无意义的重复。那么为什么笔者断言“反复是近

---

① 引自：佐藤信夫・佐々木健一・松尾大：『レトリック事典』，東京：大修館書店，2006年，まえがき，第53頁。

② 同上书，第53-54頁。

代诗的重要表达手段”呢？通过本部分所列的近代诗的例子，可以找到这个问题的答案。这里先简单做如下总结：(1) 在诗的构成上，“反复”具有整顿诗形的作用；(2) 在诗的韵律上，“反复”有重复、叠句的效果，使得诗具有一定的音乐性；(3) 在诗的意义上，“反复”有强调或深化意义（渐层）的效果；(4) 在诗的风格上，“反复”催生抒情的效果；(5) 在诗的创作上，“反复”有一些特殊用法，为近代诗的形成做出了贡献。

从形式来说，“反复”有很多表现形式。《修辞学事典》将其分类为“语音的反复、语句的反复、结构的反复”。而且解释道：“也许有人认为这三种分类的不同之处是重复单位的长度不同，但并非如此。容易混淆的是语句的反复与结构的反复。在前者中，语句这一素材本身被反复使用；后者则是语句组合形式的重复。”《修辞学事典》提出，“同一语句反复”的例子有很多，但还有更琐细的“连续反复”和“非连续反复”这样的分类方法[①]。

2. 诗歌结构上的“反复”

所谓结构上的“反复”，是指语言表达中的相同形式或模式的重复。自古以来，西方和中国诗歌（主要是古体诗[②]）中就经常使用“反复”，通过语句的反复来创造节奏，通过结构的反复来调整形式。而且，这种结构的反复可使感情逐渐高涨，给诗带来较大变化。

在《诗经》中，就常用结构上的“反复”，如：

> 蒹葭苍苍，白露为霜。所谓伊人，在水一方。
> 溯洄从之，道阻且长。溯游从之，宛在水中央。

---

① 引自佐藤信夫・佐々木健一・松尾大：『レトリック事典』，東京：大修館書店，2006 年，まえがき，第 45-46 頁。

② 中国古代诗歌从格律上可分为“古体诗”和“近体诗”。古体诗不受格律的束缚，主要指从《诗经》到南北朝的庾信的诗；近体诗采用严格的格律，以律诗为代表。在乐府和绝句中，既有可归入古体诗的，也有可归入近体诗的。上述分类法主要参照王力：《诗词格律》，中华书局 2001 年版，第 14—15 页。

蒹葭萋萋，白露未晞。所谓伊人，在水之湄。
溯洄从之，道阻且跻。溯游从之，宛在水中坻。

蒹葭采采，白露未已。所谓伊人，在水之涘。
溯洄从之，道阻且右。溯游从之，宛在水中沚。

其日文译文同样照搬了这种“反复”的表现手法，以保持原文的风格：

蒹葭　蒼蒼たり　白露　霜となる
謂ふ所の伊の人　水の一方に在り
遡洄して之に從ふも　道　阻しく且つ長し
遡游して之に從ふも　宛として水の央に在り

蒹葭　萋萋たり　白露　未だ晞かず
謂ふ所の伊の人　水の湄に在り
遡洄して之に從ふも　道　阻しく且つ躋る
遡游して之に從ふも　宛として水の坻に在り

蒹葭　采采たり　白露　未だ已まず
謂ふ所の伊の人　水の涘に在り
遡洄して之に從ふも　道　阻しく且つ右す
遡游して之に從ふも　宛として水の沚に在り①

这首诗的反复的模式是：

蒹葭 AA，白露为○。所谓伊人，在水△▲。
溯洄从之，道阻且◎。溯游从之，宛在水中●。

符号表示在各小节中被替换的部分，而且○▲◎●所表示的文字中，在各自的小节中都有 3 个到 4 个字押韵。各小节押的是不同的韵。如在第一小节，押的是“ang”韵。

① 石川忠久釈：『新釈漢文大系第 111 巻　詩経（中）』4 版，東京：明治書院，2003 年。

3. 日本近代诗中的“反复”

近代诗中经常使用“反复”。如在国木田独步的《自由存于山林》一诗中，在第一、三、十一行反复吟咏“自由存于山林”，强调主题“自由存于山林”。并在第三、十一行加上“呜呼”这样的感叹词，进一步强化了强调之意。

但最能产生效果的还是结构上的“反复”，如岛崎藤村的《春二 黎明》。

原文：

紅細くたなびけたる
雲とならばやあけぼのの
雲とならばや

やみを出でては光ある
空とならばやあけぼのの
空とならばや
春の光を彩れる
水とならばやあけぼのの
水とならばや
鳩に履まれてやはらかき
草とならばやあけぼのの
草とならばや

島崎藤村「春二　あけぼの」一節　『嫩菜集』

译文：

细长绵延染红晕
倘然成为一朵云，徜徉黎明中
倘然成为一朵云

脱离幽暗曙光现
倘然成为那天空，发白黎明中

倘然成为那天空

添色春光溢华彩
倘然成为一池水，泛影黎明中
倘然成为一池水

白鸽踩来柔又软
倘然成为一片草，铺陈黎明中
倘然成为一片草

岛崎藤村《春二　黎明》节选　《嫩菜集》

原文通过「○となら<u>ばやあけぼのの</u>／○となら<u>ばや</u>」这种模式的重复，选取云、天空、水、草这四个典型景物，描绘出春天的壮丽画卷，织就了“天光水色”的并行交错网络。

象征诗人也爱用结构上的“反复”。薄田泣堇的《望乡之歌》，在春夏秋冬这四个小节的开头，都以「わが故郷よ」（我的故乡）这一句充满感情地开始，在每个小节的结尾，都以「かなたへ、君といざかへらまし」（到哪里去呀，我想和你一同回故乡！）的句子，充满感伤地结束。因如此运用反复，该诗节奏和形态都很整齐，符合四季中各主题的并行，感情又在不断的反复中越来越深刻。

试看蒲原有明的《钟声响起》（『鐘は鳴り出づ』）。该诗共有 10 节，每一节行数均等，且最后都以这样的模式结束：

「鐘は○○○（动词）、梵音に、——
　　　　　　　　　　○○の○○○。」

句中“动词”的部分，分别是以下动词：

「叫びぬ、とどろく、嘆きぬ、ふるへぬ、わななく、すさみぬ、絶え入る、残りぬ、にほひぬ」（叫喊、轰鸣、叹息、颤抖、战栗、颓败、死去、残存、发出气味）。就是通过运用这种结构上的“反复”，层次渐进地表达出群众在看到三缘山增上寺起火惨状时的反应。

但是笔者认为，诗的长度是是否运用“结构的反复”手法的前提条件。在诗形上来说，近代诗本身的长度变长了，这构成了“结构的反复”这种修辞技巧被经常使用的基本条件。而长度短小的诗，为了尽可能地向读者传达更多的信息，反而会避免“反复”，尤其是“结构的反复”。到了近代诗的阶段，诗歌不再受类似短歌、俳句的形式上的束缚，在长度上来说，原则上可以想写多长就写多长，不再受到限制。“结构的反复”这种修辞手段不仅有使诗形整齐的作用，韵律上还有叠句、重复的效果，对近代诗人来说，这种修辞手段是很容易选择的手段。

4. 中国诗歌中的“反复”

前文说过：“诗的长度是是否运用‘结构的反复’手法的前提条件。”纵观中国诗歌的历史，就可知这一点。

“反复”是中国诗歌中常用的修辞手段。由于汉语的孤立语的特征，尤其是文字的反复使用得特别多。如唐朝诗人崔颢的《黄鹤楼》中写道：“晴川历历汉阳树，芳草萋萋鹦鹉洲。”宋代词人李清照的词《声声慢》中写道：“寻寻觅觅，冷冷清清，凄凄惨惨戚戚。”

单独的文字的重复在发音上有助于形成节奏感，而对拟声词数量较少的汉语来说，“反复”也是一种补充手段。

但在格律严格的近体诗（指律诗和一部分绝句、乐府）中很少能看到“反复”，因为重复使用词语和句子会导致诗的低俗化。只有在当时与口语比较接近的诗词的“词”中，语言和句子的重复使用有时是被允许的，要求也不是那么严格。例如：

长相思，长相思。若问相思甚了期，除非相见时。
长相思，长相思。欲把相思说似谁，浅情人不知。

宋·晏几道《长相思》

像这样的“句子的反复”在近体诗中几乎看不到。吴丈蜀在《词学概说》中阐述道：“这首词写得也非常明白晓畅，接近口语，在近体诗中是难于找到类似例子的。词的上下片各有叠句，更是近体诗所无。”①

特别是“结构的反复”，只有在诗形自由且基本上来说长度较长的古体诗中才能看到。近体诗中几乎看不到“结构的反复”。近体诗很少采取“结构的反复”这样的修辞手段，但其在整体上，通过对字数行数的限制（定型）、押韵、平仄、对仗等，已经构成了一个严密的诗形。

但是到了新诗阶段，字、词、句的重复自不必说，“结构的反复”也被明显应用到了诗中。

例如，中国的现代诗人郭沫若喜欢使用第一人称“我”，其作品《天狗》的每行都以“我”开头。既具有头韵的效果，又具有形式整齐的美感。在之后的每一节中，“我”与下面的文字组合在一起，进行了富有变化的“反复”，在其之后的要么是谓语，要么是介词结构。所以可以理解为，全诗都在进行着“我”的反复。

到了各小节中，则形成“我＋○○”的“结构的反复”。作者还有意识地改变着“我＋○○”的形式，如在第一节，是“我＋把（介词）”；第二节，是“我＋是（判断动词）”；第三节，是“我＋谓语（动词）”“我＋如……一样地……（介词结构）＋谓语（动词）”这样的“结构的反复”。这样做，避免了“我”的重复的枯燥单调，诗歌在表达了热烈的主观情感的基础上，还同时富有表现形式的变化。如：

原文：

我是一条天狗呀！
我把月来吞了，
我把日来吞了，
我把一切的星球来吞了，

① 吴丈蜀：《词学概说》，中华书局2000年版，第150页。

我把全宇宙来吞了。

我便是我了！

郭沫若《天狗》节选　《女神》

日文译文：

我は一匹の天狗なのよ！

我は月を呑んだ。

我は日を呑んだ。

我はすべての星を呑んだ。

我は宇宙まで呑んだ。

それでこそ我は我になる！

郭沫若「天狗」一節　『女神』（笔者译）

这是一首以“天狗吠日”“日食、月食是因为天狗吞下了日月”等民间传说为背景写下的诗。“天狗”一般被认为是意味着“自我”，但也有说法认为它意味着“五四”时期的民族精神。总而言之，它是一种敢于吞噬宇宙、毁灭过去旧自我、超越痛苦确立新自我的英雄形象。作者利用这一系列的“反复”的修辞手法，塑造了形式之美，在达到自由奔放的抒情之美的同时，也塑造了一个旧时代的叛逆者、引领新时代的创造者的“自我”的形象。“我”作为第一人称代词是常用语，作者在有意识地使用“我”的基础上，确立并深化了“自我独立”的主题。可以说，“我”的使用有作成诗歌形式等的效果，所以可将其认定为是 “反复”的修辞手法。再有徐志摩在他著名的《再别康桥》一诗的第一段和最后一段，以下面的模式进行了“结构的反复”，不仅形成了前后呼应，还使得最后感情得到了升华。

○○的我走了，

正如我○○的来；

我○○○○○，

○○○○○云彩。

中国的现代诗人中很少有人没用过“结构的反复”，其中也有作品几乎都做“结构的反复”的人。这种现象到了 20 世纪 80 年代以后才开始减少。

第八节　翻译与近代诗的诞生

在日本近代诗的形成过程中，翻译起到了很大的作用。值得注意的是，在近代诗诞生之前，其实翻译活动就已异常盛行。可以说，如果没有翻译，近代诗就不会诞生。

本部分将先提起在明治时期翻译进行之前几乎被忽视的“口语译（译成口语）”这一途径，阐述基督教的传教与近代的翻译的关系、日本近代翻译的特殊性、近代诗诞生过程中翻译的作用等。重点是接下来的“翻译对近代诗创作的影响”部分。然后将分析翻译与诗人之间的关系，最后阐述关于翻译的各种问题，从对近代诗的批判来分析当时对翻译的重新认识情况，并延展探讨翻译中的相互影响、迄今为止对翻译的轻视、误译等。

一、“口语译”的先驱

近代诗是从翻译开始诞生的。最初的译诗集《新体诗抄》使用的语言还是文言。川路柳虹于 1907 年发表的《垃圾堆》宣告了真正意义上的口语自由诗的诞生。然而在很久以前，就已经有人尝试过将诗歌翻译成口语。

诗歌口语译（译成口语）的先驱并不是在明治时期，而是在江户时期。江户时期，日本盛行对中国的研究。其中，曾在对马藩任职、在长崎学习过中文、在釜山倭馆学习过朝鲜语的雨森芳洲 (1668—1755) 主张直接阅读汉文书籍。大约同时期的学者荻生徂徕也主张直接阅读汉文。他在《译文筌蹄》的序言《题言十则》中这样说道：“我曾经为学生制定了一条学术道路。首先学习长崎的学问（中文）。学习华人日常使用的语言，用华音阅读书籍，翻译成和语时使用平时的语言。绝对不要使用和训回环（绕圈子的训读）的读法。……只有掌握了长崎的学问，才能成为中华之人。”①

他认为学习汉文学的前提条件是学习日常使用的中文。荻生徂徕主张在汉文学的翻译中“使用日常的语言”，江南先生将其主张付诸实施，他的《六朝诗选俗训》就贯彻了这一主张。例如：

原文：

揽枕北窗卧，
郎来就侬嬉。
小喜多唐突，
相怜能几时。

晋・子夜歌

日文译文：

まくらをひきよせ　なんど（納戸）にねてゐれば
わしによりそひて　ちわ（痴話）をする
ちとうれしいと思へば　つかふど（つっけんどん）なことばかり
しつぽりとすることは　よふ（よう）どれほどあるふ

原文：

何处碟觞来，
两颊红似火。
自有桃花容，
莫言人劝我。

梁・高阳乐人歌

日文译文：

どこで　ひつかけて　きやつたぞ
両のほうのいろ　ひのやうじや

① 筧文生：「古典から二〇世紀へ——詩文」，『中国二〇世紀文学を学ぶ人のために』，京都：世界思想社，2003 年，第 227 頁。

もちまへの　ももいろな　かほじや
人がわしにのませたと　いふてくれな[①]

上述两例均收录于民歌集《乐府诗集》中，原本是口语调的诗。第一首《子夜歌》直率地描写出了女子与恋人约会时敏感的心情。据传此诗的作者是女性。《唐书·乐志》有言："《子夜歌》者，晋曲也。晋有女子名子夜，造此声，声过哀苦。"

第二首的《高阳乐人歌》在《乐府诗集》中收录有两首。第一首是："可怜白鼻騧，相将入酒家。无钱但共饮，画地作交赊。"大意是：想和朋友一起喝酒，就算没钱，挂账也要买下酒来共饮。这首诗描写了鲜卑族人的豪饮之状，使得喜欢喝酒的同好们慷慨不羁的姿态鲜明地浮现眼前。本书作为例子举出的是第二首，与第一首有着紧密的关系。大意是：在痛饮之后回到家，被家里的妻子逼问说："不知道在哪里喝了酒，怎么你的脸颊红得像火一样？"妻子的语气明显带有不满和揶揄之意，而男主人狡猾地回答了这个问题："我是天生的面色红润好似桃花，并不是别人请我喝酒才这样的。"男主人避重就轻，逃掉了"在哪里喝了酒"的质疑。而且，还把自己红彤彤的脸比喻为桃花般的容貌（桃花容），可见对自己的容貌相当自负，所以这应该是一对年轻夫妇的对话。

上述诗歌的日文翻译是以平民的语言翻译了这种原来就是口语体的诗。在《六朝诗选俗训》中，没有用汉日典籍翻译时惯例使用的训读法，而是尝试用口语体进行翻译。确实，到了江户时代，译者们感到训读法——将汉文翻译成符合日语文章结构的阅读法——不仅不易传递汉语的语感、韵味、顺序，而且还经常会出现语言生硬、不自然之感，于是翻译汉语典籍时，"口语译（译成口语）"变多了。当时，被译成口语体的《唐诗选》有好几种，还有木版版本。以下是记有"圆立寺龙海作"的某一抄本中，对唐代贺知章的《题袁氏别业 / 偶游主人园》的翻译：

---

① 上述两译文转引自宇野木洋・松浦恆雄編：『中国二〇世紀文学を学ぶ人のために』，京都：世界思想社，2003年，第227-228頁。源文本为：都留春雄・釜谷武志校注：『六朝詩選俗訓』，東京：平凡社，2000年。

泣堇、蒲原有明等人都很喜欢使用。”①

虽然无法确认上田敏、薄田泣堇、蒲原有明等人是否读过赞美诗，但事实上，赞美诗的翻译、创作至少在新诗的诞生期十分盛行。

顺便总结一下基督教和近代诗创作之间的关系，笔者认为有以下几点：

(1)《圣经》和赞美诗的翻译为八六调等近代诗韵律的创造做出了贡献。

(2)《圣经》和基督教（的历史等）成为近代诗人创作的题材。例如，汤浅半月的个人诗集《十二石冢》（以《圣经》为题材）；北原白秋的诗集《邪教门》（题材取自镇压天主教的历史）。

(3) 对诗人个人产生影响。例如，思想上受到影响的诗人：北村透谷；想要脱离基督教确立自我，或寻求人格神的诗人：岛崎藤村、萩原朔太郎；从事神职的诗人：山村暮鸟②。

上述 (1) 的部分明显是由于翻译的影响，但 (2)(3) 的影响不明确是不是通过翻译造成的。

三、近代的翻译

近代日本翻译史一般从明治维新开始算起，但实际上应从 16 世纪 90 年代就开始计算。在有兰学翻译传统的基础上，到了明治前夕，近代日本的翻译活动得到大规模而广泛的进行。

渡边雅弘在《日本的希腊学、罗马学的流入、移植、接受和展开的文献史——从切支丹时代到昭和二十年的著作文献年表》（一）～（四）的系列论文中，制作了 1591 年的《圣人传记选粹》之后的文献目录。分为原著译本、单行本、论文、书评及介绍四个部分，到（四）为止目录已经达到了 354 页。

矢野文雄在《译书说法》(1883) 的序章中这样说：“当今译书出版之盛况，可达数几万卷，不吝汗牛充栋，实乃好事一桩。”③

① 分銅惇作・吉田凞生編：『近代詩物語』，東京：有斐閣，1978 年，第 6 頁。

② 参照『現代詩大事典』，第 286 頁。该条目由野吕芳信执笔。

③ 渡边雅弘的系列论文发表在：愛知教育大学社会科学会『社会科学論集』(1996—1999)。文中的这两段转引自：『哲学・思想翻訳語事典』第 296 頁。

从“数几万卷”“汗牛充栋”等词可以窥见当时翻译的盛况。当时的翻译由政府主导，民间协助。1855年，幕府设置了负责外交文件翻译的番书调所。后来改称洋书调所，1863年又改名开成所，成了东京大学的前身之一。在政府的影响下，很多新的翻译语直接根据政府机关和官立大学的使用情况得到了统一。

加藤周一在《明治初期的翻译》中这样写道：“19世纪后半期，明治维新前后的三四十年间，在日本社会、政府和民间将大量的西洋文献翻译成了日语。不仅数量庞大，涉及的领域更是广泛。”①

为了应对欧美列强突然出现的局面，翻译最初的目的是搜集西洋的情报。后来虽然规模逐渐扩大，但是就像矢野文雄的《译书说法》中所写的那样，那些译著几乎都是西洋文献的翻译书，几乎没有亚洲、非洲等不发达地区的文献。“‘洋学’表现出了当时日本对欧美的强烈的求知欲，同时，也表现出对除中国、朝鲜和欧美之外的世界毫无好奇心。”②

对于明治初期的翻译，加藤周一评价说是“令人震惊、近乎是奇迹的伟业”③，中国近代著名的政治家、思想家、翻译家梁启超也评价：“日本自维新以后，锐意西学，所翻彼中之书，要者略备。其本国新著之书，亦多可观。”④

日本近代的翻译具有政府主导、国民支持、数量庞大、范围广泛、重视实用性等特征。最初的翻译主要是和西方先进的科学技术有关的内容，文学作品占比很低。但随着翻译的范围逐渐扩大，终于为文学界注入了新风，带来了西洋的新思潮和崭新的表达方式。梁启超注意到了翻译小说之功用，写道：“于日本维新运动有大功者，小说亦其一端也。明治十五六年间，民权自由之声遍满国中。于是西洋小说中，言法国、罗马革命之事者，陆续译出。自是译泰西小说者日新月盛……翻译既盛，政治小说之著述亦渐起。”⑤

① 加藤周一：「明治初期の翻訳　——何故・何を・如何に訳したか——」，『日本近代思想大系　翻訳の思想』，東京：岩波書店，1991年，第342頁。
② 同上书，第355頁。
③ 同上书，第342頁。
④ 方华文：《20世纪中国翻译史》，西北大学出版社2005年版，第7页。
⑤ 同上。

互有差异的，川端康成作品的欧文译本的品质”，进行了调查与评价，文学院成员对译本进行评议后，做出了第二次跨越西洋视野的决定。

由上述可以看出译本在川端康成获诺贝尔文学奖这件事上所起的重要作用。而且到 1961 年时，西方已经大量翻译了川端康成的作品，可以明确发现其具有影响力的事实。而且川端的作品不仅被翻译成了英语，还被译成了其他语言。川端康成本人也很清楚当时的译本的作用，对《雪国》的译者爱德华·G·塞登斯蒂克 (Edward Seidensticaker) 表示了感谢。事实上，川端康成甚至曾说过“我的诺贝尔奖的一半是属于塞登斯蒂克教授的”，据说他甚至还将奖金的一半赠予塞登斯蒂克。塞登斯蒂克 1956 年翻译了《雪国》，1958 年翻译了《千只鹤》，1964 年翻译了《伊豆的舞女》。①

总之，到了二战结束后，日本的文学作品终于能够站在对等的立场上，面向西方开始翻译。而这个事实，最终导致川端康成获得了诺贝尔文学奖。

另一个特征是高水平的文学典籍经常被反复翻译。这也是翻译的一大特征。从语言的历时性来看，语言常常发生变化，即使文本一致，新时代也应有新时代的翻译，最好的翻译是不存在的。就算在某个时期被认为是最好的翻译，随着时间的流逝，未来时代的人可能难以理解当时的翻译。这并不是因为翻译得不好，而是因为语言常常发生变化。

唐纳德·基恩曾说过：“明治维新以后的一百年间，在日本进行的翻译数量十分之庞大。已有人指出过，对于只能阅读本国语言的读者来说，能阅读最多的世界文学的人当数日本人。姑且不论这是不是确凿的事实，但用日语的确能阅读浩瀚的外国文学，至少说英语的国民不能不对这一点感到艳羡。另外，在通用语言为英语的国家中，普鲁斯特②和曼③的作品的译本只推出了一种，而在日本对此进行反复翻译的情况并不少见。”④

① 爱德华·G·塞登斯蒂克的英译本名依次对应如下：*Snow Country*，*Thousand Cranes*，*The Izu Dancer*。

② 马塞尔·普鲁斯特 (1871—1922，Marcel Prous)，20 世纪法国最伟大的小说家之一。

③ 托马斯·曼 (1875—1955，Thomas Mann)，德国小说家、散文家。

④ ドナルド・キーン著：『日本文学史　近代・現代篇一』，徳岡孝夫訳，東京：中央公論社，1984 年，第 9 頁。

五、近代诗诞生过程中翻译的作用

日本近代诗的诞生与翻译有着密切的关系。1883 年的《译书说法》中记载，当时的译书达到“数几万卷”，而《新体诗抄》的出版是在 1882 年。这果真是偶然吗？

从《大辞泉》对“近代诗”的定义也可略窥一斑，说“近代诗”是“模仿了欧洲的诗和精神”的诗。但是到底是如何模仿的呢？由于作者及读者直接阅读外文比较困难，以及当时以国家规模进行的翻译活动十分盛行，所以比起直接模仿，通过翻译来模仿或以学习译诗的形式来模仿更为合理。

进入近代文学的范畴，翻译的具体内容有三种：(1) 主要以“译诗集”的形式直接翻译西方诗歌；(2) 近代小说的翻译；(3) 西方哲学理论，尤其是美学理论的翻译。

译诗集的作用自不必说。《新体诗抄》揭开了近代诗的序幕，《面影》洋溢着诗情，用近代诗的构思赋予处于黎明期的明治诗坛巨大的影响，引领了浪漫主义的潮流。而《海潮音》在将近代诗引入象征主义方面发挥了巨大的作用。

岛冈晨对此进行了具体的阐述。“《新体诗抄》中丁尼生①与格雷②的译诗向当时年轻的日本诗人教授了何谓诗的‘近代’。”“《面影》传达了西方诗歌所具有的情感与意志美和蕴含格调的形式美，在日本诗的‘近代化’方面发挥了很大的作用。”“《海潮音》的面世，给日本诗情注入更为强烈的近代性。特别是《海潮音》所收录的波德莱尔③、魏尔伦④、维尔哈伦⑤、马拉美⑥等所作的象征诗，影响了蒲原有明、北原白秋、三木露风等作家，日本诗坛进入象征

---

① 阿尔弗雷德·丁尼生（1809—1892，Alfred，Lord Tennyson），英国著名诗人。

② 托马斯·格雷（1716—1771，Thomas Gray），英国 18 世纪重要抒情诗人。

③ 夏尔·皮埃尔·波德莱尔（1821—1867，Charles Pierre Baudelaire），法国 19 世纪最著名的现代派诗人，象征派诗歌先驱。

④ 保罗·魏尔伦（1844—1896，Paul Verlaine），法国诗人。

⑤ 埃米尔·维尔哈伦（1855—1916，Émile Adolphe Gustave Verhaeren），比利时诗人，剧作家，象征主义诗歌的创始人之一。

⑥ 斯特凡·马拉美（ 1842—1898，Stéphane Mallarmé），法国象征主义诗人和散文家。

主义的时代。”①

虽然(3)不是直接的诗歌翻译，但在理论上起到了指导近代诗创作的作用。这可能才是近代诗诞生最重要的部分。

在日本方面，“明治初期，西欧的修辞学和美学被传入日本。明治十二年五月刊中菊池大麓所著的《修辞及华文》因引入修辞学而受到关注。该作品对威廉·钱伯斯和罗伯特·钱伯斯兄弟所发行的百科全书中的一节进行了翻译。另外，明治十六年，中江兆民出版了《维氏美学》，该作品是对法国的维隆②所著的《美学》的翻译。到了明治二十年代，森鸥外有关哈特曼③的美学思想成为文学批评的依据，这种修辞学和美学影响了近代的新体诗和长诗论的确立”④。

六、翻译给予近代诗创作的影响

近代诗是受西方诗歌的影响而诞生的，这是文学史上公认的事实，没有必要再拿出证据来证明。但笔者想说的是，近代诗的创作并不是作者直接阅读西洋诗得到启发的产物。也就是说，也许现在当代诗的创作可能有这样的产物，但在近代诗时期，很多作者还是受到翻译过来的西方诗歌的影响而创作诗歌的。虽然诗人中也有外语水平较高的人，但从其诗中引用的西方诗歌来看，可以判断其阅读的大多是翻译过来的所谓译诗。

但是，“诗意就是翻译中丢失的东西”。近代诗的作者们所崇拜的西洋诗并不是原封不动的西洋诗，而是被翻译过来的、人为加工后的诗。在翻译过程中伴随着失去声音、失去韵味、失去形式、失去意义等危险。在翻译一首诗的过程中，音美、形美、意美这三个要素要得到完整保存几乎是不可能的。在诗歌翻译中，如果把这三个要素都能译出的诗作为最终结果，那么无论是多么完美的翻译，都只能是无限接近这个结果而不可能到达。近代诗韵律自由，语言

① 嶋岡晨：『愛と反逆の詩人たち』，東京：文興出版，1977年，第12-13頁。

② 维隆(1825—1889，Eugène Véron)，法国美学家，评论家。

③ 爱德华·冯·哈特曼(1842—1906，Karl Robert Eduard von Hartmann)，德国哲学家。

④ 久松潜一：「近代詩歌論集解説」，『日本近代文学大系全60巻　第59巻近代詩歌論集』，東京：角川書店，1973年，第12頁。

色彩也不像文言那样丰富，所以其翻译相对容易一些，而古诗的翻译想要接近这个结果却实为至难。

但在当时，交通不发达，没有像现在这样通过网络连接世界的通信技术，英语教育不普及甚至稀有，近代诗人也并不是谁都会外语或能学好外语。所以当时的人们只能通过翻译来学习外国的科技和文化，当时的诗人只能通过翻译来学习外国诗歌。所以即使诗歌方面的学习和模仿并不适合通过翻译来进行，在当时也只能这样去做。

萩原朔太郎在《吠月》的再版序言（大正十一年）中进行了如下的批判："翻译诗对西方进行的浅薄模仿，玷污了日本独有情感之光辉。"

因此，"我们的艺术失去了日语的纯真性"，近代诗诗人"失去了节奏"。这些虽然是朔太郎为了反对当时把持文坛的自然主义而写下的，然而也表现了其对翻译诗的不满。另一方面，也指出了翻译诗所带来的巨大影响，以及日本近代诗诗人通过模仿"翻译诗"进行创作的这一现实。

那么来看一下译诗对近代诗所产生的影响吧。

(1)"韵"的影响

关于押韵的做法，"明治十五年坪井正五郎在《东洋学艺杂志》上发表的《西诗和译》中已经捷足先登做了尝试，紧接着井上哲次郎在《新体诗抄》中又拿出了实例"。①

之后，在《面影》（明治二十二年八月首次发表，明治二十五年七月收入《水沫集》）的目录中，给各个译诗加上了（意）（句）（韵）（调）的字样。这标记的是译者的翻译方法，表示以下的意思：

（意）……从原作之意义者

（句）……从原作之意义及字句者

（韵）……从原作之意义及韵法者

（调）……从原作之意义字句及平仄韵法者

前文提到过，能达到完美传递音美、形美、意美这三个要素的诗歌翻译极

① 安田保雄等注釈：『日本近代文学大系全 60 巻　第 52 巻明治大正訳詩集』，東京：角川書店，1971 年，第 447 頁。

难，《面影》的译者从一开始就注意到了这一点，作为折中方法，偏重于三要素中的某一个要素进行了翻译。

其中与音美有关的是（韵）和（调）两部分，平仄是汉语特有的，用（调）的方法翻译的也是汉诗形式的两首（《月光》和《曼弗列度》）。（句）的译法中的“字句”指的是音节，与“音美”有关，但最终还是要调整原音节与译诗音节的对应，从结果上来说偏重形式美。

那么来看（韵）的部分，指“从原作之意义及韵法者”。“这里的‘韵法’特指原诗的脚韵。不论‘阳韵’‘阴韵’，都用五十音中的「ア段」或「イ段」文字来沿袭原诗的韵律，结果大部分情况下都用了同一个文字。”[①]

实际上，森鸥外对韵文的尝试并不积极。对于熟悉汉诗的他来说，应该很清楚押韵的汉诗和不押韵的国语诗（和歌与俳句）的区别。他应该知道，从日语这种语言的特性来说未必适合押韵。他曾说过：

“以我所见，国语中有不宜押韵的道理。”（《再谈平仄》）[②]

“当时出现了一种实践上的要求：有没有不拘泥于七五调这种日语原有的形式，不受韵脚规则所限，并且还能贴合当时的时代所要求的新感觉的新型韵律？此外，就森鸥外本人来说，他透彻地理解了存在于西洋诗内部的其本质性的形式——韵律。这两点加在一起，促使他大胆地进行了一种尝试：以西洋诗的韵律为基础，创造出新的日语诗的调。”[③]

也就是说，实践的要求和他本人对西洋诗的理解促使森鸥外创造出了这种翻译方法。笔者个人认为，这其中也有出自翻译的要求。韵，是构成西方诗歌的重要要素之一，如果抛下不译，西方诗歌作为诗的情调和意趣将会大打折扣。七五调真的能够代替“韵”，来将原诗的情调和意趣完全地展现出来吗？这种怀疑一旦出现，人们就会试图设法还原出原诗的韵来。总而言之，将“韵”引入近代诗，仍然只是一次带有实验性质的尝试。

---

① 安田保雄等注釈：『日本近代文学大系全 60 巻　第 52 巻明治大正訳詩集』，東京：角川書店，1971 年，第 107 頁頭注。

② 同上书，第 417 頁。森鸥外原文名：『再び平仄につきて』。

③ 同上。

落合直文也积极地提倡在日文诗中加入“韵”，他协同森鸥外翻译了《晚安故乡》（「いねよかし」）和《笛之声》（「笛の音」），这两首诗同森鸥外所译《奥菲利亚》（「オフェリヤ」）一起，构成了《面影》中的“（韵）译”之三首。

薄田泣菫虽然没有明确地“押韵”，但实际上很多诗他都做了隔行押韵或“不规律的押韵”，如《笛声》。

原文：

生命の路のもろ側に聳やぎ立てる
『かなしび』の女木、『よろこび』の男木、
今宵さしぐむ月代のまみの濕みに、
すずろに木靈うらびれて、
天の幸夜にあくがるる沈黙の深みを、
笛の嘆きの音をいたみ、
上枝そよろに囁やきて散りこそまがへ、
二木の落葉ほろほろに。

薄田泣菫「笛の音」『白羊宮』一節

译文：

在生命之路的两端，矗立着
“悲哀”的雌株，“喜悦”的雄株。
今夜月亮将出，天空润湿，眼睛湿润，
无凭无据地，回声带来痛苦。
梦寐以求的幸运，为夜间徘徊的沉默的深度，
为叹息的笛音心痛。
上方的树枝喃喃细语，
双株纷散的落叶簌簌而下。

薄田泣菫《笛声》节选 《白羊宫》

(2) 形式的影响

虽然长诗的引进等对形式方面产生了影响，但在诗形的构建上，译诗集最

大的贡献是引进了十四行诗的形式。十四行诗始于 13 世纪的意大利，是欧洲抒情诗的一种形式，一般由 14 行构成并严密押韵。而其译诗则有时押韵，有时不押韵，但基本保持了 4、4、3、3 或 4、4、4、2 的行结构。也就是说，几乎所有的译诗都遵守了 14 行的形式。因此，十四行诗作为近代诗形的一种形式出现，并被广泛应用。

如在上田敏的《海潮音》中，将十四行诗集《生命之殿》① 的序诗题目翻译成了“小曲”。这里的“小曲”是十四行诗的译词。《小曲》虽然没有押韵，但和原诗一样采用了 14 行的形式（以当时的诗来说，一行的字数较多）。蒲原有明模仿这个作了《有明集》开篇的八首十四行诗，也称之为“小曲”。此外，蒲原有明还利用十四行诗的形式，创作了很多作品。来看其中一个例子。

原文：

熟えて落ちたる果かと、噫見よ、空に
日は揺ぎ、濃くも腐れし光明は
喘ぎ黄ばみて瀞の中に滴り、
波に溶け、波は咽びぬたゆたげに。

磯回のすゑの圓石はかくれてぞ吸ふ、
飽き足らひ耀き倦める夕潮を、
石の額は物うげの瑪瑙のおもひ、
かくてこそ暫時を深く照らしぬれ。

風にもあらず、浪の音、それにもあらで、
天地は一つ吐息のかげに満ち、
沙の限り彩もなく暮れてゆくなり。

たづきなさ——わが魂は埋れぬ、
こゝに朽ちゆく夜の海の香をかぎて、

①《生命之殿》诗集作者但丁·加百利·罗塞蒂（1828—1882，Dante Gabriel Rossetti），英国维多利亚时代著名诗人、拉斐尔前派代表画家。

寂靜の黒き眞珠の夢を護らむ。

蒲原有明「寂靜」　『有明集』

译文：

可是果实熟透了在掉落？看那天空
太阳在摇晃，浓重地腐烂
光芒，喘息着泛黄，滴落进海湾
融进波涛。波涛哽咽着摇晃

海岸尽头的圆石，偷吸着
餍足地泛着光的、倦怠的晚潮
石头的额顶，如玛瑙般忧郁的情思
就这样深深照亮片刻时光

没有风，也没有浪声
天地间只充满一声叹息的阴影
所有的沙粒，都平淡地笼进暮色

没有办法——我的灵魂已被湮没
我嗅着夜晚的大海腐朽的香气
要守护这寂静的、黑玉般的梦

蒲原有明《寂静》　《有明集》

有下划线的地方是押的韵。蒲原有明的“小曲”虽然没有严密押韵，但却坚守了 4、4、3、3 的 14 行形式。保持西方诗歌的形式应是作者本人的意愿，但从某种意义上来说，修改既定形式并不容易，干脆不改变形式是较为方便的做法。

(3) 修辞的影响（隐喻的影响）

(4) 美学观念等观念的影响

举例来说，伊藤信吉就曾指出，佐藤春夫在《殉情诗集》的自序部分所写

与兰波[1]或普希金、立原道造与里尔克[2]、三好达治与弗朗西斯·雅姆[3]、高桥信吉与达达派艺术家、西胁顺三郎与超现实主义艺术家、村野四郎与新即物主义的诗人们的例子，指出“外国诗人成为日本诗人的巨大支柱且那么坚实”，不仅是对近代诗，“他们甚至决定了现代诗的进展和方向，多少具有一些诗歌史理解能力的人，应该都能很容易地想象到其作用”[4]。

翻译与近代诗人的关系具有“个人→个人”的传播影响特征。与其说某一流派对整个日本诗人群体产生了影响，不如说某个西方诗人对某位日本诗人产生了影响，或者换句话说，大部分情况下是，日本的某位诗人对某个西方诗人很感兴趣，于是仿效他的诗风作诗，这种“个人→个人”的影响重合起来，形成了时代的潮流。到了现代诗的阶段则与此相对，明显变成了“流派→个人”或“流派→流派”的传播影响特征。

有趣的是，西方诗歌的各个流派，在日本的诗坛都能找到其直接或间接形式上的影响，在明治到大正期间的诗人当中，有出国留学经验的人出乎意料地少（译诗集的作者倒是几乎都有留学经验）。当然，没有留学经验的人未必不懂外语，甚至很多人被认为是精通外语的。据说薄田泣堇于1894年来到东京后，三年间每天前往上野图书馆，读遍了国内外的古典和西欧近代文学的英译本。他当时爱读济慈、华兹华斯等人的诗集，这算是精通英语的证明吧。而且虽然诗人中有留学经验的人很少，但是有去东京的经历的人非常多。他们要么是在东京崭露头角，要么是在东京度过主要的创作期。这是因为东京是当时的信息中心的缘故吧，留在东京可以获取无数新鲜的信息，而且有志同道合的诗人，有创作后能够发表的媒介等，可以说，东京具有对于创作来说十分便利的条件。

不过，大多数诗人还是通过翻译（译诗）来完成对西洋诗的学习和模仿。从上述内容可以想象，对于没有留学经验的大部分近代诗人来说，阅读译诗、

① 让·尼古拉·阿蒂尔·兰波（1854—1891，Jean Nicolas Arthur Rimbaud），法国诗人，早期象征主义诗歌的代表人物，超现实主义诗歌的鼻祖。

② 莱内·马利亚·里尔克（1875—1926，Rainer Maria Rilke），奥地利诗人、作家。

③ 弗朗西斯·雅姆（1868—1938，Francis Jammes），法国诗人、小说家、剧作家。

④ 嶋岡晨：『愛と反逆の詩人たち』，東京：文興出版，1977年，第11頁。

从译诗中学习应该是比较合理的。唐纳德·基恩曾说："明治以后的作家，大多是通过阅读欧美作品的译本，才在文学上接触新知大开眼界的。"[①]以佐藤春夫为例，"明治以来的诗歌翻译，在1921年以后更加兴盛，出版了大量西欧诗歌的译诗集。这正好与佐藤春夫创作欲旺盛的时期相重合。佐藤春夫很早就对译诗产生了浓厚的兴趣，尤其喜欢阅读明治以后的优秀译诗，如《面影》《海潮音》，等等"[②]。

八、与翻译有关的各种问题

1. 翻译上的相互影响

一种文化经由一个乃至多个国家被传播开来，这在历史中时常可见。原著被以途经国的语言进行翻译，终点国使用途经国的译本学习原著的例子也屡见不鲜。佛教的传播就是其中典型。

只不过，这种类型的传播容易使原著被吸收为途经国文化的一部分，或沾染上途经国文化的色彩。因此终点国所学的原著，已经是因为途经国的存在而变了味道的原著。以佛教为例来说：

> 据《日本书纪》记载，发源于古印度的佛教途经中国和朝鲜，首次登陆日本是在钦明天皇十三年的冬十月之时。当时是西历552年，中国则是南朝梁元帝承圣元年。那时，百济圣王向钦明天皇进献了金铜佛像一尊，佛幡、佛伞若干，并赠与数卷经论。这里说的"数卷经论"就是用中文，即使用汉字、由古代汉语著成的所谓的"汉译佛典"。
>
> 《日本书纪》还记述道，在那之后大约又过了半个世纪，推古天皇元年(592年)时，厩户丰聪耳皇子，也就是圣德太子，"受高丽的僧人慧慈教导研习内教"。这里的"内教"毫无疑问就是佛教；而学

---

① ドナルド・キーン著：『日本文学史　近代・現代篇一』，徳岡孝夫訳，東京：中央公論社，1984年，第9頁。

② 張競：「恋の心象としての薔薇」。亀井俊介編：『近代日本の翻訳文化』，東京：中央公論社，1994年。

习这一佛教用到的经典论书则也是以中文（古代汉语）写就的，即“汉译佛典”。《日本书纪》中推古十二年(604年)夏四月这一节中记载的《十七条宪法》中的第二条“笃敬三宝。三宝者，佛，法，僧也。则四生之终归，万国之极宗。”（「篤く三宝を敬え。三宝とは即ち四生の終帰、万国の極宗なり云々」）等句中的“三宝”“四生”等用语都是直接取自汉译佛典的。并且，推古十四年一节中所记载的，圣德太子用来讲经的《胜鬘经》《法华经》，也是求那跋陀罗和鸠摩罗什所译的汉译佛典。也就是说，《日本书纪》中记载的，西历6世纪中叶，由朝鲜的百济传向日本的佛教“经论”即“经典论书”，并不是以古印度的语言文字写成的所谓“梵本”，而是已经在中国被翻译了的、被以汉语重写了的“汉译佛典”。因此，传入日本的佛学其实是以汉译佛典为基础，在中国形成、发展，带有了中国性质的中国佛教的经典阐释学。这一点由《三经义疏》之例可知：最能体现圣德太子佛学成果的著作《三经义疏》，实际上就是《胜鬘经》《法华经》《维摩经》三部佛经注疏之合称，整体是以中国儒学中的经典阐释学即“经学”的研究方法为基础，由汉文写成的。

从中国经由朝鲜传至日本的佛学是一种经典解释学，如前所述，它以汉译佛典为基础，明显具有与儒教相通的中国学说的特点。这里所谓的汉译佛典，在由古印度传至中国，被译成中文时，原著不仅在语言、文字层面上有了改变，在由语言和文字所表现的教义内容上也出现了变化。比如说，“佛陀(Buddha)”在中国被译作“大觉”“大圣”(“大觉”出自中国古典哲学著作《庄子·齐物论》篇，“大圣”出自儒家著作《礼记·乐记》篇)。记录了佛陀说法的文献——修多罗(sutra)，在中国被译作“经”。“经”一词，中文中用来指记录古代圣人言行的典籍。因此，古印度宗教上的终极之人“佛陀”，就被和中国儒家的“圣人”重合在一起理解，记录其教诲的文献（汉译佛典）则被视为“圣人的经典”——圣经。而对圣经教义进行宗教性解说的真理又被称作“圣道”或“圣教”，研究“圣道”或“圣教”的教义内容的学问又叫“圣学”。这里所说的“圣道”“圣教”“圣学”等词语，毫无疑问，是中国特有的儒教乃至道教也在使用的古代中文（古汉语）。佛教本是自

> 古印度东传而来的外来宗教，却用与儒教、道教一般的中文表达来称呼自己的宗教教义。由此，可以有理由充分地推断出，佛教的教义理解，乃至教义阐释，都被有意或无意地做了些中国式的改变，或留出了加以改变的余地。[①]

在日中新诗中也可能发生这样的情况。如前文所述，在吸收西方文化方面，日本在江户幕府末年以及明治时期引进了大量的西方文化，无论是在时间上还是在数量上，都大大领先了当时的清政府。日本的一些因翻译创造的新词反向传进中国，此外，还有一部分西方理论通过日文译本也传入了中国。

如同在佛教传来时期，中国化的佛教传到日本，而在近代，日本化的西方文化传到中国。不过近代的情况有所不同，日本文化的影响力虽在，却并不十分巨大。究其原因，简单而言，在佛教传来的时代，佛教进入日本的途径仅有一条。而在西方文化传来的时代，西方文化进入中国的途径不仅仅只有通过日本这一条路，还存在着直接向西方学习的途径。

2. 对于近代诗的批判

在通过翻译受到西方带来的绝对性影响下，近代诗逐渐形成。然而，近代诗人在创作新的诗歌语言、将西方与东方的美意识进行融合方面深感苦恼。不仅如此，诗人们还对于舍弃古代的音数格律等心感不安。在当时人的眼中，致力于文学变革的年轻人所从事的近代诗创作可称为青春文学，然而待时代的潮流退却，这种文学变革到底能够留下什么、又留下了什么？这成为届时青春逝去的诗人们思考的问题。

对于西方影响的不满应会逐渐浮出水面。晚年的萩原朔太郎在《日本诗和日本诗人》中毫不留情地指出了近代诗的脆弱性。他阐明：“明治以来的新体诗和自由诗，归根到底只是沉醉于西方文明的新鲜香芳、是单纯的憧憬异国情调的产物。”诗（指近代诗）并不拥有本质上的内在性质，只不过是“一种业余的艺术爱好（dilettantism）”，只不过“要传递迷醉的舶来香芳，而把英吉利

① 福永光司：『中国の哲学・宗教・芸術』，京都：人文書院，1988 年，第 150-152 頁。

和法兰西的近代诗用日语改编演绎”[①]。他主张，在本质上诗的精神最重要的就在于作者的“生活”。[②]

北原白秋因异国情趣和南蛮趣味为人所知，但石川啄木对他曾做出了“没有生活”的评价。也许“没有生活”的原因就在于北原白秋对西方进行了过度的模仿。日本近代诗人的辛酸之处就在于：不进行（通过翻译手段的）模仿，近代诗也就无法形成，模仿过多则可能会导致无法表现出日本的生活而失去日本诗般的风味。

另外，所谓“诗意就是翻译中丢失的东西”[③]，翻译会导致诗歌丧失部分内涵，这是翻译界所公认的。新诗诗人是通过模仿来开始创作的，然而所模仿的范本——译诗本身是否可靠，尚有很大的疑问。

3. 对翻译的轻视

无论是好的方面还是坏的方面，总之若回顾明治时期翻译的作用，或许人们就能重新认识到翻译在文化传播中所发挥的巨大作用。然而即使时到如今，仍常有人误解翻译不过是两种语言的转换，语言符号中包含的文化意义乃至翻译对于文化传播的作用经常被忽视。随着互联网的普及，能够更方便地利用机器翻译和网络翻译，这助长了原就存在的蔑视翻译的风气。而且“逐词译”即正确的这一误解仍在风行，稍做意译，就会被批判为误译。小说等文学作品的作者稍有作品就能尽人皆知，但译者得到的报酬很低，且总是寂寂无闻。

翻译了《挪威的森林》《世界尽头与冷酷仙境》《奇鸟行状录》《舞！舞！舞！》等村上春树所著的30多卷小说、随笔集的中国译者林少华例外地受到广

① “改编演绎”一词的原文为「翻案」，指对小说、戏剧等，在不改变原作梗概的情况下进行改编。

② 萩原朔太郎：『萩原朔太郎全集　第6巻』，東京：筑摩書房，1975年。首次出现在『歴程』(1939年7月号）。

③ 这句话的出处不详。原文为：Poetry is what gets lost in translation. 学界多认为是美国诗人罗伯特・弗罗斯特所说，但找不到著述出处，美国印第安纳州泰勒大学的Thom Satterlee副教授认为是弗罗斯特友人Louis Untermeyer所说。参见杨全红：《“诗乃翻译中失去的东西”探源及相关二三事》，《解放军外国语学院学报》2008年第4期。

泛关注。关于中国读者因何喜爱村上春树，他在杂志《人民中国》中发表的文章《为何村上春树被中国读者广为阅读》中阐述了原因，如下文所示。

(1) 不同于其他的日本作家，村上作品的措辞、运笔和文体十分独特。“村上的小说最吸引人之处就在于语言具有独特的风格，其语言的简洁、流畅、幽默以及有节制的抒情般的写作方式，能给读者带来阅读其作品时所特有的喜悦。”“他的行笔间体现出情感抑制的幽默和独特而活跃的想象力。”①

(2) 村上的作品所特有的都市人的感觉，引起了中国读者的共鸣。“孤独抑或空虚之类的东西，在世人的眼光看来是没有价值的，应该否定的，但在村上春树的作品中，却是有价值、值得肯定的要素。”“因为村上春树提出的这种对人生的态度，与现在的中国人特别是都市年轻人的日常感觉和内心深处的感受性十分吻合。”“一言以蔽之，村上的文学让居住在中国都市的青年男女产生了心灵上的共鸣。这正是村上春树的小说在中国长期掀起热潮、永不衰败的最根本原因所在。”②

但为何村上春树被中国读者广为阅读？另一个重要原因则应是源于多位译者的不懈努力。其中林少华的译文优美雅致，受到读者的推崇。王向远曾评价说：“村上春树在我国的影响，很大程度依赖于林少华译文的精彩。”③如今在中国有很多人英文水平很高，却少有能直接阅读日语的人。若没有保证了质量的翻译，或许到了今天村上春树在中国还不大能被人知晓。但日本部分学者因为能够自然地接纳翻译过来的英文名著，故而忽视这一原因，甚至似乎还对此抱有误解，认为只要村上春树小说的译本水平过得去，就能够被中国的读者自然而然地接纳。这种看法当然是错误的。所以我们今天，必须重视在文化传播过程中的翻译的作用。

---

① 林少華：「村上春樹は中国でなぜ読まれるのか」，『人民中国』（日文版），2001 年。

② 同上文。本注与前注均引自《人民中国》（日文版），由笔者译。林少华同时期的论文及文章也阐述了相关问题，见参考文献。

③ 王向远：《二十世纪中国的日本翻译文学史》，北京师范大学出版社 2001 年版，第 377—378 页。

4. 即使是误译也成“定译”

翻译中有一个不可思议的规则：最初被接受了的译法很少发生变化。此处需注意的不是“最初的翻译”，而是“最初被接受了的翻译”，多数情况下两者是一致的。也就是说，最初被固定下来的翻译非常重要，即使是误译也常常被确定下来，成为“定译”。

例如，笛卡尔的名言“我思故我在”，它的日文译文是「我思う、ゆえに我あり」。其原文是拉丁语 Cogito， Ergo Sum；德语的译文是 Ich denke， also bin Ich。日文译文若将「思う」换成「考える」，是符合原文的意思的。究其原因，因为「思う」指的是一时的醒悟，或是十分主观的想法，如「人を思う」(想念某个人)，与冷静而客观的「考える」有所不同。中文的译文是“我思故我在”，“思”指的是“理性地思考”，传达出了原文的意思。然而，因为最初的译文是「我思う、ゆえに我あり」，就算语感有微妙的差别，迄今为止在日文中仍被作为“定译”使用。

电影名等专有名词的翻译最能直接体现出最初译文的重要性。一旦发布了最初的译文，就难以进行更改。据笔者观察，日本常用片假名来音译英文名为原名的电影名称。而对以法语、德语、意大利语等语言为原名的电影名则会采用直译、直译 + 意译、意译等多种方法，除了片假名的译文之外，“平假名 + 汉字”的形式也常常出现。例如，La leggenda del pianista sull'oceano（意大利，1998），原名的意思是“海洋钢琴家的传说”，日文版则译为「海の上のピアニスト」（直译的话是《海上钢琴师》）。最初的译文发布后，基本就会一直用「海の上のピアニスト」来作为日译版片名了。中文译名也有很多佳例，如：

Gone with the Wind（美，1939)
→直译：《随风而去》
小说较早译名：《飘》
电影译名：《乱世佳人》

Sabrina（美，1995）
→直译：《塞布丽娜（人名）》
电影译名：《情归巴黎》

Léon（法・美，1994）
→直译：《莱昂（人名）》
电影译名：《这个杀手不太冷》

Skyscraper（美，2018）
→直译：《摩天大楼》
电影译名：《摩天营救》[①]

上述翻译和原名之意要么有很大的差异，要么在原名基础上有所添加，但是最初的翻译采用了出色的意译手法，被大多数的观众所接受，至今仍被使用。

其他的例子还有很多。如著名的卡通形象米菲兔，即「ナインチェ・プラウス」（荷兰语 Nijntje Pluis），因为是荷兰画家迪克・布鲁纳创作的，故而原名为荷兰语。最初翻译成日语的时候，译者石井桃子由荷兰语名字原本的意思（うさちゃん＋ふわふわ）意译成了「うさこちゃん」，成了日本独有的译名，由福音馆书店发行了书籍。不久之后，按照该卡通形象的英文名 Miffy，名字被音译成了「ミッフィー」，并由其他公司即讲谈社出版了其绘本。虽然是同一个卡通人物，但被翻译成了完全不同的名字，最初译名的差异一直延续至今。纵使有人觉得「うさこちゃん」这一翻译已并不妥当，但因为已经固定了下来，所以无法简单地将其改变。

而后来，考虑到米菲兔形象已广泛地深入到英语为母语的地区，且因由讲谈社出版而有很大的销路，加之人们还期望出版媒体能够丰富多彩，「ミッフィー」这一名字得到了广泛普及。2005 年 4 月，统计在日本出版的绘本的标题数量，福音馆书店发行的「うさこちゃん」有 14 册，讲谈社发行的「ミッフィ

① 上述例子的日语名为：「風と共に去りぬ」「サブリナ」「レオン」「スカイスクレイパー」。

一」有 12 册。关于销量前三册的总部数，「うさこちゃん」为 537 万部，「ミッフィー」为 17.5 万部，「うさこちゃん」呈压倒性胜利。然而伴随着卡通人物热，其他行业的人物周边也在相继发售，据说近年来更多的人认为还是「ミッフィー」令人感到亲切[①]。但是即便如此，笔者认为「うさこちゃん」的译名还是会延续一段时间。

特别是在信息交流非常发达的当今时代，信息在 1 分钟内很容易就能传递到整个世界。因而最初的翻译有很大的可能成为最开始被接受的翻译，所以必须要慎重对待。

然而，据说目前世界上存在着千余种，甚至是几千种语言。1939 年美国的 L·H·格雷提出有 2796 种语言，1979 年德国的迈尔提出有 4200—5600 种语言，三省堂的《语言学大辞典·世界语言篇》中提出有 8000 多种语言[②]。另一方面，英语的影响力正在扩大。在 2005 年英语使用人数为 5 亿多人，约 80 个国家将英语作为通用语来使用，说英语的国家是最多的。

因此，一些问题也显现出来。若进行翻译，特别是在音译的情况下，究竟是按照原语进行翻译还是按照英文译文进行翻译？这是一个始终令人烦恼的问题。在前面的例子中，「うさこちゃん」和「ミッフィー」这样一个名字有两种译法正体现了这一问题。再举一个例子，如「ビン・ラーディン」的译名，虽然日本从最开始就统一了译名，然而在中国情况则不同。最初新华社按照阿拉伯语而翻译成了“本·拉丹”，而《人民日报》则按照英文译文翻译为“本·拉登”。在此之后，这两家大型媒体机构一直坚持着最初的译文，其他的报社则选择采用其中一家的译名。长时间以来译名一直没有得到统一。

在前文中虽说过“高水平的文学典籍经常被反复翻译”是日本文学翻译的一大特点，然而因为“最初固定下来的翻译即使是误译也可能成为‘定译’”这一潜规则仍在发挥着作用，我们必须重视最初的译文。从这一角度而言，明治时期的译诗集具有超乎想象的影响力。

---

① 『朝日新聞』2005 年 4 月 28 日朝刊。

② 城生佰太郎・松崎寛：『日本語「らしさ」の言語学』，東京：講談社，1995 年，第 22 頁。

第二章　近代诗作为“诗”而存在的原因

近代诗为什么能作为“诗”而存在？

可把近代诗看作是连接传统诗歌与现（当）代诗歌之间的桥梁。从诞生到兴盛乃至衰微，近代诗展现出了一个变化的过程，在这个过程中，舍弃了很多东西。而舍弃的过程也是有阶段性的，在最初的阶段，近代诗几乎是一下子抛弃了很多古代诗歌的元素，在逐渐走向成熟的过程中，它开始一点点慢慢地舍弃掉其他要素，直到近代诗被看作是真正的诗，成为一个固定的文学样式。当阅读已臻成熟的近代诗时，就能清楚地看出到底什么元素被其舍弃了。

总的来说，近代诗所舍弃的元素主要有五种：(1)（作为诗性语言的）文言；(2) 音数韵律；(3)（固定的）形式，即定型；(4) 传统的修辞手法；(5) 与传统音乐、绘画的密切关系。可以说，等同于是舍弃了作为定型诗的形式上的所有要素。可以说，近代诗舍弃了诗歌在古代作为定型诗的形式上的一切要素。这是近代诗在成立之初，想要摆脱传统诗歌的强烈愿望得以体现的结果。而在诗的功能方面，近代诗失去了“问候之心”。从作者的角度来说，近代诗放弃了对诗人的严格要求。人们大概有一种错觉，认为谁都能作出使用口语且不需要韵律的近代诗。另外还有一点，对于近代诗来说，“谐”的精神也成了被忽视的要素。

既然舍弃了如此多的元素，为什么近代诗仍能作为“诗”得以存续、受到认可呢？姑且不论社会与文化方面的原因，本研究希望能够探讨存在于近代诗本身的原因。笔者认为，那是因为近代诗吸取了，或者说新增了众多新的诗性要素。分别为：(1) 反映时代（潮流、生活）的口语；(2) 内在韵律；(3) 利于诗歌翻译的自由表现形式；(4) 被频繁使用的隐喻等现代修辞；(5) 与音乐相结合的倾向。以爱情题材为代表的各种新题材的引入也构成了近代诗的新要素。

为了目前当代的诗歌能进一步发展，我们应该从近代诗所舍弃的东西中重拾积极要素，并强化新引入的要素。只有思考过去与未来的联系，当代诗歌才会有未来。

第一节　近代诗舍弃的元素

一、近代诗舍弃的 5 个重要元素

通过第一章可以明确了解到，近代诗舍弃的要素分别为：(1)（作为诗性语言的）文言；(2) 音数韵律；(3)（固定的）形式，即定型；(4) 传统的修辞手法；(5) 与传统音乐、绘画的密切关系。(1)(2)(3) 就无须再说了，这里再来具体看一看 (4)。

每个国家的修辞都与该国的语言、文化有着密切不可分割的关系。日语音节少，有很多同音异义词。这为日本古代诗歌的修辞赋予了独有的特性，利用该特性的修辞是双关语（「掛詞」）。

日本传统修辞的特征是多用双关语（「掛詞」）、缘语（「縁語」）。与此相关，还有“枕词（「枕詞」）”。枕词这一日本特有的修辞手法体现了日本强烈的乡土观念，是与自然不分离的自然观起作用的结果。

1. 传统修辞手法：缘语、双关语和枕词

以和歌为核心来考察的话，日本古代诗歌的传统修辞如下。

(1) 缘语

定义：与某一词意思相近的词语。大多由联想引出，通过相互呼应增强表现效果。（《电子版大辞泉》）

应用范围：常见于《古今集》之后的和歌。

例：「糸」的缘语：「よる」「ほそく」

和歌例：

原文：

A. 糸による物ならなくに別れ路の
心ぼそくも思ほゆるかな

『古今集』415

B. 滝の音は絶えて久しくなりぬれど
名こそ流れてなほ聞こえけれ

『拾遺集』雑上・449

译文：

A. 别离上路非捻线，我心不安似捻线。

《古今集》415

B. 飞瀑之音久不闻，其名流布众口传。

《拾遗集》杂上・449

在《日语语法事典》[①]中，总结缘语的特征如下：

判断是否为缘语的基准：“要想找到缘语，就要注意和歌作者是否是有意

① 林巨樹・池上秋彦・安藤千鶴子編：『日本語文法がわかる事典』，東京：東京堂出版，2004年。

识地使用与文中某个词（多为表示主题的词）有关的俏皮话（多为比喻性的词），而非其他实质性的表达。因此，使用缘语的部分多可以换成表示普通实质性内容的句子。”“判断缘语的关键，要看能用其他实质性的表达来叙述之处，和歌作者是否有意识地使用与文中的某个词（主要是表示主题的词）有关的俏皮话（多为比喻性的词）来表达。”

缘语的意义结构：“缘语是‘章鱼腿型结构’，而非‘锁链型结构’。”以 B 和歌为例，其意义结构并非是「滝の音→流れ→聞こえ」，而是如下所示。

滝の音

↙　↘

流れ　聞こえ

缘语的使用：多和双关语一起使用。

(2) 双关语

定义：利用同音，使一个词同时具有两种意义的修辞手法。

应用范围：常见于和歌、谣曲、净琉璃、纪行等。始于平安时代初期，在《古今和歌集》中被广泛使用。

例：「いなば」的双关语：「立ち別れ往なば」和「因幡の山」。

「まつ」的双关语：「松」和「待つ」。

和歌例：

原文：

C. 立ち別れいなばの山の峰におふる
まつとし聞かば今帰り来む

『古今集』365

D. もみぢ葉の散りて積もれる我が宿に
誰れを松虫ここら鳴くらん

『古今集』203

译文：

C. 与君离别就因幡，峰顶青松立云间。
倘君出言待我返，闻语即刻便回还。

《古今集》365

D. 红叶飘落积满庭，秋日暮临起思情。
金蟋恋恋鸣不已，不知今夕待谁人。

《古今集》203

在《日语语法事典》[①] 中，对双关语的特征总结如下：

①“多以第一个意义接前面的词，第二个意义接后面的词。”以 D 和歌为例，以第一个意义接前面「たれを待つ」，第二个意义接后面「松虫」，意为「だれを待っているのか、松虫が…」。这样一来，和歌的内容变得更加丰富而有层次。

②“主要用于和歌，有助于丰富形式短小的和歌的内容。”

③“同音异义词并不都是双关语。作为双关语，其两种意义必须各自在文中发挥作用。”

(3) 枕词

定义：用于古代歌文尤其是和歌的修辞手法之一。冠于特定词语前而用于修饰，或调整语调的词语。(《电子版大辞泉》)

应用范围：自《万叶集》之时开始使用。

例：(后项是引申出的词语)

足引きの（あしびきの）→山、峰、尾の上 等
梓弓（あづさゆみ）→引く、張る（春）、射る、音、末（すゑ）
天離る（あまざかる）→日、鄙（ひな）、向かふ
天の原（あまのはら）→ふりさけ見る、富士
新玉の（あらたまの）→年、月、日 等

① 林巨樹・池上秋彦・安藤千鶴子編：『日本語文法がわかる事典』，東京：東京堂出版，2004 年。

霰降る（あられふる）→鹿島、杵島、遠（とほ）

和歌例：

原文：

E. 桜花咲きにけらしなあしひきの
山の峡より見ゆる白雲

『古今集』59

F. 飛ぶ鳥の明日香の里を置きていなば
君があたりは見えずかもあらむ

『万葉集』卷一

译文：

E. 山中樱花似已开，山峡间见白云起。

《古今集》59

F. 离别明日香，驻足长屋原。回望君所在，路远看不见。

《万叶集》卷一

枕词的特征如下：

①通常为5音节，极特殊情况下也有3音节、4音节等。

②不仅可以在和歌的开头使用，也有像E和歌一样在和歌正中间使用的情况。

③对枕词和与之相关的词语的关系进行分类的研究有很多，目前相对较详尽的是境田四郎的主张。分为“与意义相关”和“与声音相关”两类[①]。

除此之外还有序词等修辞手法，在此省略。

① 境田四郎：『万葉集大成』第6卷，東京：平凡社，1955年，「枕詞と序詞」部分。

2. 由传统修辞打造的双重意义

文学是感性的语言活动，其最具代表性的体裁形式是诗。诗创造了“虚”的世界，用富于感性的人类心灵，描绘感性洋溢的独特境界，进而让阅读的人产生感动，孕育出新的感性。但是，诗歌的感性创作不仅依赖于词语、形式、意义，很大程度上也依赖于修辞的力量。

修辞是诗的重要组成部分，对诗的节奏、形式、意义世界的形成起重大作用。可以毫不夸张地说，无修辞则不成诗。

由 31 个文字构成的日本传统文学——和歌，运用多种多样的修辞手法，尽可能以有限的字数来表达复杂的含义。于是和歌通过双关语、缘语、枕词等修辞手法，令多层的意义交织在一起，使其产生双重意义。这些巧妙的修辞手法赋予了和歌的修辞法以特定的特征。在浅沼圭司所著的《从零开始的美学》中，他以藤原定家的和歌为例，对和歌的感性进行了分析。

首先根据他的分析，来思考一下修辞与和歌的感性关系。

原文：

きえわひぬうつろふひとのあきのいろに
みをこからしのもりのしたつゆ

藤原定家『夏日侍　太上皇仙洞同詠百首應製和歌[①]』

译文：

秋来红叶褪颜色，
人心亦变恋情绝。
焦思苦虑恨欲死，
泪如白露森林落。

藤原定家《夏日侍 太上皇仙洞同咏百首应制和歌》

浅沼圭司首先指出了和歌的听觉性特征，然后分析了“从短歌特有的艺术

① 此为应制和歌。“应制”特指应皇帝之命写作诗文，亦以称其所作。此处浅沼圭司为了分析方便，特意只用平假名来表示所引用的和歌。

手法（及代码）来看短歌与普通的语言表达之间大有差异的词语关系”[①]。

浅沼圭司又针对该短歌的用词进行了分析。

比如第二句开头的「うつろふ」一词，在《岩波古语词典》中被解释为“变心（人の心が他に動く）”“凋落（花や葉が散る）”“褪色（あせる）”“映出影子（影が映る）”等，这首短歌把「うつろふ」这个词的所有含义都重叠在一起，并且其重叠产生的含义与其他同样词义重叠的词所产生的各种含义之间也分别产生联系、从而使句子衍生出多层次的含义。像这种词语之间的关系可以理解为不会拘泥于日常语言规则的自由关系，也可以理解为词语间的“游戏”“相互嬉戏”（戯れ）。通过这种词语游戏，再分析和歌中「うつろふひとのあきのいろ」这样的连串词语表达的话，就会联想出以下的几个含义，比如变心的人、易变的人心、树叶凋落的秋天、渐渐枯萎褪色的红叶、倒映出的几分似有若无的暗淡颜色、已经消失了的爱情的微弱反映，等等。「あきのいろ」可以理解成是「秋の色」，也可以理解为「飽きのいろ」，由此可对内容展开联想，比如会想到对另一方的厌倦之情，会想到偶然间心头浮现的、已失去了最初的光辉灿烂的爱情……「色（いろ）」在《岩波古语词典》中被解释为“色情”“色欲”“情人”“情爱”“样貌”以及“形形色色的万物”（「色情、色欲、情人、情事、そして形相、有形の万物」），等等。如果把这些含义与之前的内容重合、交织起来理解的话，「うつろふ」可以解读为“盛时已过”，而「色（いろ）」又可以解读为“容貌”，所以我们可以将「うつろふひとのあき のいろ」解读成开始渐渐衰老的容貌以及面对此容颜产生厌烦的人心。至少这里没有明确表示不能这样来解读。[②]

浅沼圭司进一步分析道：

① 淺沼圭司：『ゼロからの美学』，東京：勁草書房，2004年，第185頁。

② 同上书，第185-186頁。

「こからし」显然就是「こがらし」「木枯し」，意为“寒风”，但如果从中听出「こがれ」这个关联词，就会联想到「焦がれ（思慕）」的含义。由此对内容展开了联想，比如“坠入情网（恋い焦がれる）”“因相思病而死去（焦がれ死ぬ）”“为爱献出生命（恋のゆえに命を落とす）”“为情所困（みをこがらし）”“身心为爱燃烧（身を焦がす）”“为爱身心投入（恋のゆえに身もこころも焼きつくす）”以及“寒风在燃烧着的肉体和心灵上呼啸而过（そのような燃えつきた身とこころに吹きすさぶ、冷たい風）”，等等。「こからしのもり」—「こがらしの杜」在《枕草子》中作为骏河（现静冈县静冈市）的地名被引出，可说是能列入和歌中常引用的名胜古迹（「歌枕」）之一，与“吉野”[①]“志贺”[②]“明石”[③]“更级”[④]等一样，在和歌传统中与某种特定的形象联系在一起。「もりのしたつゆ」很明显可以看出是「森の下露」（森林的草木露珠），但又可以自然而然地从「もり」中解读出「洩る」（流出）的含义[⑤]、从「つゆ」（露珠）中解读出「なみだ」（眼泪）的含义，因此「森の下露」也可理解为「洩れ出る涙」（流出的眼泪）。并且「下（した）」原本就是指不显露于表面、目不可及的地方，所以「下露（したつゆ）」也可以理解成“在暗处默默落泪”。这样，「もりのしたつゆ」一词甚至可以表示“为了不引起别人注意而强加忍耐，却忍不住悲伤而独自流下的眼泪”。由此回看前面的内容，我们可以从「うつろふ」中听出「うつ」（拍打），所以也可以读出寒风席卷林间树木的感觉，又或者也可以从「うつろ」中体会到「うつろなこころ」（空虚的内心）的含义，从而塑造出一个爱消失后内心空虚无比的形象。

第一句「きえわひぬ」实际上是「きえわびぬ」，而「消え侘ぶ」在上述辞典中被解释为“精疲力竭、精神萎靡不振（身も消えいる程

① 吉野：吉野山，位于日本奈良县。

② 志贺：指滋贺县大津市琵琶湖一带。

③ 明石：明石市，位于近畿地方中部的兵库县南部，面向明石海峡。

④ 更级：位于日本长野县。

⑤「洩る」读成「もる」，这里是从发音相似的角度展开联想。

に、気力を落とす。死ぬほどに元気を無くす)”。在这种词语间在意义上的相互嬉戏中，最后出现的词「つゆ」和最初出现的词「きえ」归根到底也处于一种循环的关系之中——「露、消え」(露珠、消失)以及「露と消え」(露珠与消失之间)，毋庸置疑，在此有着死亡的暗示。而且从「つゆ、きえわぶ」(露珠、心力交瘁)这两个词的关联中也会生成许多含义来，比如泪流不止(涙が消えかねている)、忍不住的眼泪(流すまいと思うのに流れる涙)，以及由此带来的寂寞(侘しさ)与苦痛(つらさ)也展现了出来。这样一来，错综复杂的语言关系(「戯れ」)就会无穷无尽地延续下去，进而编织出更加丰富的意象，而我在这里只是举例说明了其中的一小部分而已。①

从上述分析可以看出，这首短歌除了“人(ひと)”以外，几乎所有的词都被赋予了两层以上的含义，或者词语本身就具有两层以上的含义，如下：

うつろふ→(木々の色が)あせる、(ひとのこころが)変わる、(木の葉が)散る；

うつ→(木枯らしが森の木々を)打つ、(人の感情の)鬱；

うつろ→うつろなこころ、うつろ(空虚)；

あき→秋、飽き；

いろ→(秋の木の葉の)色、(人の)容色；

こからし→木枯し、焦がれ、(身を)焦がす；

もり→森、洩る。

更进一步来说，「したつゆ(下露)」暗示“在暗处默默落泪”。简单总结来说，这首和歌表达了这样的意思：“似消失而未能消失殆尽，让人如此痛苦。那人厌倦了我而变心移情啊，就像秋日的红叶般变幻褪色，而我身心燃尽，宛若那森林中寒风吹过，转瞬就要消失的露珠一样。”然而，无论如何，这种解读、解释都不足以表达原诗丰富多彩的意象。这首和歌与其说是逻辑性的，不如说

① 淺沼圭司：『ゼロからの美学』，東京：勁草書房，2004年，第186-187頁。

是通过语言的意象积累来构筑出了一个文学世界。

通过使用传统修辞手法中的双关语和缘语，可使人产生许多联想，其所具有的多重含义再分别结合起来，会形成错综复杂的关系，编织出丰富多彩的意象。因此，在意义上给读者带来循环往复，值得再三吟咏的喜悦。这就是这首和歌的成功之处，也正是和歌的感性魅力之所在吧。

藤原定家是创作和歌的高手，他能将传统修辞手法自如地应用于和歌当中，但不仅是他一个人，实际上自《万叶集》以后，运用修辞手法使和歌产生多重意象，具备多重含义的做法在和歌世界中已成为普遍现象，可谓屡见不鲜。要说区别，可能只是在于含义是双重还是多重，多重的话达到几重，手法的优劣，套用多重含义是否自然，等等。再举一个例子，这是平安时代的六歌仙之一小野小町所创作的和歌：

原文：

花の色はうつりにけりないたづらに
わが身世にふるながめせしまに

『古今集』113

译文：

樱花颜色失春雨，怅惘我身付流时。

《古今集》113

在这首和歌中，下列词语都具有双关的意思：

色→（桜の）色、（人の）容色；
うつる→色があせる、容色が衰える；
世→世代、男女の仲；
ふる→（雨が）降る、（時が）経る；
ながめ→長雨、眺め、物思い；
ながめせしまに→長雨がしている間に、物思いに耽っている間に。

快逃走！从你温顺的人儿身边，
从比草原牧场的绿色涟漪
还要柔软的发圈香波里。
——恋人啊！你可知这其中的奥妙。

我冥想：在无边的沙漠，
一个垂头的影子在黄昏里晃悠，
恋人啊！你会怀疑这是头饿昏的野兽。

这就是从你身边逃走的身影。
——果若如此，纵令我将蒙受奇祸，
我也要投入彩的风暴、香的漩涡！①

蒲原有明《智慧的相面人给我看相》（罗兴典译）

原诗第三行的「空」是双关语，把自然的「空」和人的「気持ち」（古语）双关在一起，具有双重含义。而且，与其后出现的「雲、疾風」又是缘语关系。此外，「雲、疾風」隐喻了伴随恋爱而来的不幸与危险。「空、雲、疾風」与第二节中的「緑牧、草野の原」一起，构成了作者的心象风景。

上述的例子之外，还有很多诗歌活用了传统修辞手法，但是进入以近代诗创作为主的时代之后，诗歌字数增加，诗歌语言口语化，诗歌小节的增加使得表达空间随之无限增大。这些特征的产生与形成的同时，较为适用于文言的古典修辞使用越来越少，其中大部分修辞手法渐渐走向终结。

二、问候之心

语言有社交性。

大冈信指出，“日本的诗中有一颗问候之心”。② 首先，其理由在于诗受到日本人的喜爱。诗歌能填补人类内心的空虚，帮助驱散人类与生俱来的孤独

① 罗兴典：《日本诗史》，上海外语教育出版社 2002 年版，第 87—88 页。
② 大岡信：『詩歌折々の話』，東京：講談社，1980 年，第 36 頁。

感，日本人从孩提时代开始就与诗相伴，甚至游戏中也不时用到诗。在这一社会背景下，“无论是皇族、官员，还是武士，都会创作诗歌。即便不会创作，也能阐述几句。否则，就不会被认为是可靠的成年人”①。使用大家都喜爱的东西（诗歌）来寒暄打招呼，是很正常的事吧。

大冈信还说，日本人的编纂能力很强，擅长编纂《岁时记》那样的诗选，较强的编纂能力是“日本人独特的能力”。“（日本人）非常喜欢编纂诗选，也就是将各种脾性不同之人的作品汇聚一堂。”②通过这一行为，获得与诗歌及诗歌作者面对面交流的机会，在认同对方个性的同时，也尽力让自己的个性得到对方的认同，从而使得诗歌具有“问候之心”。

回顾日本和歌史，你会发现自古以来就有很多包含“问候之心”的和歌。特别值得注意的是，男女之间的赠答歌在恋歌中占有极大比例。例如，在“和歌物语”性质的《和泉式部日记》中，叙述以和泉式部与帅宫敦道亲王近50首的赠答歌为中心展开。当然，赠答歌不局限于追求爱情时的男女，夫妇、朋友、君臣之间也常常用赠答歌来交流感情，实现沟通。

举个《万叶集》中的例子。额田王正被天智天皇所宠爱之时，又与所思慕的前恋人大海人皇子于紫草野（又译“芳草园”）相遇。面对挥动长袖招呼自己的大海人皇子，额田王考虑到在场还有他人（守卫，或曰看园人）可能会看到，殊为不妥，她便赠予皇子以下和歌来提醒其谨慎，而勇直坦率的皇子则用和歌做了回应，对答如下。

原文：

あかねさす紫野行き標野行き
野守はみずや君が袖振る

额田王『万葉集』巻一

① 大岡信：『詩歌折々の話』，東京：講談社，1980年，第36頁。
② 同上。

紫草のにほへる妹を憎くあらば
人妻ゆゑにわれ恋ひめやも

大海人皇子『万葉集』巻一

译文：

芳草园里喜逢君，
挥袖友妾须避人。

额田王《万叶集》卷一（杜凤刚译）

美胜芳草尤可恨，
情中阿妹为人妻。[1]

大海人皇子《万叶集》卷一（杜凤刚译）

“在这紫草遍地的原野，竟遇见你正四处游走。你这般挥袖招呼，怕是会引来守卫的盘问吧？”“像紫草般过分美丽的你啊，已经是他人的妻子。对于这样的你，我为什么仍这般爱恋？”二人一问一答，满是热情与率直。

额田王的和歌充溢着女性特有的羞涩之意，而皇子则用男性特有的率直而有感情的表达给予了回应。[2]

这是恋人之间的赠答歌。若说起夫妻间的赠答歌，最典型的可谓是《蜻蛉日记》中的片段：

原文：

「鹿の音も聞こえぬ里に住みながら
あやしくあはぬ目をもみるかな」
「高砂のをのへわたりに住まうとも
しかさめぬべき目とは聞かぬを」

---

① 陈岩、刘利国等：《日本历代女诗人评介》，大连理工大学出版社 2005 年版，第 27 页。
② 林和利・小林幸夫編：『整理と鑑賞　精選日本文学史』，東京：桐原書店，1993 年，第 18 頁。

「逢坂の関やなになり近けれど
越えわびぬれば　嘆きてぞふる」
「越えわぶる逢坂よりも音に聞く
勿来（なこそ）をかたき関と知らなむ」

『蜻蛉日記』

译文：

秋天到了，（兼家）来信中追述道：“我察觉你好像总摆出一副思虑不断的样子，我是一直在忍耐着，可是，不知为何：

长夜非鹿鸣惊睡，
相思苦终不成眠。”
（道纲母）回信只写道：
“高砂乡鹿鸣声高，
不曾闻有人失眠。
你可真是不可思议。”
事隔不久，（兼家）又有赠歌：
“逢坂徒有相逢名，
近在咫尺君难逢。”
（道纲母）答歌：
“有关更比逢坂高，
须知我居勿来关。”①

《蜻蛉日记》（杜凤刚译）

原诗中的「逢坂」与「逢瀬」双关，「勿来」与「来ないで」双关，显示出答歌作者道纲母能巧妙运用双关语等修辞手法，机智灵活的和歌创作风格。

上述两个人的赠答歌，不仅仅是寒暄、交谈，还表现出高超的艺术水平，具有很高的文学价值。在古代日本社会，尤其是整个平安时代，文学被作为社

① 陈岩、刘利国等：《日本历代女诗人评介》，大连理工大学出版社 2005 年版，第 72 页。

交手段，同时社交也借用了文学。正如杜凤刚的分析："道纲母生活的那个时代，赠答歌有一种唇枪舌剑，打逗骂俏的倾向。作者们使尽全身的解数，调动自己的机智诙谐而又充满善意地去挖苦对方。这样的赠答歌里修辞手法用得多，读起来使人有一种轻妙、洒脱、智巧的感觉。"①

如上所述，在古代的日本社会，恋人、夫妻、朋友、君臣等各方面的人际关系中，人们经常用诗（和歌）互相问候，进行感情交流。对于当时的人来说，诗（和歌）不只能咏唱自己的心情，还是建立与改善人际关系、使之达到圆满和谐的重要工具。那么，"日本的诗中有一颗问候之心"这句话具体体现在何处呢？笔者总结了以下几点：

(1) 盛行"歌合"（相当于赛诗会）；

(2) 存在很多赠答歌；

(3) 经常用和歌表白爱意，特别是在拜访女性、追求女性时，和歌是必要的手段；

(4) 以敕撰集为首，编纂了诸多诗（和歌）集，这也是日本诗歌的独特之处。

诗歌有问候之心，这种诗的社交性是日本诗歌的重要特征。大冈信指出："江户时代之前大体如此，但明治时期之后这方面开始变质。"② 也就是说，到了近代诗的阶段，诗的社交性减弱了。究其原因，还是因为受到西方的影响，诗变得更为强烈地主张个性、张扬个性。而且从其形式来说，近代诗长度加大，而用长诗赠答是一件困难的事情，在《岁时记》中使用近现代诗的形式的话，在字数上也是不可能的。虽然编纂了很多近（现）代的诗集，但终究没有能成为《岁时记》那样的。

简单举例来说，《古今和歌集》除了假名序、墨灭歌、真名序、卷第十九的杂体（长歌、旋头歌、俳谐歌）、卷第二十的大歌所御歌、神游歌、东歌卷之外，从卷第一到卷第十八，分别是"春歌（上、下）、夏歌、秋歌（上、下）、冬歌、

① 陈岩、刘利国等：《日本历代女诗人评介》，大连理工大学出版社 2005 年版，第 151—152 页。

② 大岡信：『詩歌折々の話』，東京：講談社，1980 年，第 36 頁。

贺歌、离别歌、羁旅歌、物名、恋歌（一到五）、哀伤歌、杂歌（上、下）”，主要是根据内容进行的分类（部立）。吟咏春夏秋冬这四季的和歌，在《古今和歌集》20 卷中有 6 卷，而恋歌有 5 卷。

以《古今和歌集》为首的敕撰集，基本都有这样按照内容进行的分类，而近现代诗集却很难有这样的内容。时至今日，出版的诗集要么是将每个作家及其代表作分别单独介绍，要么是按流派分类。诗人所写的内容已经脱离了古代的风花雪月、羁旅乡愁、爱慕恋情等，各自的写作手法、形式、意境也都有所不同。特别是近代诗集，与其说是按流派分类，不如说是分别介绍诗人的情况。这也算是到了近代诗阶段，作家都能强烈主张个性的证明吧。

与日本相比，在中国的古代文学中，诗同样具有社交性，人们通过诗文唱和，达成高水平高品质的交流。如刘禹锡回赠白居易的《酬乐天扬州初逢席上见赠》，诗中既有对故人的怀念，又有对自身宦海浮沉的感慨，更通过新必代旧、时代发展的哲理阐述，表现出坚定的信念，诗是“和”诗，却能在完成酬答功能的同时，保有独立的思想性和完整性。在中国古诗文中，像这种高水平的唱和有很多，但与日本不同的是，朋友间的赠答诗占绝大多数，恋人之间的赠答诗则远远不及。

其理由可列出以下几点。

(1) 日本古代女性文学较为兴盛。

在文学史上，中古时代，“自万叶假名而始的日语表记，不久后诞生了平假名。伴随时代发展而逐渐昌盛的国风文化，得到了平假名这个利器后，迅速变得花繁叶茂。众人所吟唱的和歌得以用平假名写，第一部敕撰和歌集《古今和歌集》也很快编纂完成。此后勅撰和歌集连续被编纂，和歌占据贵族社会文学的中心地位且不断发展”①。

假名的诞生不仅促进了和歌的发展，也促进了物语文学、日记文学、随笔的诞生和发展。平安时代的物语文学有《源氏物语》，日记文学有《蜻蛉日记》

① 林和利・小林幸夫編：『整理と鑑賞・精選日本文学史』，東京：桐原書店，1993 年，第 22 頁。

《和泉式部日记》《紫式部日记》《更级日记》，随笔文学有《枕草子》等名著，作者都是女性。也就是说，假名的诞生为日本女性文学的诞生和发展做出了巨大贡献。在当时，汉文是男性使用的文字，而平假名则被称为“女手”，适合自由记录个人情感，成为女性爱用的文字。

在摄关政治中起到重要作用的贵族女性（主要是后宫女性）成为当时文学的中坚力量，同时也构成了读者群体。她们积极地写作和歌、日记等，与人交往交流也成为自然而然的事情。也就是说，幸亏有平假名，使得女性具备了与男性诗歌唱和的能力。

(2) 日本古代的社会环境。

在日本古代的社会环境中，一般来说女性处于男性的附属立场，但是在平安时代由于摄关政治发达，培养高素养的女性成为贵族家庭的实际要求，受教育、高素养的女性成为被追求的对象，也拥有了与男性赠答和歌的能力和机会。女性与男性赠答和歌，并不违反礼仪，反而成为个人能力与魅力的证明。与此相反，中国除了唐朝那样开放的时代和几个时期以外，女性一直受到来自礼教的束缚，即算有作诗的机会，能公开酬答应和的环境也几乎没有。

当然，并不是说，这种“问候之心”在近现代诗中就被完全舍弃了，正如下面大冈信的分析：

> 在日本的诗中，自古以来问候之心就非常重要，但是到了现代诗歌中，这种心情就变得淡薄了，或者说，人们开始重视每个人的个性，所以情况发生了很大的变化。但话虽如此，问候之心本身无论在任何时代都存在于人类之中，所以在诗中有所表现也是理所当然的。①

大冈信指出“现代诗歌中也有问候之心”，但实际原因，是问候之心始终存在于人类心中。无论古今，人类都有社交的必然需求，文字、语言既然是人类表达思想感情的手段，就必然对社交起到促进作用。实际上，保持“问候之心”等传统的审美意识，本身就是近代诗乃至现代诗为了生存所追求的东西。

---

① 大岡信：『詩歌折々の話』，東京：講談社，1980 年，第 37 頁。

原文：

「陽炎（かげろう）のかたまりかけてこんなもの」（佐藤紅緑に）

「京に寝よ一夜ばかりは時雨せん」（東京の友人に）

译文：

“春日霭虽浓，蒸腾地气遇此物，渐渐凝结中。”（**赠佐藤红绿**）

“且睡在京都，淅沥沥时雨时停，一夜到天明。”（**赠东京友人**）

大冈信曾以上述俳人高滨虚子赠答的俳句举例，他评价说：“俳人高滨虚子是一个重视问候之心的人，我想这是他作为一个俳人，看上去与其他人襟怀不同的原因。读他的作品时能让人强烈地感觉到，即便在现代俳句中，问候之心仍然坚定地存在着。”①

不过，虽然虚子发表作品的时代已经属于日本文学中的现代阶段，但他的赠答诗仍然是使用了文言的、诗型较短的俳句。以新诗的形式用于赠答的例子极其少有。虽然也有像《你不要去死》（与谢野晶子）这样以某个人为对象写的诗，但这并不要求诗的唱和，诗的对象也不是写诗的人物。从这个意义上说，它不属于赠答诗的范围。

如上所述，近代诗中也有问候之心，但事实上这种心意已经非常淡薄，追求社交性不能算是现代诗的功能。莫不如说，对于近现代的人们来说，能发挥诗的社交性的还是（日本）和歌、俳句以及（中国古）诗、词。

三、对诗人的严格要求

向井去来是江户时代前期的俳谐师、蕉门十哲之一，他在著作《去来抄》中对俳句作者提出了如下要求：

去来曰：“欲修行俳谐，需熟知古来时代之风格变化、宗匠写作

① 大岡信：『詩歌折々の話』，東京：講談社，1980 年，第 37 頁。

之各自不同。知此之时，则新古自明。”

去来曰：“俳谐之修行者，应一心学习所好风格之前辈之句（指俳句），而不应裹挟疑问苛责以对。若有难解之句，可思其必有缘故，或设法求解，或寻工于此道者解惑。我之俳谐有所长进，则他人之句亦成可解之物。初始之际即挑剔他人之句者，最终难见大成。”先师（指松尾芭蕉）曰：“今之俳谐，应平日不懈研磨，临席时则以锐气一吐为快。此不可忘也。”

总的来说，向井去来对俳句作者的要求是，一心学习所喜好风格，不懈提高自身水平，对整个俳句创作史以及其他人的风格都要熟知，但又不挑剔他人之句。应该说，要求颇高。

《词学概说》的作者吴丈蜀则写道：“作词不是轻而易举的事，除了需要懂得词的格律，还要具备相当的古汉语知识和历史知识，也要懂得写诗词的特殊修辞方式。这三者缺一不可。可是这三项条件中的任何一项，都不是轻易能够掌握的。所以，在没有具备这三项条件以前，最好不要写旧体诗词，以免浪费精力。”①

只从对词作者要求的例子就可以看出，旧体诗词格律要求严格、烦琐，修辞有特别之处，因此不仅要求词作者掌握相关技巧，还要求词作者知识的深度与广度。这些实际上等于是设置了一个较高的门槛，使得诗歌创作世界成为一个相对封闭的世界，要想进入这个世界，必须有足够的能力跨越上述障碍。换言之，旧体诗词不是谁都能作的，上述条件也可以说是对想成为诗人的人所提出的严格要求。

但是，到了近代诗的阶段以后，人们会产生一种错觉——口语且毫无韵律的新诗谁都能作。

另外，无论是日本还是中国，新诗人创作诗歌最盛之时几乎都是年轻时，以至于让人产生了近代诗是“青春文学”的误解。也许是因为年轻，近代诗人

① 吴丈蜀：《词学概说·前言》，中华书局2000年版，第2—3页。

容易接受新的信息、新的理论，富于热情，但另一方面，也有缺乏古典知识和文学教养的缺点。由于家庭熏陶，还是有很多近代诗人受过良好的古文乃至汉文教育，但是到了现代诗的阶段，越来越多的诗人对传统古典文学知之甚浅，不能熟练掌握。而日本的诗人，往往对西方文学相当了解，却缺乏深厚的汉文素养。

换个角度来说，新诗（包括近代诗和现代诗）对作者的要求并不是那么严格。这既有好处也有坏处，好处是能让更多的人创作新诗，因此，更多的元素得以引入新诗。坏处则是创作出了很多格调较低、诗意浅薄的诗。

四、谐的精神

这里说的谐的精神，即游戏性。诗歌使用文字。既然使用文字，文字的游戏性作为一种文字的性质也好，作为一种文学习惯也好，表现在诗中似乎也在意料之中。美学家朱光潜将文字的“游戏”归纳为以下三种：“文字游戏不外三种：第一种是用文字开玩笑，通常叫作‘谐’；第二种是用文字捉迷藏，通常叫作‘谜’或‘隐’；第三种是用文字组成意义很滑稽而声音圆转自如的图案，通常无适当名称，就干脆地叫作‘文字游戏’亦无不可。”

刘勰在《文心雕龙》中特意设置了“谐隐”一项，将具有谐的精神即游戏性的诗文编入其中，由此可见古人对此类作品的重视。

1. 谐的社会性

朱光潜阐述说：

> 从心理学观点看，谐趣(the sense of humour)是一种最原始的普遍的美感活动。凡是游戏都带有谐趣，凡是谐趣也都带有游戏。谐趣的定义可以说是：以游戏态度，把人事和物态的丑拙鄙陋和乖讹当作一种有趣的意象欣赏。①

① 朱光潜：《诗论》，生活·读书·新知三联书店1998年版，第24页。

> “谐”最富于社会性。艺术方面的趣味，有许多是为某阶级所特有的，“谐”则雅俗共赏，极粗鄙的人欢喜“谐”，极文雅的人也还是欢喜“谐”，虽然他们所欢喜的“谐”不必尽同。①

由以上可知，“谐”是一种美学现象，与人类心理密切相关，属于人类思维结构同一性的一种，而且虽然各阶层所喜爱的“谐”的内容和趣味各不相同，但是“谐”这种美感活动为各阶层所喜爱这一点却是毋庸置疑的。

而“谐”这个字本身就可以说明其社会性。《汉字源》中记载，“谐”的解字（解释）是“会意兼形声。言+（音符）皆”。“皆”的音、义都是“谐”的起源。并且，该词典对“皆”的解释如下：

语法：“皆”(1) 读作「みな」(mina)，意为“全，都，一切”。用于复数的人、物、事的场合。(2) 读作「ともに」，意为“两者都”。用于双数的人、物、事的场合。

解字：“皆”会意。“比”表示人并肩的样子。“白”是“自”（鼻的原始字），指鼻子。“自”符号引申表示人类的动作。“皆”用“比 + 自”来表示众人齐聚一堂。（此处有简化处理）

由此可知，“谐”有“大家聚在一起说些开心的事”的根源意义。从这个根源意义可以看出代表集体活动的“谐”的社会性。“谐”应是一项多人参与的美感活动，即使其中绝大部分只是作为受众、作为“谐”的感受者。

2. 谐的对象

“尽善尽美的人物不能为谐的对象，穷凶极恶也不能为谐的对象。引起谐趣的大半介乎二者之间，多少有些缺陷，而这种缺陷又不致引起深恶痛疾。”②

谐的对象往往是：(1) 容貌（先天缺陷、姿色差、丑陋等）；(2) 品格缺陷（包括个人道德缺陷和国民性丑陋等多方面）；(3) 事物的乖离、讹谬（偏离常轨的滑稽事）。

---

① 朱光潜：《诗论》，生活·读书·新知三联书店 1998 年版，第 24 页。

② 同上书，第 25 页。

“谐”有讽刺的意味，但不是所有的讽刺一定都是“谐”。

“谐”的文学作品例如下：

在文学史上，自古以来就重视“谐”，古今中外类似的作品不胜枚举。

下面是罗马诗人马提亚尔[①]的诗，讽刺了一个叫作康迪杜斯[②]的有钱人。

康迪杜斯呀，你一个人拥有肥沃的土地，你一个人拥有大量的金钱
你一个人拥有黄金的餐具，你一个人拥有萤石的酒杯
你一个人拥有穆尔苏姆酒，你一个人拥有与执政官欧皮米乌斯年龄比肩的卡库布酒
你一个人拥有睿智，你一个人拥有才华
什么都由你一个人拥有，但是——天哪，怎么会有那样的事——
康迪杜斯呀，你竟和别人共享你的妻子[③]

马提亚尔《有钱人》

这首诗完全以赞扬的语气称赞康迪杜斯，但从“你一个人”这句话可以看出康迪杜斯作为有钱人的傲慢、贪婪。最后，作者笔锋一转，“你竟和别人共享你的妻子”，对康迪杜斯的讽刺突然展露开来。赞扬的语气和讽刺的事实之间的落差酝酿出了谐的趣味。

3. 近代诗与谐

从迄今为止的资料来看，几乎没有人论述过“近代诗与谐”。在近代诗中，像上述那样表现“谐”的诗很少，也鲜少能看到“谐”的精神。近代诗在很大程度上受到翻译的影响，但是在当时的译诗集里几乎没有这样的“谐”的诗歌。另外，作为刚刚成立的新体裁，近代诗受到前期浪漫派、象征诗的影响，诗人们也在两者的影响下苦心孤诣进行创作，所以并没有表达“谐”的精神的诗意

① 马提亚尔（约 40—约 104 或约 102，Marcus Valerius Martialis），古罗马诗人。

② 音译。

③ 笔者据日文译诗转译。日文译诗译者：樋口勝彦。出处：大岡信：『詩歌折々の話』，東京：講談社，1980 年，第 22 頁。

富余和人力富余。本章叙述了“谐”的精神的缺乏，但与其说“谐”被近代诗舍弃了，不如说“谐”是近代诗所不能顾及的。但笔者只是想特别提出这一点，来告诉大家“谐”作为诗的重要要素之一在近代诗中还没有具备。近代诗以后，“谐”的精神逐渐得以表现，但还存在着相应的问题。

第二节　近代诗新增的元素

一、近代诗新增的 5 个重要元素

既然舍弃了如此多的元素，为什么近代诗仍能作为“诗”得以存续、受到认可呢？姑且不论社会与文化方面的原因，只从近代诗本身寻求原因的话，笔者认为，那是因为近代诗吸取了或者说新增加了众多诗性要素。分别为：(1) 反映时代（潮流、生活）的口语；(2) 内在韵律；(3) 利于诗歌翻译的自由表现形式；(4) 被频繁使用的隐喻等现代修辞；(5) 与音乐相结合的倾向。以爱情题材为代表的各种新题材的引入也构成了近代诗的新要素。上述 5 个重要元素中，除了 (4) 之外，在第一章中都有所阐述，这里不再重复。本部分将就“新题材的引入”来重点说明。

二、新题材的引入

以恋爱题材为代表的各种新题材的引入构成了近代诗的新要素。随着象征诗的传入以及创作，“丑”与“恶”的题材也被重新引入、接纳。

1. 近代文学中出现的“恋”

近代以后，日本开始大量地吸纳“恋爱”题材来进行文学创作。“恋爱”和“自我（「個」）”的发现，可说是近代文学中最重要的创新之举。

“通过接触欧美文学，日本人发现了‘恋爱’，这对日本的近代文学构成

了切实的影响。”[①]

在前文“问候之心”一节也曾讲过，日本人有歌咏“恋心”，与恋人互赠和歌的传统，但这与西洋文学依然是截然不同的两样事物。特别是中古、中世时期一过，进入江户时代以后——

> 明治时代以前的日本人，也喜欢在文学作品中描写男女爱情的喜悦和悲伤，这自不待言。著名的例子可见近松门左卫门所作的各个情死剧，其中角色相爱至深，知道自己的恋情无法善终，就选择执手赴死。然而，即使近松门左卫门笔下的男性角色们爱慕女主人公，与其相恋，也仍不懂得将她们视作女神或缪斯来崇拜。明治时代的文学作品中反复出现的柏拉图式的男女关系，于他们来说是无论如何也难以想象的。[②]

这番论述谈的是剧作和小说，但也同样适用于诗歌创作。近代以后，中日两国都最多只将女性地位抬高至与男性平齐，而像西方一样，仰视她们，乃至将她们奉为女神则几乎是不可能的。

笔者认为，在讲近代诗所吸纳的恋爱题材之前，必须要先回顾一下中日两国有关“恋”的不同之处，以及相关的文学表达。

2. 关于恋爱的西方诗歌与中国诗歌的比较

中国美学家朱光潜在题为《中西诗在情趣上的比较》一文中，对西方与东方的恋爱诗进行了比较：

> 西方关于人伦的诗大半以恋爱为中心。中国诗言爱情的虽然很多，但是没有让爱情把其他人伦抹杀。朋友的交情和君臣的恩谊在西方诗中不甚重要，而在中国诗中则几与爱情占同等位置。
>
> 恋爱在中国诗中不如在西方诗中重要，有几层原因。第一，西方

① ドナルド・キーン著：『日本文学史　近代・現代篇一』，土徳岡孝夫訳，東京：中央公論社，1984年，第8頁。

② 同上。

社会表面上虽以国家为基础，骨子里却侧重个人主义。爱情在个人生命中最关痛痒，所以尽量发展，以致掩盖其他人与人的关系。说尽一个诗人的恋爱史往往就已说尽他的生命史，在近代尤其如此。中国社会表面上虽以家庭为基础，骨子里却侧重兼善主义。文人往往费大半生的光阴于仕宦羁旅，“老妻寄异县”是常事。他们朝夕所接触的不是妇女而是同僚与文字友。

第二，西方受中世纪骑士风的影响，女子地位较高，教育也比较完善，在学问和情趣上往往可以与男子忻合，在中国得于友朋的乐趣，在西方往往可以得之于妇人女子。相反，在女性地位低下的古代中国，很难出现能与男性志同道合、学问与情趣上都达到同一高度的女性。

第三，东西恋爱观相差也甚远。西方人重视恋爱，有“恋爱最上”的标语。中国人重视婚姻而轻视恋爱，真正的恋爱往往见于“桑间濮上”。

西方诗人要在恋爱中实现人生，中国诗人往往只求在恋爱中消遣人生。中国诗人脚踏实地，爱情只是爱情；西方诗人比较能高瞻远瞩，爱情之中都有几分人生哲学和宗教情操。

西方爱情诗大半写于婚媾之前，所以称赞容貌诉申爱慕者最多；中国爱情诗大半写于婚媾之后，所以最佳者往往是惜别悼亡。西方爱情诗最长于“慕”，莎士比亚的十四行体诗，雪莱和白朗宁诸人的短诗是“慕”的胜境；中国爱情诗最善于“怨”，《卷耳》《柏舟》《迢迢牵牛星》，曹丕的《燕歌行》，梁玄帝的《荡妇秋思赋》以及李白的《长相思》《怨情》《春思》诸作是“怨”的胜境。总观全体，我们可以说，西诗以直率胜，中诗以委婉胜；西诗以深刻胜，中诗以微妙胜；西诗以铺陈胜，中诗以简隽胜。①

朱光潜的这篇文章精确地分析了西方诗歌与中国古典诗歌的特点。以这些特点与日本古典诗歌对照，那么日本古典诗歌的特征也将浮现出来。

---

① 上述几处引用引自朱光潜文章《中西诗在情趣上的比较》。朱光潜：《诗论》，生活·读书·新知三联书店 1998 年版，第 78—81 页。

3. 日中的恋爱诗

如上所述，美学家朱光潜在题为《中西诗在情趣上的比较》一文中，将西方诗歌与中国古代诗歌做了比较，而日本文学虽然深受中国文学的影响，在恋爱诗上却呈现出了不同的风貌。

日本的恋爱诗有自身的特殊性。日本文学史中留下了大量的恋爱诗，其重要文学体裁和歌的两大主题可以说是“自然”和“恋”，而且其“恋”的形式与中国截然不同。在诗歌历史的早期，《诗经》中的恋爱与《万叶集》中的恋爱很相似，同为坦率地吐露感情、堂堂正正地讨伐对方的背叛，其风格或曰“思无邪”，或曰「ますらおぶり」，显见形成于道德规范尚未能紧紧束缚人们的社会环境。或者可以说，当时的是恋爱诗最初的形式。但从那以后，日中的恋爱诗变得各自不同。

松浦友久曾研究过能使人产生同一种听觉意象的“猿声”和“鹿之声”。中国诗歌素材中常见的“猿声”最终没有定型于日本诗作中。与此相对，日本诗人常用的“鹿鸣”在中国诗歌中的使用率也远远低于日本。松浦友久指出，两者所表现的意象的不同之处，根源在于差异。也就是说，中国的古典诗注重同性间的友情，而日本的古典和歌则注重异性间的恋情，才导致了这种区别的产生。正因为日本人认为“鹿之声＝（男女之）恋情”，且这一意象十分鲜明，和歌中才会出现这样多的“鹿鸣”。《万叶集》中咏鹿之歌多达68首，并且其中的绝大部分都咏唱了鹿的鸣叫之声。

原文：

さ牡鹿の鳴く音は野べに聞こゆれど
涙は床のものにぞありける

源俊頼『千載集』巻5、秋下

译文：

雄鹿鸣声响原野，闻之泪水沾衾被。

源俊赖《千载集》卷5、秋下

这首和歌就运用了“鹿鸣之声”＝“唤妻之声”这一意象，表达了作者秋夜思妻的悲伤。“鹿鸣”的广泛使用，也表现出和歌注重异性间恋情这一特点。

另外，松浦友久也指出，不只“友情之诗”，创作“爱情之诗”也是中国古典诗歌的主流之一。只不过，其中还有这样的不同：中国古典“友情之诗”多以第一人称写成，而“爱情诗”却多见第三人称，其内容也大致属于“闺怨”“闺情”一类，[①] 由男性诗人站在女性的视角写成。即是说，作者本人常处于第三人称的立场，客观地描写“女性之恋爱”，而不是以第一人称的语气来向女性求爱。与此相比，日本的“恋爱诗”几乎都是以第一人称写成，会更加主动地向异性表达自己的感情。[②]

4. 诗中所体现的日中恋爱观

(1)《万叶集》几乎没有关于“恋”的道德上的判断

从万叶集的时代到平安时代，再延续至中世，日本出现了很多以恋爱为题材的和歌。在日本文学史中，对恋爱采取的是极其宽容的态度。像西方那样男女之间处于平等地位互相赠诗的行为，在接近近代的江户时代变得很少，但在上古、中古时代，诗文应和、赠歌答歌是文人间的惯例。

原文：

つね人の恋ふと言ふよりは余りにて
我は死ぬべくなりにたらずや

『万葉集』4080

片思ひを馬にふつまに負ほせもて
越へにやらば人かたはむかも

『万葉集』4081

---

① 该观点朱光潜已在《中西诗在情趣上的比较》中有所阐述。

② 本部分内容引自：松浦友久：『万葉集という名の双関語——日中詩学ノート』，東京：大修館書店，1995年；参照：［日］松浦友久：《日中诗歌比较丛稿：从〈万叶集〉的书名谈起》，加藤阿幸、陆庆和译，民族出版社2002年版，第44—50页、第62—71页。源俊赖的和歌也引自该书，为笔者译。

译文：

常人亦相恋，我恋超常人。
燃情人欲死，君观可如何。

《万叶集》4080

相思载马背，使其赴远程。
许有越中人，片语寄微情。

《万叶集》4081

这两首恋歌是大伴家持的姑母、大伴氏坂上郎女赠给家持的，情感极其直白热烈，从中可明确地判断出万叶时代歌风的朴素性与抒情性。只是，吟咏和歌的人与和歌的赠送对象之间，在现在来看是不道德的关系。大伴家持不仅是坂上郎女的侄子，也是她女儿坂上大嬢的丈夫。然而，二人中的一方写出了感情热烈的恋歌，另一方将其堂而皇之地编进了《万叶集》。其社会背景是"在《万叶集》中，并没有出现关于性爱的道德上的判断。也就是说，在当时的社会普遍观念中，性爱作为一种自然的人类现象，被人们很自然地接受"[①]。

中村真一郎认为这是"文明史上很令人感兴趣的事情"[②]，他将其原因归结为天平文化时的文明还很"年轻"。同样是在《万叶集》中，载有额田王与大海人皇子所写的著名的"紫草"赠答和歌[③]，故事背景是"兄长夺走弟弟情人"的非伦理性关系。当时的文明确实给人"年轻"的感觉。

(2) 客观看待"恋"的《古今集》与享受不圆满"恋"的《新古今集》

中村真一郎说，平安时代的"恋"的意识是"将自我感情的客观化"。[④]这主要是通过《古今集》的和歌表现出来的。"所谓'恋'，不是与对象结为同心，而是直面发生在自我心中的情欲状态，并加以欣赏的游戏。""歌人们面对自我欲望的对象，并不是直接强烈呼吁，以图实现其欲望，也不是为实现

---

① 中村真一郎：『日本古典にみる性と愛』，東京：水声社，2006 年，第 36 頁。

② 同上书，第 37 頁。

③ 原歌为：「あかねさす紫野行き標野行き野守はみずや君が袖振る」「紫草のにほへる妹を憎くあらば　人妻ゆゑにわれ恋ひめやもの草」。

④ 中村真一郎：『日本古典にみる性と愛』，東京：水声社，2006 年，第 47 頁。

了欲望而奉上欢喜的呐喊，而是眺望自己内心中欲望得不到满足的状态，将其命名为‘恋’的。”这是“对欲望对象的游离”。[①]也就是说，平安时代的“恋爱”意识，与其说是针对对方，不如说是针对自己的内心，采取内省的态度，有客观看待自我欲望的倾向。而且，这种欲望常常得不到满足，并不是圆满的情感，所以其痛苦超出了普通意义上的痛苦，也就是说，这种痛苦不是外部事物带来的，而是作者在直面自己的内心时感受到的，外部事物带来的痛苦容易得到缓解，而内心反省带来的痛苦往往经久不能平息。

及至镰仓初期的《新古今集》时代，随着文明的发展进化，“恋”的意识也更加雅致精练。“比起将自己当时的感情用语言表达出来，人们更倾向于将某个抒情的情景想象成故事，然后巧妙地将其吟唱出来。”[②]和歌也多表现出了“长久的恋爱”“忍耐的恋爱”这样的内容。也就是说，要么是长久以来的相思没有实现的不圆满的恋爱，要么是不为对方所知的没有成功的单恋。而且，作者自己享受着这种状态，甚至好似自己在祈愿着恋爱的不成功不圆满。正因为恋爱是一种痛苦的状态，所以才成为一种精神上的享受。这种矛盾反而构成了当时和歌文学的独特魅力，而至此，恋爱也已经和直接的主观的恋爱产生了很大的距离。

(3) 批判不道德关系的《诗经》

中国最早的诗歌总集《诗经》同样诞生于文明较为“年轻”的时代，其中也编入了大量大胆热情的恋爱诗。或许是因为其热情奔放的情感表达以及内容吧，孔子评价说：“诗三百，一言以蔽之，曰：思无邪。”也就是说，《诗经》的诗之所以有魅力，不是因为有美辞佳句，而是因为其中流露迸发出毫不作假的情感。也就是说，孔子指出了《诗经》中的诗的本质是：没有矫饰，是天然的纯粹的感情的流露。但在《诗经》中，如果涉及不道德的关系，就会表现出批判、讽刺、讽喻等态度。在《诗经》的诗中，不道德的行为会成为受批判的对象，如对卫宣公。卫宣公为儿子伋聘娶齐女宣姜，后却因听说宣姜是个美人，

① 中村真一郎：『日本古典にみる性と愛』，東京：水声社，2006年，第47-48頁。

② 同上书，第47頁。

便在黄河边筑建新台，将宣姜截留霸占。根据《诗序》所言，卫宣公强娶未婚儿媳的丑行，在《诗经》受到了多达8次的讽刺和挖苦。

新台有泚，河水弥弥。燕婉之求，蘧篨不鲜。
新台有洒，河水浼浼。燕婉之求，蘧篨不殄。
鱼网之设，鸿则离之。燕婉之求，得此戚施。

《诗经·国风·邶风》

第1、2节前面的两句称赞了新台的恢宏美丽。新台壮美华丽，黄河水丰盈浩荡，在美丽的新娘心中，充满了对婚姻的期待。然而少年未婚夫被顶替，鸡胸驼背的糟老头儿成了新郎。渔网是为鲜鱼而设，没想到却打上来丑陋的癞蛤蟆。

就像这样，通过将美好的期待与令人震惊的现实做比较，表现出了人们的极大愤慨和遗憾。“蘧篨”“戚施”是极其丑陋之物的代表，更加反衬出年轻美貌的新娘的悲哀与不幸。这种强烈的对比是与辛辣的讽刺联系在一起的。

在《诗经·卫风》中的《氓》篇，女主人公以自述的口吻，讲述了自己因丈夫负心而遭到遗弃的悲惨遭遇。她控诉自己丈夫时说道：“士也罔极，二三其德。”指出其丈夫在品德方面三心二意，不能言行一致。这实际上是《诗经》通过女主人公之口，对类似她丈夫的行为所进行的道德上的判断以及批判。

同样诞生于文明“年轻”时代的《诗经》里，即使是富有地方色彩的民歌，其中也蕴含有强烈的道德批判。当然，这种批判针对的并不是民间的纯洁恋情，而主要是像《新台》篇那样，批判国家“上位者”的不道德；或是像《氓》篇那样，批判在社会生活中占据优势地位的人的不道德，批判当时社会婚姻制度中的男女不平等。

很多学者在日中比较文学研究中，都注意到日本文学在表现上的相似之处和对中国思想的接受，而日本哲学中唯一不受中国影响的，特殊的是自古以来的性观念，其从一开始就没有受到像中国那样严格的道德限制。

5. 肯定现实的倾向 = 此岸性所带来的享乐主义

加藤周一曾将日本社会、文化的基本特征概括为相互竞争的集团主义、此岸性和现在主义。指出世界即是集团，集团、社会、此时此地的世间即是此岸，而此岸性也就表示世俗化。

加藤周一曾论述日本文化的发展史。他以《万叶集》为素材，论述了奈良时代对佛教的接受与不接受；又指出13世纪的“镰仓佛教”中出现了否定现世的倾向（彼岸性），另外还有“其超越性绝对者（净土真宗之阿弥陀、禅宗之大智禅师、日莲宗之法华经）”都在其中发挥了作用，成为日本思想史上的例外；之后禅宗等被分割为美学和实践伦理两个方面，显示出“日本化”的方向；而到了德川幕府时代初期，佛教已经完全被世俗化，逐渐成为一种现世的文化现象。并且，加藤周一还认为，进入17世纪之后，佛教、文学、艺术等都已经被世俗化了。日本的实用技术主义、享乐主义、美学装饰主义正是这种世俗文化的早期象征。①

“此岸性（此处）”这种文化性质为日本社会带来了享乐主义。尽管江户时代的《好色一代男》等作品中已将享乐主义表现得淋漓尽致，到明治时期以后，文学作品中的官能表现还是变得更加自由。在近代诗领域，恋爱题材诗作众多，其中不少已经转向官能表现，表达起了“情欲”。如果说蒲原有明之诗，其官能表达仍停留在氛围层面，另一部分诗人的官能表达则已经十分直接且赤裸了。

6. 吸收《圣经》和基督教相关题材

《圣经》和基督教（的历史等）也成为近代诗人创作的题材。例如，汤浅半月的个人诗集《十二石冢》以《圣经》为题材；北原白秋的诗集《邪教门》的题材取自日本镇压天主教的历史。

基督教在日本的传教史是极其曲折、饱经磨难的。丰臣秀吉于1589年（天

① 加藤周一著、鷲巣力編：『加藤周一セレクション〈5〉　現代日本の文化と社会』，東京：平凡社，1999年；参照收录于韩立红编著《日本文化概论》中的文章：加藤周一：《日本社会、文化的基本特征》，刘迪译。

正十七年）发布传教士驱逐令（「伴天連追放令」）后，只有承认天皇及由天皇任命的关白及将军（幕府）的政治正统性的宗教组织，才被视为正宗教派，而不承认这些的宗教组织，则被视为破坏日本传统国家秩序、信奉“邪法”的宗门教派，即被定位为“邪教门”。江户幕府也继承了这种政策，通过“岛原之乱”等，迫害了众多基督徒。幕府还采取了“踏绘”的手段来取缔基督教，具体是在长崎等地，从正月 4 日到 8 日，让人踩踏刻着圣母和基督像的木板、铜板等来证明自己不是基督教徒。由此，向一般民众灌输了基督教＝邪教门的观念。

明治维新之后，明治政府发出的五榜揭示三牌中有着“切支丹邪教门”（「切支丹邪宗門」）。欧美各国得知有这句话后，向明治政府提出强烈抗议，于是明治政府慌忙对“切支丹”“邪教门”的说法分别做了禁止和纠正。尽管经历种种波折，到 1873 年（明治六年），基督教终于被解禁。但基督教毕竟有长期受到迫害的历史，在当时一般民众的心中，基督教也仍然是神秘的存在。所以对于追求“神秘”这一象征性的北原白秋来说，这是一个很好的素材来源。

原文：

われは思ふ、末世の邪宗、切支丹でうすの魔法。
黒船の加比丹を、紅毛の不可思議国を、
色赤きびいどろを、匂鋭きあんじやべいいる、
南蛮の桟留縞を、はた、阿剌吉、珍の酒を。

目見青きドミニカびとは陀羅尼誦し夢にも語る、
禁制の宗門神を、あるはまた、血に染む聖磔、
芥子粒を林檎のごとく見すといふ欺罔の器、
波羅葦僧の空をも覗く伸び縮む奇なる眼鏡を。

屋はまた石もて造り、大理石の白き血潮は、
ぎやまんの壺に盛られて夜となれば火点るといふ。
かの美しき越歴機の夢は天鵝絨の薫にまじり、
珍らなる月の世界の鳥獣映像すと聞けり。

あるは聞く、化粧の料は毒草の花よりしぼり、
腐れたる石の油に画くてふ麻利耶の像よ、
はた羅甸、波爾杜瓦爾らの横つづり青なる仮名は
美くしき、さいへ悲しき歓楽の音にかも満つる。

いざさらばわれらに賜へ、幻惑の伴天連尊者、
百年を刹那に縮め、血の磔脊にし死すとも
惜しからじ、願ふは極秘、かの奇しき紅の夢、
善主麿、今日を祈に身も霊も薫りこがるる。

北原白秋「邪宗門秘曲」　『邪宗門』

译文：

我想起：末世的邪教，天主教之神的魔术，
——外轮的船长，红毛人不可思议的国度，
红色的玻璃，香气扑鼻的石竹花，
西欧人的花纹布，还有火酒和红葡萄酒。

绿眼睛的传教士，在梦中还念着咒语，
违禁的教门神和那血染的十字架，
那哄人的器具能把芝麻粒变成苹果一般大，
那能伸缩的稀奇眼镜，连天堂也能看清楚。

在石造的房子里，那大理石白的血糊，
盛在琉璃瓶，夜里能点火照亮全屋。
那梦幻般美丽的放映机，在天鹅绒般的荧光里，
听说连月球上的珍奇鸟兽也能映出。

还听说，化妆的香料是由毒草中榨取，
腐石的油能描出圣母像的画图。
还有那横写的拉丁、葡萄牙的蓝色文字。
漫溢出动听的充满悲欢的音乐。

如此说，就赐给我吧，奇特的神父大人！
哪怕百年缩成一瞬和血染死刑架我也不顾，
但愿走入那极端神秘的奇异的红色梦境。
慈悲的主啊，今日我以整个身心祈求您的引渡。

北原白秋《邪教门秘曲》 《邪教门》（罗兴典译）[1]

本诗虽然有5节，但是前4节都是描绘「末世の邪宗、切支丹でうすの魔法」的。大量新奇的事物，结合着想象，在视觉、嗅觉、触觉的交错中被描绘出来。在最后一节中，作者表示希望进入“邪教门”，但这个愿望并不是要去祈求神明保佑，而是想去「極秘、かの奇しき紅の夢」（极端神秘的奇异的红色梦境）的世界，体验向往的神秘。由此可见，北原白秋只是将《圣经》和基督教作为题材，而并不是以一个教徒的身份来写诗的。

7. 吸收看上去并非“诗性”的题材

随着象征主义的传入，“腐败”“灭亡”等不被认为是“美的”的意象也传入日本。以“丑”“恶”为主题的题材被吸收进近代诗中。与此同时，从诗的形式来说，由于诗中句子的长度增加，且诗的每一行不再有字数限制，题材的选择项也变多了。

北原白秋在《邪教门》的序言中明确宣称：“我的诗崇尚神秘，喜欢梦幻，爱慕腐烂中的颓唐之红。”这具体表现为，一系列表现腐败、腐烂、颓废形象的题材被引入到近代诗中。前面提到的《邪教门秘曲》，很清楚地表达出了这样的创作理念。

另外，近代诗还采用了一些过去无法想象的新题材。也就是说，采用了看上去并非（不被认为是）“诗性”的题材。例如：

とほい空でぴすとるが鳴る。
またぴすとるが鳴る。

① 罗兴典：《日本诗史》，上海外语教育出版社2002年版，第89—90页。

ああ私の探偵は玻璃の衣裳をきて、
こひびとの窓からしのびこむ、
床は晶玉、
ゆびとゆびとのあひだから、
まつさをの血がながれてゐる、
かなしい女の屍体のうへで、
つめたいきりぎりすが鳴いてゐる。
しもつき上旬のある朝、
探偵は玻璃の衣裳をきて、
街の十字巷路を曲つた。
十字巷路に秋のふんすゐ。
はやひとり探偵はうれひをかんず。

みよ、遠いさびしい大理石の歩道を、
曲者はいつさんにすべつてゆく。

萩原朔太郎「殺人事件」

译文：

远处空中响起枪声。
又响起枪声。
啊，我的侦探穿上玻璃衣裳，
从恋人的窗潜入。
地板是晶玉，
从指头与指头的缝隙间，
流淌着苍白的血。
可悲的女人的尸体上，
冰冷的蠡斯在鸣叫。
阴历十一月初的某个早晨，
侦探穿上玻璃衣裳，

拐过街道的十字路口。
十字路口秋日的喷泉，
已让一个侦探感到忧愁。

看哪，远处寂寞的大理石人行道上，
歹徒正一溜烟地滑行而去。

萩原朔太郎《凶杀案》

诗中使用了不像诗歌语言的“侦探”“尸体”等词，表现出了小说似的功能。

第三节 现代诗的未来

现代诗与近代诗一样，广泛地吸收了各家所长，发展至今。今天，诗已经成为一种广域的、大众性的文学。

“诗在今天，已经不再是只属于一部分人的特别领域。爱诗之人广布于各个阶层、各个年代，诗已经降下身段，成为人们所熟悉的文艺形式。”①

然而，此处演化出了一个看似矛盾而实则不然的，我们即便不愿承认，也不得不承认的事实——现代诗已经开始“边缘化”，显露出了颓势。即使佳作频出，也无人欣赏。与此同时，平庸、下流之作却频繁登场。现代艺术领域内，常常可见为追逐流行而诞生的平庸、下流的作品，与此同理，在现代诗这样较为新兴的领域内，也不乏这种作品。

关于现代诗将会走向何方，众说纷纭。其中一种说法是：“对于‘语言表达’在现代日本社会中所处的位置，我始终怀有一种危机感。”“这本书可谓是在这一层面上，为再度尝试确认、强化语言之力所编成的作品。所谓语言之力，绝不会产生于大喊大叫；相反，如果撰写、发声时能够安静又明确，保持节奏，时而庄严、时而轻快地，最大限度地发挥每一句话的效用，语言之力就

① 分銅惇作・吉田凞生：『近代詩物語』，東京：有斐閣，1978 年，はしがき p. i.

能够诞生。这些诗歌作品就证实了这一点。”[1] 这一说法也意在发挥语言之力，通过朗读来验证诗的效果。

《现代诗手帖》期刊对诗的未来提示了种种问题。本书论述了近代诗舍弃的与新增的要素，对诗歌的传统与现代（包括近代）进行简单比较，希望能够由此对现代诗的未来有所启示。经历过近代诗那般急切学习西方、迫不及待地想要树立本国诗歌特色的时代后，近现代的诗歌应该说已经迎来成熟期，当今至关重要的，应该是学习传统而又超越传统，正确地把握乃至精练诗之所以成其为诗的要素吧。

---

① 大岡信・谷川俊太郎：『声でたのしむ　美しい日本の詩　近・現代詩篇』，東京：岩波書店，1990 年，p. vi.

第三章　日中新诗的比较研究

日中近代文学的发展历程有很高的相似度，王向远对此做过如下论述[①]：

> 中国现代文学的发展进程，也和日本文学的发展进程有着高度的相似性，两国现代文学都孕育于启蒙主义的“政治小说”，而两国现代文学的真正起步，则都始于对写实主义的创作方法的提倡。接踵而来的又都是浪漫主义的文学思潮。浪漫主义在两国存在的时间都很短暂。在日本，许多浪漫主义作家转向了自然主义；在中国，许多浪漫主义作家转向了左翼文学。于是，自然主义和左翼现实主义便分别成为两国现代文学的主潮。在日本，反主潮的文学有白桦派的人道主义、唯美派的艺术至上主义和强调理智地分析现实的新现实主义（新理智主义）；在中国，反主潮的文学有新月社的古典主义、以京派作家群为代表的自由主义。30年代前后，中日两国同时出现了无产阶级文学和“新感觉派”，30年代后期，日本的法西斯主义文学和中国的抗日文学又成为平行对峙的两种文学运动。可见，至少到20世纪30年代，中日现代文学的发展进程具有惊人的相关性和相似性。我们可以把这种相关与相似简单地表示如下：

① 后文引用王向远文章中的“日本的现代文学”，相当于本书之前一直论述所说的“日本的近代文学”。

日本：政治小说→写实主义·砚友社→浪漫主义·自然主义（主潮）→非自然主义（余裕派、白桦派、唯美派）→普罗文学·新感觉派→法西斯主义战争文学

中国：政治小说→鸳鸯蝴蝶派·写实主义→浪漫主义→左翼现实主义（主潮）→非左翼文学（新月派·现代评论派）→普罗文学·新感觉派→抗战文学①

王向远指出了上述发展途径，从中可以一目了然地看出日中近代文学发展过程中的相似性。此外，王向远对相似的原因作了如下论述："尽管（中国新文学的②）文学思潮大都根源于欧洲，但它们发展演变的'程序'和路径并没有仿效欧洲，而是大体仿效了日本。这种仿效具有双重的必然性：一方面，如上所述，日本现代文学与中国现代文学时空差距不大，便于双方的交流影响；另一方面，中日两国共处于东亚文化圈，具有某些基本相同或相似的文化文学背景和相同相似的内外文学环境，因而也就决定了文学现代化发展历程的相同与相似性。"③当然，在这一过程中，由于两国文化各自的独特性等原因，也有不一致的地方。

近代诗是近代文学的一环，日中新诗在诞生过程中也呈现出许多相似之处。

---

① 王向远：《中日现代文学比较论》，湖南教育出版社 1998 年版，第 5 页。

② 括号内注为笔者添加。

③ 王向远：《中日现代文学比较论》，湖南教育出版社 1998 年版，第 6 页。

第一节 日中新诗诞生过程中的相似点①

日本近代诗与中国现代诗在创立过程中有很多相似之处。本部分首先对文学史上日中两国的不同说法进行说明，同时说到二者时，简称为“日中新诗”。

关于日本近代诗与中国现代诗的诞生过程，已在前述中简要陈述，在此不再赘述。本部分进一步深入，分别从社会背景、诗人、翻译的作用、《圣经》译本的影响这四个方面来分析日中新诗。

另外，因本部分“日中新诗诞生过程中的相似点”阐述的需要，与前述章节或有重复。

“近代”这个词本身就很难定义。广义上的“近代”是指封建社会结束，但因为各自的历史进程与国情不同，所以才有了西方和东方、日本和中国的“近代”之分，至少在起止时间上各不相同。西方历史中的“近代”是指从市民革命或工业革命到俄国十月革命结束（17 世纪或 18 世纪后半期—1917 年）；日本历史中的“近代”是指从明治维新到第二次世界大战结束（1868—1945 年）；中国历史中的“近代”是指从鸦片战争爆发到中华人民共和国成立（1840—1949 年）。另外，“现代”开始的时间点也因地而异。

“近代诗”同样是进入“近代”这一时期之后出现的一种新形式的诗，但关于这一说法，有必要加以说明。那就是，在对“近代诗”下定义时，我们不能把它简单地等同于“近代”这一时期的诗。

明治之前，日本国内一直把诗等同于汉诗。为了与之区分，从明治时代翻译西方诗开始，就将新的诗歌体裁称作新体诗。

在日本文学史上，一般把明治至大正时代（1868—1926 年）的诗称作“近代诗”，把昭和之后（1926 年以后）的诗称作“现代诗”。这是《整理和鉴

① 此部分因阐述需要，与第一章第八节有重复之处。

赏　精选日本文学史》中的说法，该书还将“现代诗”定义为“一般把昭和时代的诗称作现代诗”。[①] 因为该书出版于昭和时代刚刚结束之际，所以将现代诗的时限定为了“昭和时代”，但“平成”之后的新诗，应该还是要延续“现代诗”的说法。

《电子版大辞泉》中“近代诗”的定义为：“明治之后，摆脱汉诗、和歌、俳句等传统诗体的束缚，仿照欧洲的诗体和精神，并借助自由形式表现新的思想或感情的诗。它起始于新体诗，发展于象征诗，最终成熟于口语自由诗。”

但是，这本书中却没有“现代诗”的定义。这很容易使人误认为，明治维新之后到现在的新诗都被纳入了“近代诗”的范畴。但也由此可知，对“现代诗”的确很难下定义。

《广辞苑》（第五版）中“近代诗”的定义为：“在明治时代，摆脱传统束缚，仿照欧美诗体，并自由歌颂新时代思想感情的诗。广义上也包含新体诗，狭义上是指文言自由诗之后出现的诗。”

而且，《广辞苑》中也没有“现代诗”这一词语的定义。

与此相对，中国为了便于同过去的旧诗、词、散曲等诗体进行区分，将近代出现的新形式的诗称作“新体诗”。中国文学史上一般把五四运动（1919 年 5 月 4 日）至新中国成立这一时期（1918—1949 年）的新诗称作“现代诗”，把新中国成立至今（1949 年至今）的新诗称作“当代诗”。这是因为中国习惯上把“五四运动”作为划分文学史的分界线。

但是，这里存在的问题是最早出现新诗的年份是 1918 年，而这些诗一般也会被收录至现代诗史。

日中之间说法不同，同一汉字词表示的时间和意义各异，给日中比较文学带来了很大的“称呼”上的难题。日本的「近代詩」和「現代詩」在意思上分别对应中国的“现代诗”和“当代诗”，因此，在同时提到两者的时候很难找到合适的说法进行区分。

① 林和利・小林幸夫編：『整理と鑑賞　精選日本文学史』，東京：桐原書店，1993 年，第 133、139 頁。

本书的研究对象是创立过程中的日中新诗，即一般意义上的日本近代诗和中国现代诗。为了避免称呼上的混乱，本书在同时说明两者的情况下，简称为“日中新诗”。单独说明时，日本近代诗和中国现代诗的称呼不变。但笔者认为中国的现代诗也可分两个阶段，本书以1918年到1937年的第一个阶段为研究对象。另外，在中国文学史上，习惯将现代诗称为“新诗”。为了方便起见，本书在适当的时候也称其为“新诗”。

说起来，日本最早的新诗被称为「新体詩」，中国最早的新诗也被称为“新体诗”。这真的只是巧合吗？颇有研究的余地。这也是日中诗歌史的共同点之一。

一、社会背景的比较

日本的近代诗是指明治维新之后诞生的新形式的诗歌。在经历了大政奉还、王政复古等引发社会震动的大事件之后，日本于明治时期实施各种制度改革，强制实行废藩置县（1872年）、设立内阁制（1885年）、确立立宪体制（1889年）。在“富国强兵、殖产兴业、文明开化”这一口号的激励下，日本在短期内提升了自身的近代化国家实力，成为能够同西欧列强匹敌的国家。

激烈的社会改革遍及各个方面，来自西洋的新风气也给社会生活的各个领域带来了巨大影响，人们自然也开始要求进行文学界的变革。

尤其是在明治维新时期，废除了德川幕府统治下的“士农工商”身份制度，将旧贵族、大名等改称为华族，将旧武士阶级改为士族，其他“农、工、商”一律称为平民，主张“四民平等”（一般认为，这里的“四民”指的是“士农工商”），允许跨阶层通婚。身份制度改革为很多人提供了出人头地的机会，这也是报纸、杂志等新媒体增加的原因之一，依靠文学谋生没有以前那么困难了。

明治之后，日本人的识字率逐渐提高，“到了1904年（明治三十七年），男女入学率都达到了90%左右”。①

正如女性能够使用平假名创作为平安时代带来了大量优秀的女性文学作品一样，开始平等使用文字的举措为更多的人走向文学之路创造了良好条件。

① 飛田良文：「明治時代に翻訳された日本語」『中学校　歴史のしおり』，東京：帝国書院，2006年，第15頁。

虽然最先阶段的近代诗都是新体诗，但是当时的新体诗运动并不是单独进行、孤立存在的。日本于 1882 年（明治十五年）发起改良运动，主张文字改良、戏剧改良、言文一致、和歌改良。从 1885 年（明治十八年）的《小说神髓》开始，小说创作也开始步入近代。在和歌和俳句方面，1898 年（明治三十一年）正冈子规发表《致歌者的书简》，抨击传统和歌的弊端，主张对短歌进行革新，之后他又发表《獭祭书屋俳话》，主张对俳句进行革新。可以说，新体诗的创作活动是在整个文学环境发生着巨大变革，其他各种文学体裁都在力求新的背景下发生的，其创作活动也可视为是这些变革的重要组成部分。

总而言之，日本的近代诗诞生于以下社会背景：(1) 政权更替（幕府→明治政府）；(2) 激烈的社会变革（明治维新）；(3) 身份平等（也包括男女平等）；(4) 知识分子的增加（识字率提高的结果）；(5) 文学领域的改革（改良运动）。

另一方面，中国的现代诗诞生于辛亥革命（1911 年 10 月）以后。辛亥革命是 1911 年 10 月发生的资产阶级民主革命。这次革命推翻了持续 300 年左右的清朝，结束了多年的专制政治。虽然后来革命成果被袁世凯窃取，国内陷入军阀割据状态，但民主共和的理念已经深入人心。

当时，民国南京临时政府试图颁布实施的一系列政策和法令中，有“取消清朝律令中各类‘贱民’条令”“废除主奴身份”“提倡普及教育，删除旧教科书中的封建内容”等内容，这些政策对促进民众拥有平等意识、重视教育有重要作用。

8 年后的 1919 年 5 月 4 日，“五四运动”爆发。这场反帝反封建的革命运动除了其政治及思想上的意义，在启迪民智、促进教育方面进一步发挥了重要作用。

杜威的实用主义教育思想和“自动主义”“自律辅导主义”等教育思想在五四运动推动下，在教育界引起巨变，北京高等师范学校废除学监制，在“开放女禁”呼声下，1919 年秋，北京大学、南京高等师范、岭南大学开始破例招收女生。教育制度也发生变革。1922 年 11 月，当时的北洋政府颁布了《学校系统改革案》（壬戌学制），小学六年，初中四年，高中两年，大学四至六年，以美国为蓝本，教育得到革新。

应该说，教育的革新、女性开始拥有受教育的权利以及受教育水平的提高，为中国新文学的形成与发展奠定了基础。

值得一提的是，虽然发生了政权交替，但从清朝到民国，大量派遣留学生到海外的情况并没有改变。以派到日本的留学生为例，最初是 1896 年（明治三十九年、光绪二十二年）的 13 名，多的时候达到 8000 名，到 1937 年持续了 42 年。

说起中国现代诗诞生的文化背景，自然要说到新文化运动，及其组成的一部分——白话文运动。新文化运动兴起于 20 世纪初，提倡民主与科学，反对封建文化，陈独秀、李大钊、吴虞、胡适、鲁迅、周作人等是运动的代表。他们创办了《新青年》《每周评论》等杂志，借此弘扬新思想，由最初的“反孔教、反文言、抵制儒家学派”，到“提倡民主，反对专制；提倡科学，反对迷信；提倡新道德，反对旧道德；提倡新文学，反对旧文学”，实现了思想文化的革新、文学的革命。1919 年，中国第一部白话文小说《狂人日记》发表，白话文运动随之轰轰烈烈地展开。在这样的背景下，作为这些运动的一环，或者说一个组成部分，现代诗（当时被称为新体诗）的创作活动得到大力开展也可算是应时而生，是时代潮流的产物。

总结起来，中国的现代诗是在以下这样的社会背景下诞生的：(1) 政权更替（清政府→民国政府）；(2) 激烈的社会变革（五四运动）；(3) 身份平等（也包括五四以后的男女平等）；(4) 知识分子的增加（海外留学生的派遣和增加值得关注）；(5) 文学领域的改革（新文化运动）。

二、新诗诗人的比较

首先，从对待西方文学的态度来说，日中新诗的诗人都是怀着深学广收的想法来接触西洋文学的。而且只要是先进的文化，不管其源自哪个国家都要积极引进，并努力将其与本国的文化融合。他们认真地模仿西方诗歌，试图移植，又试图表现出自己的个性。

西方诗歌的各个流派，都能在日本诗坛中找到其影响，但明治到大正时期的诗人们，出乎意料地很少有人有留学经历（除了译诗集的作者）。但这并不意味着当时的诗人不懂外语，正相反，很多诗人被认为是精通外语的。比如薄田泣菫，他在 1894 年来到东京后，3 年间每天前往上野图书馆，阅读了大量国内外古代文学作品包括西欧近代文学的英译本。他当时最爱读的书是济慈、华兹华斯等人的诗集，这可以说是精通英语的证明吧。薄田泣菫从 18 岁开始利用图书馆自学，“不是以世间常见的应试或出人头地为目的，而是彻底的自我教育”①。

蒲原有明也没有留学的经历，他从东京府第一普通中学毕业之后，就开始在国民英学会自学。在此期间，他翻译了罗赛蒂的诗集《生命之殿》。根据《日本近代文学大系第 18 卷　土井晚翠　薄田泣菫　蒲原有明》记载，这是日本人首次翻译《生命之殿》。

虽然有留学经历的人比较少，但是去过东京的人却很多。他们可能是为了在东京大展抱负，所以主要创作期都是在东京度过的。如表 3-1 所示，除了一位诗人之外，其他诗人要么是东京人，要么是去过东京。

表 3-1　**日本近代诗人的外语水平与留学经历**

姓名	精通外语	留学或海外生活经历	留学地	翻译活动	上京
外山正一	√	有	英・美	√	东京出生
矢田部良吉	√	有	美	√	有
井上哲次郎	√	有	德	√	有
森鸥外	√	有	德	√	有
岛崎藤村	?	无	—		有
土井晚翠	√	有	欧洲	√	有
北村透谷	?	无	—		有

① 久保忠夫他注釈：『日本近代文学大系全 60 巻　第 18 巻土井晩翠・薄田泣菫・蒲原有明集』，東京：角川書店，1972 年，第 25 頁。

姓名	精通外语	留学或海外生活经历	留学地	翻译活动	上京
伊良子清白	√	无	—		有
上田敏	√	有	欧洲		东京出生
薄田泣堇	√	无	—		有
蒲原有明	?	无	—	√	东京出生
川路柳虹	?	无	—		东京出生
石川啄木	?	无	—		有
北原白秋	√	无	—		有
三木露风	?	无	—		有
与谢野晶子	?	无	—	√（将《源氏物语》译为现代语）	有
高村光太郎	√	有	英·美·法		东京出生
荻原朔太郎	?	无	—		有
室生犀星	?	无	—		无
山村慕鸟	?	无	—		有
宫泽贤治	?	无	—		有
八木重吉	?	无	—		东京出生

“东京成为首都之后，有很多来自日本各地的人迁居于此，在东京土生土长的人和从各地迁居于此的人杂居在一起，外地迁居而来的人以萨长土肥（萨摩、长州、土佐、肥前，即现在的鹿儿岛、山口、高知、佐贺 4 县）为中心。”如果从阶层来看，当时东京的知识阶层是华族和士族，而在“士族中，迁居的人要多于本地人”①。

诗人们当时去东京很可能是因为更容易获得文学信息、文学团体多、从事文学活动会更加活跃。也就是说，对于近代诗人而言，去东京不仅可以获得西

① 飛田良文：「明治時代に翻訳された日本語」『中学校　歴史のしおり』，東京：帝国書院，2006 年，第 15 頁。

方诗歌的相关信息，还可以与志同道合的人进行文学交流。也许是认为在东京能够凭文学立足，足以自食其力实现梦想，1902 年，石川啄木“胸怀以文学立身的坚定信念”前往东京，到正则英语学校学习，又做文学相关工作。翌年离开东京返乡，又于 1907 年辗转到北海道旧钏路报社上班，1908 年 3 月，因对上司心生不满，他想在东京进行创作活动的想法越发强烈，于是决定辞职离开报社。

去了东京之后，石川啄木马上积极地投入到了交际和创作活动。这期间其具体经历是：1908 年 4 月 28 日开始，石川啄木与好友金田一京助一起暂住位于东京千驮谷的新诗社；5 月 2 日，他陪同与谢野铁干参加了在森欧外府邸举办的观潮楼歌会；5 月 4 日，在中学时比他大一届的学长金田一京助的帮助下，住到本乡区菊坂镇赤心馆，他想为了谋生而写畅销小说，但却没有成功；在穷困潦倒的生活状态下，他于 6 月 23 日至 25 日创作了“在东海小岛……”“游戏般背起母亲……”等日后广为人知的短歌，并且持续创作的 246 首短歌都发表在了 7 月份的《明星》诗刊上。石川啄木可算近代赴京诗人的一个缩影，由以上可知，一般来说诗人在东京的生活仍旧窘迫，但不乏好友的关照与发表作品的机会。

另外，从事近代诗创作的诗人，基本上不到 30 岁就达到了创作巅峰期。因此可以说，写出充满创造力的诗歌的人都是年轻人。列举其中几位有代表性的诗人，如岛崎藤村在 25 岁发表了《嫩叶集》，土井晚翠在 28 岁发表了《天地有情》，伊良子清白、薄田泣堇和蒲原有明都是在 29 岁分别发表了《孔雀船》《白羊宫》和《春鸟集》，而森欧外发表《於母影》时才 27 岁。这一现象简直像在宣言，“诗是青春的文学”。

有些诗人毕生都在坚持近代诗创作，但随着年龄增长，他们总体来说要么选择回归传统文学（和歌、俳句创作等），要么放弃作诗，转向写小说之途。其中，北原白秋的创作倾向转变为和歌和童谣，出版了和歌集《泡桐花》，童谣集《蜻蜓的眼睛》。岛崎藤村发表了《嫩叶集》之后，集中主要精力去创作小说，写下了《破戒》《家》《黎明之前》等名作。关于诗的创作，岛崎藤村在 1904

年（明治三十七年）夏天，给自己的合订本诗集初版作序时写道："啊，诗歌如鞭，鞭策我前行。我年轻的胸膛情热激荡，成就这无花无香之浮萍四卷。如今我搜集了这些承载记忆的诗稿，作为青春之纪念，谨此献给我的挚友。"彼时岛崎藤村不过 32 岁，却已视诗歌为年轻时的作品，"青春之纪念"了。

另一方面，中国当时的诗人们，同样集中在信息活跃的北京和上海。另外，他们的中文素养很高，但也都精通外语（至少一门外语，其中也有人通晓多国语言）。有国外留学、游学经验的人极多。参见表 3-2。表 3-2 所列举的现代诗的 27 名代表诗人中，除 5 人以外，都曾留学、游学。这 5 人当中，有 3 人因为参加了革命，在年轻的时候就被杀害了①。

表 3-2 **中国新诗诗人的外语水平与留学经历**

姓名	精通外语	留学或海外生活经历	留学地（居住地）	翻译活动
胡适	√	有	美	
郭沫若	√	有	日本	√
宗白华	√	有	德	
田汉	√	有	日本	
成仿吾	√	有	日本	
陶晶孙	√	有	日本	√
穆木天	√	有	日本	
冯乃超	√	有	日本	
周作人	√	有	日本	√
徐志摩	√	有	美·英	
林徽因	√	有	美·英等	
李金发	√	有	法	√
刘复	√	有	英·法	√
应修人	×	无	—	
冰心	√	有	美	√
潘漠华	×	无	—	
朱自清	√	有	欧洲	
冯至	√	有	德	√

① 没有留学经验的 5 人为应修人、潘漠华、殷夫、臧克家、何其芳。其中，应修人、潘漠华、殷夫分别在 33 岁、32 岁、24 岁时被杀害；何其芳后奔赴延安，继续革命。

姓名	精通外语	留学或海外生活经历	留学地（居住地）	翻译活动
闻一多	√	有	美	
陈梦家	√	有	美	
朱湘	√	有	美	√
殷夫	√	无	—	√
萧三	√	有	苏联	
戴望舒	√	有	法	√
臧克家	?	无	—	
卞之琳	√	有	英（战后）	√
何其芳	√	无	—	√

其中取得高学历的人也不在少数。例如，胡适 1914 年进入美国哥伦比亚大学，师从一流哲学家约翰·杜威学习哲学，1917 年博士论文通过，获得学位。

为了精通外语，中国现代诗的诗人们几乎同时从事翻译工作。根据表 3-2，有 40% 以上的作家做过翻译。

另外，他们作为诗人活动活跃度、影响力最大的时期几乎都没有超过 30 岁。胡适发表第一首白话诗（新体诗）时 27 岁。徐志摩在剑桥逗留期间创作了大量新诗，时间是 1921—1922 年，当时他只有二十四五岁。1930 年 1 月，陈梦家在《国立中央大学半月刊》第 1 卷第 7 期上发表诗论《诗的装饰与灵魂》时，年仅 19 岁。他在 1931 年出版第一本诗集《梦家诗集》并引起反响时，还不满 20 岁。第一位象征诗人李金发于 1921 年留学巴黎，受到象征诗派特别是波德莱尔的影响，开始创作风格独特的象征诗，并在中国国内发表，引起轰动。那时，李金发只有 21 岁。闻一多 1922 年写诗论《律诗研究》① 时才 23 岁，1923 年发表第一本诗集《红烛》时才 24 岁。从日中诗人的整体状况来看，不禁令人产生“所谓诗，就是青春文学吧”的感慨。

三、翻译作用的比较

日中的新诗都是在外国文学尤其是西方文学的影响下诞生的。说起外国文

① 原题为《律诗底研究》。

学对新诗的影响，自然不是指来自于小说等的影响，而是指主要来自法国和英国的近代诗。

中国的近代文学同样受到了来自外国文学的决定性影响。王向远认为：

> 中国现代新文学是在外国文学的影响下发展和成长起来的，新文学中的“新”的东西大都来自外国文学。因此，离开外国文学谈中国现代“新”文学将是片面的、狭隘的和不全面的。①

外国文学产生影响的途径或手段就是翻译，即日中诗歌和西方的接触是“间接的”而不是“直接的”的说法更为恰当。

在日中新诗的诞生过程中，翻译发挥了巨大的作用。我们应当注意到，新诗出现之前翻译活动异常活跃。翻译是关系着国家兴亡的一项伟大事业，不是只停留在文学方面，而是关系到社会生活的方方面面。如果没有翻译，就不能产生新诗的说法并不是夸大其词。

之所以这么说，是因为一种文学形式衰落之后，需要一定的外部刺激。日中两国当时都密切关注在世界上理论发展成熟的西方诗，并为之倾倒。此时的翻译活动也就成了把西方诗转换为东方形式的纽带。

日中近代的翻译同属于不同文化间的翻译，即“异质”文化间的翻译。虽然日中之间也开展了翻译活动，但是由于中国是通过日本学习西方，所以本质上还是东西方之间的翻译。

> 近代的日本人在学习和吸收西方文明浪潮的驱动下，确实需要通过技术革新和斗争精神来解决与西方语言之间的翻译难题，这种翻译不像西方各种语言之间的翻译，也不像将古汉语通过训读法进行的翻译，而是两种原本完全相互隔绝的语言之间的翻译。可用“西洋”“东洋”二词简单相对表达的、东西方文化的“异质性”（差异性）得到了广泛传播。②

---

① 王向远：《中日现代文学比较论》，湖南教育出版社 1998 年版，第 1 页。

② 引自「日本における翻訳の特殊性」『日本の近代と翻訳』。

也就是说，东西方之间所进行的翻译是“异质性”的翻译。这种翻译同时还面对因为担心被同化、被文化渗透而经常出现的排斥他国文化的情况，即所谓的文化冲突现象。

中国近代翻译的性质也是“异质性”。回顾翻译的历史，到1949年为止，中西间的翻译产生过两次翻译高潮。一次是明末清初，当时主要是科学技术的翻译。特殊的是，当时的译者中有很多西方传教士：意大利人利玛窦(Matteo Ricci)、熊三拔(Sabbathino de Ursis)，德国人汤若望(Jphann Adam S. von Bell)，英国人南怀仁(Ferdend Verbiest)等，仅是名声流传后世的就有70多人。当时翻译的书籍中，有关科学技术的译著达到约120种。

另一次翻译高潮是清末咸丰年间至民国初年。最初的翻译者中也有很多是传教士，翻译的方向也主要倾向于西方先进的科学，科学技术方面的译著有468种。这次翻译高潮的时间在现代诗诞生之前，和日本一样是举国而行的大事业。日本的江户幕府开设了“开成所”，在翻译上倾注精力财力，同样，清朝政府在1862年（同治元年），经之前恭亲王奕䜣、桂良、文祥的提议，在北京设立了同文馆。同文馆（也叫京师同文馆）在总理衙门的管辖下，进行英法俄德日等国的语言以及天文学、数学、化学、医学等自然科学方面的教育，同时也进行翻译和出版。也就是说，当时同文馆的性质是综合进行语言教育、翻译、出版的政府主管的部门。1867年，徐继畬被任命为负责人，同文馆的发展走上正轨后，美国传教士威廉·马丁（丁韪良）、数学家李善兰、科学家徐寿等任教员。继京师同文馆之后，相继又开设了上海广方言馆（1863年）、广州同文馆（1864年），被称为“同文三馆”。1902年（光绪二十八年），京师同文馆并入京师大学堂（现在的北京大学）。①1862年初设时，同文馆入学的学生只有10人，此后逐年增加，到1879年，达到163名。而且，江南制造总局还于1868年创办了翻译馆，专门从事翻译。

这里要特殊提一下当时的日文课程与日汉翻译。当时在同文馆，开设英语

① 参见黎难秋编《同文三馆：晚清翻译家外交家的摇篮》，武汉大学出版社2016年版，第2、9—11页。

等的授课课程后，也增加了日文课程，所以也可据此推定，中国的日语翻译事业最早要 1862 年以后才能开始。广州同文馆最初只有英语、汉语、算学（数学）课，1879 年（光绪五年）增设了法语和德语两个馆，学制也从三年延长到了八年。之后，增设了东语（日语）馆和俄语馆，培养精通日语、俄语的翻译人才。由此推测，广州的日语翻译事业应在 1879 年以后才能开展。

毋庸置疑，西方的知识、理论和科学技术在当时来说属于“异质”文化，译者为了将其翻译并为我所用，可谓呕心沥血，费尽心力。因此也相应产生了很多关于翻译的理论。比如英国传教士傅兰雅，写了《江南制造总局西书翻译事略》，从翻译实践出发，阐述了自己的翻译主张。①

翻译的实际情况如上所述，而在进入文学领域后，翻译带来了新的风尚，也带来了对传统的刺激与超越。在日本，《新体诗抄》拉开了近代诗的序幕，《面影》以近代诗的新颖诗意，对处于黎明期的明治诗坛产生了巨大的影响，为浪漫主义的发展奠定了基础。此后，《海潮音》进一步将近代诗的流向引向象征主义。笔者在前述第一章中“翻译与近代诗的诞生”部分分析了翻译对近代诗的影响，具体是从以下 8 个方面展开：(1) 韵的影响；(2) 形式的影响（结构的影响）；(3) 修辞的影响（隐喻的影响）；(4) 美学观念等观念的影响；(5) 诗境的影响；(6) 诗中对译诗的引用；(7) 对诗歌的整体模仿；(8) 新形象的导入。

翻译对作家个人所带来的影响也是巨大的。同样在前述的第一章中“翻译与近代诗的诞生”的部分，举出了下述例子说明：拜伦对北村透谷，华兹华斯对国木田独步，海涅、罗塞蒂和济慈对岛崎藤村、土井晚翠、生田春月，罗伯特·勃朗宁对薄田泣堇，波德莱尔对大手拓次，波德莱尔、魏尔伦和维尔哈伦对高村光太郎，爱伦·坡对日夏耿之助和萩原朔太郎，都产生了很大的影响。以佐藤春夫为例：

① 部分参见蔡晓青、荆玉丹：《论传教士翻译时期的代表译家和译论》，《美中外语》2005 年第 12 期。

明治以来的诗歌翻译，在1921年以后更加兴盛，出版了大量西欧诗歌的译诗集。这正好与佐藤春夫创作欲旺盛的时期相重合。佐藤春夫很早就对译诗产生了浓厚的兴趣，尤其喜欢阅读明治以后的优秀译诗，如《面影》《海潮音》，等等。①

四、《圣经》译本影响的比较

《圣经》的翻译对日中新诗的形成颇有影响。先来看日本的例子：

1873年（明治六年），邪教门禁令被撤除之后，《圣经》与赞美诗的翻译盛极一时。《圣经》最早的新约和旧约日语全译本，分别于1880年和1888年完成。并且，《圣经》与赞美诗的全译本出现时间，与新体诗出现的时间（1882年）基本重合。其翻译与过去传统诗歌的七五调不同，采用的是每行字数为偶数的八六调，即尝试了新的音数韵律。这种八六调，可以说是《圣经·诗篇》翻译的最大贡献。近代诗人将其作为参考，使得八六调成为近代诗的一种形式。

《现代诗大事典》中记载：

> 从初期的近代诗和基督教的关联来看，对具有新的音数韵律、表现抒情的赞美诗的翻译产生了很大的影响，特别是《新撰赞美诗》（1888年4月出版　警醒社）中流畅的译诗有着很强的影响力。②

> 赞美诗的制作通常在公开场合进行，经过不断锤炼，进步十分显著。明治十五年时，已经出现了一些值得一看的赞美诗。③

> 这种八六调的形式在之后的赞美诗中变得很常见，并且在1897年之后的明治30年代被上田敏、薄田泣菫、蒲原有明等人所常用。④

---

① 張競：「恋の心象としての薔薇」。亀井俊介編：『近代日本の翻訳文化』，東京：中央公論社，1994年。

② 安藤元雄他監修：『現代詩大事典』，東京：三省堂，2008年，第286頁。该条目由野吕芳信执笔。

③ 分銅惇作・吉田凞生編：『近代詩物語』，東京：有斐閣，1978年，第6頁。

④ 同上。

尽管不能确认上田敏、薄田泣堇、蒲原有明等人是否真的读过赞美诗，但至少赞美诗的翻译、创作在日本新诗产生的时候就已经盛行却是不争的事实。

如果总结基督教与近代诗创作的关系，可归纳出以下几点：

(1)《圣经》和赞美诗的翻译为八六调等近代诗韵律的创造做出了贡献。

(2)《圣经》和基督教（的历史等）成为近代诗人创作的题材。例如：汤浅半月的个人诗集《十二石冢》（以《圣经》为题材），北原白秋的诗集《邪教门》（题材取自镇压天主教的历史）。

(3) 对诗人个人产生影响。例如：思想上受到影响的诗人：北村透谷；想要脱离基督教确立自我，或寻求人格神的诗人：岛崎藤村、萩原朔太郎；从事神职的诗人：山村暮鸟。①

上述 (1) 的部分明显是由于翻译的影响，但 (2)(3) 的影响不明确是不是通过翻译造成的。

接下来看《圣经》的翻译在中国新诗诞生及创作中所起的作用。

1819 年，基督教新教传教士马礼逊在中国国内完成了《圣经》的文言文译本。从那时起到 1919 年和合本《圣经》问世为止的百年间，翻译完成了深文理、浅文理、官话等 3 种 9 册中文《圣经》。说到其中的官话和合本，曾在 1897 年就出版了官话本《旧约圣经》，1905 年又出版了和合本《新约圣经》。

根据教会在 1921 年的统计，被称为中国第一本译诗集的和合本《圣经》，总计销售了 680 万册以上，盛况空前。特别是从 1897 年开始出版的官话本《旧约圣经》，其后半部分几乎都是诗歌。如果把官话本《旧约圣经》看成是《圣经》的正式译本，则《圣经》的翻译，也就是《圣经》中诗歌的译文，比新诗的诞生至少早了 20 年以上。而且，1919 年的和合本《圣经》的出版正好赶上了新文化运动。

当时的和合本《圣经》中《诗篇》的翻译如下：

① 安藤元雄他監修：『現代詩大事典』，東京：三省堂，2008 年，第 286 頁。该条目由野吕芳信执笔。

我如水被倒出来；
我的骨头都脱了节；
我心在我里面如蜡熔化。
我的精力枯干，如同瓦片；
我的舌头贴在我牙床上。
你将我安置在死地的尘土中。

和合本《圣经·诗篇》22:14–15

我必向以色列如甘露；
他必如百合花开放，
如黎巴嫩的树木扎根。
他的枝条必延长；
他的荣华如橄榄树；
他的香气如黎巴嫩的香柏树。

和合本《圣经·何西阿书》14:5–6

说到和合本《圣经》翻译的特征，首先从语言形态上来看，是“浅白文言与白话（口语）的结合”。由于文言（传统文章用语）的特性，使用文言能够与传统思想产生联系，使得基督教的教义在当时的汉语语境中也变得容易被接受。例如《约翰福音》第 1 章第 1 节，被翻译为：“太初有道，道与神同在，道就是神。”“道”是中国特有的形而上学的概念，老子《道德经》的开篇就是：“道可道，非常道；名可名，非常名。”

另外，根据文言的特性（重视节奏、韵律，具有形式上的诗性），和合本《圣经》的译文具有庄重、优雅、优美的特色，而且富有节奏感。因为译文同时具有白话的特性，对普通人来说也能琅琅上口，一读即明，所以也方便于朗读和阅读理解。① 因为兼具文言文的简洁、口语的浅白易懂，所以单就语言的使用来说，和合本《圣经》的译文已经超越了近代诗界革命时期的众多译文。而且，

① 参见光启：《延误与错失——白话文运动与和合本〈圣经〉》，《杏花》2008 年第 12 期。

它还能够借用中国的传统思想概念，来传递西方的宗教思想，可说是非同寻常。所以，“无论是在现代‘诗质’的意义上还是在从文言到白话转化的语言形态的意义上，我们都可以看到《诗篇》中的诗才是真正的现代诗，是有恒久魅力的灵魂剖露的自我之诗”①。

基督教文学研究专家朱维之在其著作《基督教与文学》一书中写道，一部作品要想寿命长，成为伟大、不朽的名作，应该具备以下条件：第一是要有感人的力量；其次要抒写感情，鼓荡感情；第三要有活泼的想象；第四，要有形式上的美感。《圣经》可说是满足这几个条件的杰作中的杰作。②朱维之的话是对《圣经》本身的评价，但也可以理解为是对当时译本的评价。

关于《圣经》的翻译对中国现代文学的影响，已有多篇论文进行了分析。如：王本朝《中国现代文学的〈圣经〉资源——以语言文体为例》；任东升、温秀颖《〈圣经〉译介对中国现代文学的影响》；陈镭《汉译圣经与文学革命之分途——以〈和合本〉为中心的考察》；陈镭《文学革命时期的汉译圣经接受——以胡适、陈独秀为中心》；刘丽霞《〈官话和合本圣经〉的成功翻译及其对中国新文学的影响》等。

在任东升、温秀颖的论文《〈圣经〉译介对中国现代文学的影响》中，分析说《圣经》的翻译除了对语言从文言文向口语转换产生影响之外，还对中国现代文学产生了以下几个方面的影响：

(1)《圣经》语汇、典故和意象进入中国现代文学作品。

(2) 中国作家引用《圣经》章节代替前言和序言。

(3) 中国文学家化用《圣经》内容。

指“中国作家根据自己的文学理解对《圣经》素材进行选择，并作了适当的调整、增删、归纳，直至强化、改造，借《圣经》故事传达自己的某种情绪与心声”。

(4)《圣经》对中国作家话语方式的影响。

---

① 参见光启：《延误与错失——白话文运动与和合本〈圣经〉》，《杏花》2008 年第 12 期。

② 朱维之：《基督教与文学》，吉林出版集团 2010 年版，第 36—40 页。

(5) 沈从文模仿《雅歌》而开创“牧歌体”。[①]

但是，如果进入新诗的领域，则上述几个方面的内容未必完全符合。例如，在 (2) 中所说的引用《圣经》章节一说，基本上是新诗中看不到的景象。(5) 中所说的，沈从文在小说中加入“牧歌体”的诗一事，并不能说是独立的新诗创作，在当时的影响力也不大。

参考上述论文，对《圣经》的翻译对中国新诗的影响，分析如下：

(1) 引用、活用、移植《圣经》语汇、典故和意象

前文讲过，和合本《圣经》的译文兼具文言文的简短优美与白话文的通俗易懂两种特点。而和合本《圣经》译本的出版正值中国文学史上从文言文到白话文转化的特殊时期。我们可以看到，其语言的魅力不仅吸引了当时的青年人，更是启发了当时的文学家。

1940年，朱维之在《中国文学底宗教背景——一个鸟瞰》一文中将和合本《圣经》看作是新文化运动的先驱，给新文学增添了新的内涵与实质。另外，五四运动之后，《圣经》更是得到了很多青年文学家的青睐，《圣经》中的新词汇、新观念也深受很多青年作家的喜爱。朱维之在文章中说，“乐园、天使、灰马、末日、十字架、洗礼、灵魂”等新词经常被使用，《圣经》的故事——失乐园、出埃及、浪子回家、犹大背叛耶稣等也经常被采用。除了朱维之所举的例子之外，《圣经》中其他的许多词汇和形象也都被新诗采用。

女作家冰心在1921年改写《圣经》章节，加入个人感想写下数篇“圣诗”，她在小说中也注入爱的哲学。在她的诗集《繁星》中，多次使用了《圣经》中的概念——“光”的意象，例如“星光、月光、阳光、灯光、烛光、霞光”。

下面是冯至诗中使用《圣经》语汇的例子。

原文：

眼前闪灼着天国的晴朗，
心里蕴积着地狱的阴森。

冯至《湖滨》节选

① 任东升、温秀颖：《〈圣经〉译介对中国现代文学的影响》，《四川外语学院学报》2004年第1期。

日文译文：

目の前に、天国の晴空が輝いている、
心の奥に、地獄の陰鬱がたまっている。

馮至「湖畔」一節（笔者译）

郭沫若的《女神之再生》中使用了“旧皮囊装新酒”的典故。

原文：

姊妹们！新造的葡萄酒浆
不能盛在那旧了的皮囊。

郭沫若《女神之再生》节选

日文译文：

姉妹よ！新造のぶどう酒
古い皮袋に入れてはいけず。

郭沫若「女神の再生」一節（笔者译）

以下是从《圣经》中提取素材，进行适当改造的新诗的例子。这些诗作具有向非基督教徒宣传《圣经》的客观效果。

艾青：《马槽》 →出处：《路加福音》

《一个拿撒勒人的死》→出处：《约翰福音》

徐志摩：《卡尔佛里》 →出处：《约翰福音》

冰心：《客西马尼花园》 →出处：《路加福音》

《髑髅地》 →出处：《路加福音》

《圣经》的语汇、典故、意象的引用、活用、移植，丰富了新诗的表现形式，也扩大了新诗的意义空间，得到了与传统的语篇和古典的审美意识不同的表现。

(2) 参考和吸收《圣经》的文体

周作人在 1921 年写的《圣经与中国文学》一文中提出这样的希望：“希伯来古文学里的那些优美的牧歌（ Eidyllid = Idylls）及恋爱诗等，在中国本来很少见，当然可以希望他帮助中国的新兴文学，衍生出一种新体。”[①]

① 周作人：《艺术与生活》，河北教育出版社 2002 年版，第 44 页。

《圣经》独特的文体特色也受到一部分现代文学家的效仿。新诗诗人对《圣经》这一特殊文体的模仿与活用包含以下几类。

首先，模仿《圣经》中呼格的使用方法，频繁使用“我”“你”等第一、第二人称。

这一点在第一章“近代诗的语言”部分已做说明。当然不排除其他西洋诗在这一方面的影响，不过《圣经》的翻译确实在一定程度上发挥了作用。尤其是《圣经》中大量使用的“我”“你”二词，在《圣经》中频繁出现，是《圣经》的一个典型的语汇特征。

其次，吸收了《圣经》中特有的“赞美”的语体特色。20 世纪 20 年代赞美诗的翻译数量大大多于创作诗的数量。而在 1936 年，《普天颂赞》的出版发行彰显了赞美诗编写的新成果。1935 年许地山发表了《神佑中华歌》，杨荫浏为其作曲，创作了形式与乐谱独立的赞美诗。

再次，吸收了《圣经》中特有的“祈祷”的语体特色。新体诗的祈祷的文体与赞美的文体不同，是受《圣经》文体影响而产生的一种抒情类文体。《圣经》的《诗篇》中有大量祈祷类诗篇，且应配有相应的音乐曲调。新诗诗人吸收“祈祷”的语体风格进行了创作，如有冰心的《晚祷》、梁宗岱的《晚祷》、闻一多的《祈祷》、穆旦的《祈神二章》以及王独清的《圣母像前》。见下例：

原文：

我独自地站在篱边。
主呵，在这暮霭的茫昧中。
温软的影儿恬静地来去，
牧羊儿正开始他野蔷薇的幽梦。
我独自地站在这里，
悔恨而沉思着我狂热的从前，
痴妄地采撷世界的花朵。
我只含泪地期待着——
期望有幽微的片红

给暮春阑珊的东风
不经意地吹到我的面前：
虔诚地，静谧地
在黄昏星忏悔的温光中
完成我感恩的晚祷。

梁宗岱《晚祷——呈敏慧》之二

日文译文：

私は独りで、籬畔（りはん）に立ち、
わが神よ、この黄昏に。
優しい影が、そっと行き来し、
羊飼いも野薔薇の夢を、見始める。
私は独りで、ここに立ち、
世界の花を欲張っていた
熱狂の過去を悔しむ。
私はただ、涙ぐんで願っている。
——微かに赤い花びらが、
暮春（ばんしゅん）の東風に
私の前に吹きつかれる。
敬虔に、静謐に、
懺悔の星光のもとに
私は感恩の晩祷をする。

梁宗岱「晚祷——敏慧に贈る」二（笔者译）

最后，是对雅歌语体风格的吸收。许地山对《雅歌》做了《雅歌新译》。小说家沈从文在其小说《月下》一文中也曾模仿《雅歌》写过诗。但这并不能称之为独立的新诗创作，在此不作议论。

总的来说，新诗与白话文小说不同，对于《圣经》的吸收与学习如上所述集中体现在其实用语言、表现形式（诗体）以及题材方面。也就是说，他们是将《圣经》作为其使用语言、意象、观念、故事的素材源泉。然而，新诗中却未曾直接体现、强调或再现《圣经》中的基督教精神。而且，《圣经》翻译对于新体诗从文言文到白话文的转换的具体影响是很难查证的。

从目前的资料看来，除个别作家（冰心）以外，试图充分反映《圣经》的内容、表现其精神的新诗作者并不多。他们对《圣经》的理解也并非那么深刻。他们只是折服于《圣经》中使用语言的精妙、论述方式的独特、文体风格的新奇等表现形式方面的魅力。而新诗诗人对于《圣经》认识的深化以及精神层面的吸收和引入，那已经是在 1922 年至 1927 年的“非基督教运动”之后，基本上是 1930 年之后的事了。

周作人是中国现代作家中冷静认识《圣经》价值的少数人之一。他在 1920 年的演讲《圣经与中国文学》(1921 年发表）中讲道，由于没有必要的文本参考，（五四运动以后主张的）白话文运动的实际成果并不突出。纠正传统文言文的弊端，建设理想国语的方法就在于《圣经》。

也有批评说，是由于当时的新诗诗人对《圣经》的重视程度不够，导致错失了新诗发展的最佳时机。前面提到的周作人对和合本《圣经》的认识，时间点已经是到了“五四运动”以后。在“五四运动”之前和中间，也就是酝酿新诗诞生的时期，中国新诗界对《圣经》的无视和迟钝确是事实。正如下面这篇论文中所说：“这种认识上的延误实际上造成了文学革命同英国圣公会等机构所颁布和认可的白话的《圣经》（官话本）失之交臂。这次失之交臂，（略）使得中国现代文学错过了一个机会，现代汉语错过了一种可能性，依存于语言的现代汉语诗歌失去了一个方向。因而才有彻头彻尾世俗的胡适用庸俗进化论发明本土的‘白话文学史’说，用词曲风格的白话诗树立现代汉语诗歌的原型和榜样。”①

所以这种错失，往严重了说，导致中国的现代文学失去了一个重要的机会——发现更清新的语言表达的机会、结合《圣经》的译本为新诗在诞生之初更迅速地找到合适的表达、找到新诗的样例的机会。而最初的白话诗，无论内

① 刘皓明：《圣书与中文新诗》，《读书》2005 年第 4 期。

容还是形式确实都不免有些稚拙。

关于以上观点，有赞同也有认为言过其实的。客观来讲，和合本《圣经》的译文，尤其是译诗，的确很有价值。忽视和合本《圣经》的价值，实际上等于错失了《圣经》译诗在节奏、句法、意象、审美上能给新诗带来的裨益，因为《圣经》译诗能“在当时的汉语里建立起一种全新的节奏和句法，引进了全新的形象和譬喻，展示了一种前所未有的诗思和审美”①。

但就此设想如果当时学习了《圣经》译诗，中国的新诗建设能够少走多少弯路、取得什么样的发展的话，却也未必，因为历史不能假设，而考虑到之后很快到来的 1922 年到 1925 年（一种说法是到 1927 年）的非基督教运动的话，考虑到非基督教运动是“五四运动”以来最大的一次非宗教浪潮这样的规模，又得到众多学者的支持这样的实际情况，那么可以说，即使一时没有被忽视，在非基督教运动的浪潮中，《圣经》的译本和译诗被忽视估计也是不可避免的。

刘丽霞在其论文《<官话和合本圣经>的成功翻译及其对中国新文学的影响》的最后写道：“由于成功的翻译，《官话和合本圣经》对新文学的发轫起到了催化、先驱和示范的作用，同时白话文在文学领域的胜利也提高了白话圣经的地位，二者之间呈现为一种相辅相成的关系。”“当然，与此同时我们也应该客观而辩证地看待白话圣经与新文学之间的关系。由于 20 世纪 20 年代爆发的‘非基督教运动’，特别是随着新文学的政治化与功利化色彩的加深，以《官话和合本圣经》为代表的基督教文化对新文学的影响受到挫折。因此，对《官话和合本圣经》之于中国新文学演变中的影响，不能给予过高的估计。”②这个意见，应该说还是比较中肯的。

---

① 刘皓明：《圣书与中文新诗》，《读书》2005 年第 4 期。

② 刘丽霞：《<官话和合本圣经>的成功翻译及其对中国新文学的影响》，《南京师范大学文学院学报》2005 年第 3 期。

五、小结

根据上述内容，总结日本近代诗与中国早期现代诗诞生过程中的相似之处如下（请注意有下划线的部分为不同之处）。

关于诞生时的社会背景，在以下五个方面相似：

日本：(1) 政权更迭（幕府→明治政府）；(2) 激烈的社会变革（明治维新）；(3) 身份平等（包括男女平等）；(4) 知识分子的增加（识字率提高的结果）；(5) 文学领域的改革（改良运动）。

中国：(1) 政权更迭（清政府→民国政府）；(2) 激烈的社会变革（五四运动）；(3) 身份平等（包括五四运动以后的男女平等）；(4) 知识分子的增加（海外留学生的派遣和增加值得关注）；(5) 文学领域的改革（新文化运动）。

关于新诗的诗人，在以下方面相似：

日本：(1) 积极接受西方文学；(2) 集中在信息密集的地方（东京）；(3) 精通外语的人很多（有留学经验的人很少，但有人自学外语，有人从事翻译工作）；(4) 诗歌创作的活跃期大多是在年轻时。

中国：(1) 积极接受西方文学；(2) 集中在信息密集的地方（北京和上海）；(3) 精通外语的人很多（有留学经验的人很多，兼任翻译工作的人也很多）；(4) 诗歌创作的活跃期大多是在年轻时。

关于翻译的作用，在以下方面相似：

日中新诗都是在外国文学，主要是西方文学的影响下诞生的。其影响主要来自法国和英国的近代诗。在日中新诗的诞生过程中，外国文学的翻译起到了很大的作用。值得注意的是，在新诗诞生之前，翻译活动异常盛行。作为关系到国家存亡的一项大事业而进行的翻译成为当时的大社会背景。而且，日中近代时期的翻译都属于异质文化间翻译的范畴，是“异质性”的翻译。主要的翻译机构：

日本：开成所（1855年设立，是东京大学前身的一部分）。语言课程：英语、法语、德语、<u>荷兰语</u>等。

中国：同文馆（1862 年设立，是北京大学的前身的一部分）。语言课程：英语、法语、俄语、德语、日语等。

关于《圣经》译本的影响，可从以下方面进行比较。

日本：完成《圣经》的完整译本：新约是 1880 年，旧约是 1888 年。与新体诗的诞生（1882 年）时段大致重叠。对近代诗的影响：八六调的音律；《圣经》内容成为创作的题材。

中国：完成《圣经》的完整译本：官话本《旧约圣经》1897 年，和合本的《新约圣经》1905 年，官话和合本《圣经》1919 年。与现代诗的诞生（1919 年）时段大致重叠。对现代诗的影响：呼格和第一、第二人称的多用等语言和谈话方式的影响；形象被活用，典故等内容成为创作的题材；“赞美”体、“祈祷”体等文体被吸收。认识：认识上有延迟。

日本的近代诗和中国的早期现代诗，也就是日中新诗的诞生有太多相似之处，这难道只是偶然吗？答案肯定不是这样。从上述日中近代文学发展过程中的相似性可以看出，两国频繁的交流（以及交流的可能性）和相似的文化文学背景是决定了这种相似的主要原因。如果能与东亚，甚至东南亚的其他国家进行比较研究的话，上述因素将更加明显，但遗憾的是，本书还无法将研究扩展到那里。如果能从各种语言、从各个方面对新诗进行比较研究，那么也许我们可以研究、总结出一些客观规律，例如：如果一种过去的文学形式出现了衰败，那么在什么条件下，能够足以诞生一种新的文学形式？是符合什么条件的人，才能够创造出这种新的文学形式？在这种新的文学形式走向成熟的过程中，到底会呈现出什么样的状态，等等。本书的这一部分仅作为一个尝试，试图来分析日中新诗的诞生过程，但如果能稍微提供一些可以参考的东西，对找到新的文学形式诞生时的文学的普遍规律（旧文学形式衰退与新文学形式诞生的规律）有所帮助的话，则幸莫大焉。

第二节　在中国新诗诞生过程中产生过影响的日本因素

日本近代文学与中国现代文学有着密切的关系。“中国现代新文学是在外国文学的影响下发展和成长起来的，新文学中的‘新’的东西大都来自外国文学。因此，离开外国文学谈中国现代‘新’文学将是片面的、狭隘的和不全面的。而在与之相关的外国文学中， 日本现代文学和中国现代文学的关系极为密切。从某种意义上说，离开了日本文学，就无法深入理解中国现代文学；没有日本文学的影响，没有中国现代作家对日本文学的理解和接受，中国现代文学就不会是今天我们所看到的这个样子。”①

王向远认为，日本现代文学对中国现代文学的影响作用及其方式可归纳为两种情况，一是媒介作用，二是引发与启示作用。（此处的“日本现代文学”，相当于本书所说的“日本近代文学”）

具体到新诗领域，笔者认为日本对中国新诗诞生所产生的作用大体可分为三个方面。第一方面是对诗人的影响，众多新诗诗人曾到日本留学（或游学），而这些诗人后来成为新诗创作的支柱。第二方面是词语输入的影响。在语言方面，明治时期的新颖译语逆向输入到中国，成为新诗的部分语言材料。第三方面是，对新诗本身的影响。这其中包含了在西方诗歌传入过程中的启示作用、媒介作用、日本古典文学的影响等。

一、中国新诗诗人的日本留学

在中国近现代文学史上，很多重要人物都曾有到日本留学、避难或长期滞留的经历。在新诗领域，与清末近代诗界革命有关的人物如下：黄遵宪、梁启超、章太炎、马君武、陈去病、王国维、秋瑾、苏曼殊、李叔同等。新诗人和新诗

① 王向远：《中日现代文学比较论》，湖南教育出版社 1998 年版，第 1 页。

评论家如下：鲁迅、周作人、钱玄同、郭沫若、成仿吾、郁达夫、田汉、张资平、郑伯奇、穆木天、冯乃超、楼适夷、钟敬文、林林、丰子恺、李初梨、彭康等。另外，有一部分作家虽然没有长期在日本留学，但与日本文学有一定的关系。那就是茅盾、巴金、冰心、穆时英等人。

并且值得关注的是，有日本留学经验的新诗诗人们组成团体，有组织地进行近代诗的创作和评论。那就是创造社。目前基本认为创造社是 1921 年 6 月在东京成立的，由在日本留学的郭沫若、成仿吾、郁达夫、张资平、田汉、郑伯奇等创建。创造社成立后活动频繁，成立后马上编辑出版了《创造社丛书》、郭沫若的诗集《女神》等。1922 年发行了《创造季刊》，1923 年出版了《创造周报》《中华新报》的文学副刊《创造日》。因此，创造社与太阳社并立，成为当时中国的两大文学团体。

前期创造社以“尊重天才、主张自我表现”为艺术宗旨，作品具有典型的浪漫主义唯美特征，以创造社为中心所形成的诗歌流派被称为早期浪漫主义。但是应该说，创造社的浪漫主义并非直接从日本引进，而是通过日本接受从西方传来的文学理念的产物。这可以从主观性很强且充满热情的郭沫若的诗中窥见，郭沫若翻译歌德的《少年维特之烦恼》并在当时引起巨大反响也说明了这个问题。

创造社反对封建文化、复古思想，崇尚天才，主张自我表现和个性解放，“他们初期主张‘为艺术而艺术’，强调文学必须忠实地表现作者自己‘内心的要求’，讲求文学的‘全’与‘美’，推崇文学创作的‘直觉’与‘灵感’，比较重视文学的美感作用。他们同时又注重文学表现‘时代的使命’。”① 他们尊重文艺的美学价值，推崇主情的浪漫主义，推崇具有积极社会意义的文学主张。② 其独特的文学主张与丰富的文学活动，对新文化运动的开展和民智的开启起到了巨大的促进作用。但创造社成员承袭了中国文学政治性强的传统，其创作可见

① 钱理群、温儒敏、吴福辉：《中国现代文学三十年（修订本）》，北京大学出版社 1998 年版，第 17 页。

② 陈青生、陈永志：《创造社记程》，上海社会科学院出版社 1989 年版，第 32—33 页。

强烈的政治性色彩。第一次国内革命战争后，李初梨、冯乃超、彭康、朱镜我等人加入，创造社的活动进入后期。后期创造社与太阳社一起大力倡导无产阶级革命文学。并与进步作家合作，于1930年初在上海成立了中国左翼作家联盟。浪漫主义消亡后，日本大多数作家转向自然主义创作，而中国的大部分作家转而从事左翼文学创作，这与当时的社会环境以及中国文学的政治传统密不可分。

以留日学生为主体的创造社成果颇多，在不到10年的时间里，前期主办有《创造》季刊、《创造周报》、《创造日》（《中华新报》副刊）、《洪水》半月刊；后期主办有《创造月刊》、《文化批判》、《流沙》半月刊、《思想》月刊、《新思潮》月刊等。

二、日本译词的逆输入

毋庸置疑，日语的产生受到了汉语巨大的影响，换一个角度说，日语是一种对外国语言有很强包容性的语言。但从另一方面讲，日语对其他语言的影响很小。赫伯特·乔治·威尔斯曾提道："日本的僻隅文明并未对人类整体命运的形成做出什么贡献。日本吸收了太多的东西，以至于几乎没有东西可以给予。"①

及至近代，日本在学习西方科学技术、文化等方面，与中国相比时间更早，吸收总量更大。日中自古以来都是使用文言（要么使用汉字，要么以使用汉字为主），在语言方面双方具有相互借鉴的可能性。事实上，对于欧美的新式生活用品、新事物、新概念的命名，很多都是由日本先将其翻译成汉字词（日语），然后这些由汉字写成的译词再从日本逆输入到中国。例如：

哲学：感性 进化论 绝对 抽象 概念 阶级 理性 理智 背景 必要 否定 泛神论 范畴 观念 观照 归纳 广义

科技：半径 饱和 舶来品 博士 博物 蛋白质 物质 分子 引力 元素 地质 地下水 地上水 病虫害 成分 长波 短波 发明 海拔 辐射 进化论 大气 催化 单位 反射 光年 光线 寒流 环境

① 金田一春彦：『日本語』，東京：岩波書店，1957年，第28頁。

政治经济：主义 共产主义 代表 动员 公营 公债 攻守同盟 国际 国立
国体 封建 否决 干部 干事 权限 权益 财阀 金融 不动产
不景气 出超 但书 固体

艺术文化：美术 交响乐 二重奏 幻想曲 版画 画廊

法律医学：法律 法人 法庭 法则 催眠 百日咳 传染病 错觉 结核

生活：保险 保障 备品 化妆品 交通 乘客 乘务员 储蓄

其他：宠儿 番号 反应 反响 关系 接吻

像这样，日语译词的逆输入对现代汉语的发展做出了一定的贡献。其输入特征是：只输入汉字而不输入词汇的音声。也就是说，这并非是对日语进行全盘输入，而是只输入日语的一部分。当时的日本尚未进行汉字改革，中国也未进行将“繁体字”简化变形为“简体字”的汉字改革，两国都使用“繁体字”这一字体，也就难怪能进行如此便利的交流了。而真正的大背景，则是汉字强大的造词能力。以至于日本到了明治时期，其用片假名写成的译语即便是音译也未能传入中国。如乐器“violin”一词，明治时期日本将其音译为片假名词「ヴァイオリン」，而在中国却将其意译为“小提琴”。顾名思义，指的是“能够提起来演奏的、小的琴”（提琴类乐器名称还包括“大提琴”和“中提琴”）。

顺带一提，自 20 世纪 80 年代以后，进入 21 世纪以来，日本的动漫传入中国，深受青少年的喜爱，有很大的影响。日本的文学作品也被大量翻译成中文，中日之间的交流越发密切。与此同时，日本社会各方面的知识也传入中国，由日语输入所产生的外来语在汉语中所占的比例也显著增加，以至于出现了模仿日语文体风格的文体。在此，列举以下汉语中的新式“外来语”供大家参考。例如（后项为日语）：

料理→料理

达人→達人

寿司→お寿司

欧巴桑→おばさん

奥特曼→ウルトラマン

机器猫（哆啦A梦）→ドラえもん

龙猫→トトロ

过去一部分译词还从当初的意译变成了直译或"直接输入"。如"寿司"一词，原本在20世纪80年代的文学作品中被译为"四喜饭"。但是到了90年代，各地开设了多家日本料理店，人们认识了"寿司"为何物，对"寿司"一词的认可度相应提高，渐渐直接称之为"寿司"。

三、媒介作用与启示作用

与其讨论"日本近代诗对中国现代诗形成所产生的影响"，不如在探讨"日本近代文学对中国现代文学所产生影响"的大背景下，分析中国现代诗所受到的影响。

由于地理上的原因以及当时信息交流困难的原因，以当时西方文学信息的力量，很难直接推动中国现代文坛。在此背景下，先一步已向西方学习的日本成了最好的媒介。

首先来看一下日本近代文学的媒介作用。"对于中国现代文坛来说，日本不仅仅是日本自身，也是反映西方的一面镜子。中国许多人是抱着学习西方的目的去日本留学的。他们在日本学习欧美文学，或通过日文译本阅读欧美文学。因此，日本文坛是联系中国文学与西方文学的一个十分重要的'走廊'、渠道和媒介。""构成日本文学发展演变基本面貌的写实主义、浪漫主义、自然主义、唯美主义、新浪漫主义、新感觉派的现代主义文学、普罗文学等文学思潮运动，最初都是由欧洲引进的。而中国文坛对这些思潮流派的最初的了解，很大程度地依赖日本这一媒介。"① 在当时的中国文坛，最重视哪个国家的文学，是跟随日本文坛的风向走的。20世纪20年代前期对欧洲文学的重视，20世纪20年代后期对俄国文学的重视，都与日本文坛的偏重倾向有关。

至于其启示作用，主要内容为："如晚清维新派的文学改良运动及近代白

① 王向远：《中日现代文学比较论》，湖南教育出版社1998年版，第3页。

话文运动，启蒙主义思潮与‘政治小说’，五四时期‘人的文学’观念的形成，20 世纪 20 年代后期的革命文学运动，30 年代前后的新感觉派文学等，最初都是受到日本文坛的引发和启示。”①

然而，无论是日本还是中国，因为当时主要学习的是以欧洲为中心的西方文学，并且性急地想要一下子学会西方的各种表现手法、引进所有思想流派，导致在西方持续了几十年、半个世纪，甚至是一二个世纪的文学运动，在日本和中国的存续时间都非常短。在日本的存续时间本就被缩短了一些，在中国的存续时间更进一步缩短。其所带来的问题就是：虽有理论先行，但创作实践却迟迟跟不上，因此造成了一种理论的空洞化现象。一时间，文坛上充斥着各种理论，而在理论指导下进行的创作却相对单调乏味。

四、“小诗运动”

颇有趣味的是，日本近代诗对中国现代诗几乎没有产生影响。也许是因为双方并行，都是向西方学习路上的伙伴。但是从 1921 年到 1923 年，日本诗歌对中国“小诗运动”产生了很大的直接影响。其主角是日本独特的传统诗体和歌和俳句。“小诗”是指短小的现代诗。具体来说，是一种用口语创作的、诗型自由、韵律自由（有的押韵、有的不押韵）的形式，以自然观察、一时的顿悟、观念等为内容的短小现代诗。这期间著名的“小诗”作者有郭沫若、康白情、俞平伯、徐玉诺、沈尹默、冰心、宗白华、应修人、汪静之等。关于 “小诗”产生的来源，以下意见得到广泛认可。

“中国的小诗，艺术源流关系，就形式和风格而论，来源有三：一是日本的俳句与和歌；二是印度泰戈尔的《飞鸟集》；三是中国古代的小诗。”②

其中泰戈尔的《飞鸟集》其实是一部与日本颇有渊源的英文诗集。1916 年（大正五年），泰戈尔访问日本，接触到日本的俳句，深受感动。据说《飞鸟集》是受俳句的影响而诞生的。

---

① 王向远：《中日现代文学比较论》，湖南教育出版社 1998 年版，第 4 页。

② 陆耀东：《论“湖畔派”的诗》，《文学评论》1982 年第 1 期。

“小诗运动”中所创作的小诗如下。

原文：

归巢的鸟儿，
尽管是倦了，
还驮着斜阳回去。
双翅一展，
把斜阳掉在江上；
头白的芦苇，
也妆成一瞬的红颜了。

刘大白《秋晚的江上》

发上依稀的残香里，
我看见了渺茫的昨日的影子
——远了，远了。

朱自清《仅存的》

微倦的人，
微红的脸，
微温的风色，
在微茫的街灯里过去了。

俞平伯《小诗呈佩弦》

雨后——
随着蛙声，
荷盘上的水珠，
将衣裳溅湿了。

冰心《春水》141

日文译文：

帰巣の鳥よ、
倦（つか）れても

夕日を背負って。
翼を広げ、
夕日を江上（すいめん）に落とした。
白髪の葦も
化粧される。
一瞬の紅顔に。

劉大白「秋、江上の夕暮れ」（笔者译）

髪の移り香に
昨日の影が見えた。
—遠ざかった、
遠ざかった。

朱自清「僅かに残ったもの」（笔者译）

かすかに倦れた人、
かすかに赤い顔、
かすかに温かい風色（かぜ）、
かすかにぼやけている街灯の中を、
過ぎ去った。

兪平伯「小詩、佩弦に呈する」（笔者译）

雨後—
蛙が鳴いている。
蓮の葉の
迸（はず）んだ水玉（たま）に、
服がぬれた。

冰心『春水』141（笔者译）

由上面的例子，多少能感受到与俳句相接近的意境与氛围。关于“小诗运动”的研究 21 世纪以来越来越多，发表有专门论述的论文，如葛伟的硕士论文《新诗史上的流星雨——论“小诗运动”》(2001.5) 等。此处不再多叙。

第三节　日中新诗界的交流

一、日本对中国现代诗的研究

如第一章第八节所述，明治时期的翻译是“单方向的”，具有单向性的特征。其结果，包括文化等各个方面，都成了西方对日本的单方面输出。同时，在近代日本和中国之间，日本对中国的现代文学起有媒介作用和启发作用。翻译中所体现出的两者的关系呈现出“从日本到中国”的单向性特征。尽管日本的作品被介绍到中国，但中国的传统文化不再像过去那样传到日本。到了近代文学，中国的文学文化被蔑视，能够被翻译、介绍到日本的作品少之又少。由于日本当时谋求与西方亲近，对于东方文化不屑一顾的倾向，在同样接受西方文化的影响后，日本的近代文学率先取得迅速进展。但这并非是绝对的。

日本对中国新诗的介绍和研究早在20世纪20年代之初就开始了。1920年，京都帝国大学教授青木正儿在杂志中介绍了胡适倡导的白话诗运动。1922年，大西齐、共田浩二人共同编译出版了《文学革命与白话新诗》（北京·东亚公司，1922.7）。由此，白话诗被系统地翻译出版。1919—1945年的翻译及介绍，基本都被收录在饭田吉郎的《现代中国文学研究文献目录》（中国文化研究会发行，1959.2）中。总的来说，这仍只是“不被注意的涓涓细流”（「人目につかぬ細流[①]」）而已。用岩佐昌暲的话来讲：“中国现代诗学的发生几乎是与新诗同步的。可以说，日本对中国现代诗学的翻译和研究也是与现代诗学同步的。”[②]

从二战结束到20世纪60年代，日本不少思想前卫之士对中国现代文学产生兴趣，并开始将其介绍、翻译至日本国内，从事起了相关研究。例如，桑原武夫曾就丁玲的作品写过评论文章。在中华人民共和国成立之后，日本曾翻译

① 今村与志雄編：『中国の革命と文学12　詩·民謡集』，東京：平凡社，1972年，第409頁。
② 吕进、岩佐昌暲：《中国与日本：中国现代诗学的昨天与今天》，《文艺研究》2007年第6期。

了大量的中国新诗。然而这种情况没有持续多久，1957年中国掀起“反右”运动，1966年开始“文化大革命”，两国文化交流处于断绝状态。岩佐昌暲曾这样评价当时的情况：“随着日本经济复兴并进入高度增长期以后，人们渐渐地对中国文学不那么感兴趣了。主要原因是社会主义建设时期的文学，特别是1957年‘反右’斗争以后的文学没有什么新的发展，极端政治化、概念化的作品流布很广，‘中国现代文学没有意思’这种评价开始广泛流传。与此同时，由于当时日本长期采取在政治上封锁中国的政策，因而人们开始逐渐失去对中国的亲近感。加之中国又开始了‘文化大革命’，日本就更不对中国的新文学进行介绍了。特别是新诗，再也没有译介过。”①

尽管在1972年实现了中日邦交正常化，但两国间频繁的文化交流却是在1978年《中日和平友好条约》缔结之后才重新启航的。

进入21世纪以后，中日关系时有紧张，但整体来说尚算态势平稳，两国文化交流进展稳定。中国近现代文学的译本开始在日本广泛出版，但还远远不够，相关人士也认识到了这个问题。近年来，越来越多的声音指出，中国面向日本乃至面向西方的“文学输出”太少，翻译能力不足。下面是一份2010年的统计。

> 近年来，我国对外出版增长很快，但走出去的中国图书在全球图书市场的占比依然很低。据统计，2007年全国图书、报纸、期刊累计进口2亿多美元，出口仅有3700多万美元；在版权贸易方面，2008年中国引进图书版权15776种，输出图书版权只有2440种。数据显示，中国图书进出口贸易比例为10：1，对欧美更高达100：1。②

并且，对外输出的图书当中，菜谱类占了绝大部分，很少有能够真正展现中国文化的图书。外国的畅销书籍几乎都有中文译本，且几乎都是在母语版本上市不久之后就翻译出来的。比如《哈利·波特》系列，《达·芬奇密码》，

① 吕进、岩佐昌暲：《中国与日本：中国现代诗学的昨天与今天》，《文艺研究》2007年第6期。

② 徐宛芝、董晨：《走出去，讲外国人听得懂的故事》，《新华日报》2010年11月2日。

以及村上春树的《1Q84》，等等。“但中国图书走出去却要经历更长时间，其中最大的瓶颈是翻译。曾获老舍文学奖的《受活》，尽管已卖出了英、法、意版权，但到现在还无人翻译。”①

而在 2017 年的文章《日本出版业现状及中国图书拓展当地市场建议》中，以中国图书的对日出口为例，指出 2004 年中国启动“中国图书对外推广计划”后，多年来中国出版物很难进入日本主流出版市场的情况发生了改变。“2004 年，中国启动‘中国图书对外推广计划’，对出版该计划推荐图书的国外出版机构给予资助，2004—2013 年共资助出版了 1256 种图书，其中由日本出版机构出版的图书有 60 种。再加上中日交流的深入，中译日的类型和品种都逐渐增多。日本从中国购买的版权从 2000 年的 9 种，增加到 2013 年的 292 种。出版物的内容也不再限于文学、历史和语言等人文社科类，自然科学类图书逐年增多。”但文章也指出，“即便如此，中国引进图书在日本出版物市场中仍然占比较小”②。

也就是说，近代以来，中日两国间的近代文学翻译与研究虽然表现出了“由日本输入中国”这样单方向的特征，却并非绝对。21 世纪以来，情况更是发生了很大的改变，尤其是近年以来，随着中日两国交流越来越频繁，中国出版物在日本图书市场的推广有了一定效果，文学领域的翻译、研究也开始得到拓展，相信今后前景会变得更好。

由此，笔者汇总了新诗领域日本研究中国现代诗的相关成果，分列如下。

诗集翻译主要有：

黄瀛著，『詩集景星』（日本語），東京：私家版，1930 年

黄瀛著，『詩集瑞枝』（日本語），東京：ボン書店，1934 年

雷石楡著，『詩集 沙漠の歌』（日本語），東京：前奏社刊，1939 年

飯塚朗訳，『詩集 繁星』（謝冰心），東京：伊藤書店，1939 年

① 徐宛芝、董晨：《走出去，讲外国人听得懂的故事》，《新华日报》2010 年 11 月 2 日。

② 李轶豪：《日本出版业现状及中国图书拓展当地市场建议》，《国际传播》2017 年第 6 期。

秋吉久紀夫訳編，『中国現代詩集』（世界現代詩集第六巻），東京：飯塚書店，1962 年初版、1967 年再版、1974 年第三版

秋吉久紀夫他訳，『中国現代文学選集』第 19 巻，東京：平凡社刊，1962 年初版、1972 年改名『中国の革命と文学＜ 12 ＞詩・民謡集』再版、編者今村与志雄

陣ノ内宣男編訳，『中国現代抒情詩』，東京：桜楓社，1974 年

財部鳥子・穆広菊共訳，『億万のかがやく太陽』（中国現代詩集），東京：書肆山田，1988 年

牧田英二著，『中国辺境の文学 少数民族の作家と作品』，東京：同学社，1989 年

是永駿編訳，『中国現代詩三十人集 モダニズム詩のルネッサンス』，東京：凱風社，1992 年

秋吉久紀夫編訳，『精選中国現代詩集 変貌する黄色い大地 世界現代詩文庫⑰』，東京：土曜美術社，1994 年

財部鳥子・是永駿・浅見洋二訳編，『現代中国詩集 China Mist 海外詩文庫 7』，東京：思潮社，1996 年

秋吉久紀夫編訳，『馮至（フォンヂー）詩集』，東京：土曜美術社，1989 年

秋吉久紀夫編訳，『何其芳（ホーチーファン）詩集』，東京：土曜美術社，1991 年

秋吉久紀夫編訳，『卞之琳（ビエンヂーリン）詩集』，東京：土曜美術社，1992 年

秋吉久紀夫編訳，『艾青（アイチン）詩集』，東京：土曜美術社，1995 年

秋吉久紀夫編訳，『陳千武（チェンチェンウー）詩集』，東京：土曜美術社，1993 年

秋吉久紀夫編訳，『穆旦（ムーダン）詩集』，東京：土曜美術社，1994 年

佐々木久春訳，『始祖鳥 シュー・テイン詩集』，東京：土曜美術社，1994 年

秋吉久紀夫編訳，『戴望舒（ダイワンシュー）詩集』，東京：土曜美術社，1996 年

秋吉久紀夫編訳，『阿壟（アーロン）詩集』，東京：土曜美術社，1997 年

秋吉久紀夫編訳，『牛漢（ニウハン）詩集』，東京：土曜美術社，1998年

秋吉久紀夫編訳，『鄭敏（チョンミン）詩集』，東京：土曜美術社，1999年

是永駿編訳，『北島（ペイ・タオ）詩集』（世界現代詩文庫13），東京：土曜美術社，1988年

是永駿訳，『芒克（マンク）詩集』，東京：書肆山田，1990年

マンク著 是永駿訳，『ブラックボックス』，東京：書肆山田，1991年

マンク著 是永駿訳，『時間のない時間』（日本語），東京：書肆山田，1991年

浅見洋二訳，『牛波詩集』（日本語），東京：書肆山田，1993年

是永駿訳，『戈麦（ゴーマイ）詩集』，東京：書肆山田，2000年

是永駿、林水福編，是永駿、上田哲二共訳，『台湾現代詩集』，東京：国書刊行会，2002年

是永駿、上田哲二等共訳，『楊牧・余光中・鄭愁予・白萩』（シリーズ台湾現代詩），東京：国書刊行会，2004年

内山加代・池沢実芳訳，『雷石楡詩集・もう一度春に生活できることを』（日本語），東京：潮流出版社，1995年

主要的诗人论述及论述集：

秋吉久紀夫著，『変革期の詩人たちー現代中国詩人論』，東京：飯塚書店，1964年

稲葉昭二著，『郁達夫 その青春と詩（うた）』，東京：東方書店，1982年

小野十三郎他，『詩人 黄瀛』，東京：蒼土社刊，1984年

宇田禮著，『声のないところは寂寞 詩人・何其芳の一生』，東京：みすず書房，1994年

佐藤竜一著，『黄瀛―その詩と数奇な生涯』，東京：日本地域社会研究所，1994年

秋吉久紀夫，『陳千武論 ひとりの元台湾特別志願兵の軌跡 現代詩人叢書』，東京：土曜美術社，1997年

秋吉久紀夫他，『目加田誠博士還暦記念中国学論集』，福岡：九州大学文学部中国文学研究室編 大安，1964 年

秋吉久紀夫他，『近代中国の思想と文学 －小野忍博士退官記念文集－』，東京：東京大学文学部 中国文学研究室編 大安刊，1967 年

陣ノ内宣男著，『中国近代詩論考』，東京：桜楓社，1976 年

秋吉久紀夫編，『江西蘇区文学運動資料集』（東洋学文献センター叢刊第 24 輯），東京：東京大学東洋文化研究所附属東洋学文献センター刊行委員会，1976 年、汲古書院，1979 年

秋吉久紀夫，『中国現代文学論集 樋口進先制古稀記念』，福岡：中国書店，1990 年

藤田省三，『中国文学 この百年』，東京：新潮選書，1991 年

论文发表主要集中于 20 世纪 90 年代以后，由于数量众多，在此仅列出有关徐志摩的研究论作。研究其他诗人的论作名单在此不再赘述。发表于学术杂志的主要研究文章（包含一部分译文）有：

译文：

1. 高媛、劉海燕、徐青、劉斯微、王艶珍、金靄卜、丹羽一郎訳， 星野幸代編訳，「< 共訳 > 徐志摩「西湖記」」『言語文化論集』30(2)，名古屋：名古屋大学大学院国際言語文化研究科，2009 年

2. 大島絵莉香、馬寧澤、高媛、杜娟、王艶珍、柳晶、蟹江静夫訳，星野幸代編訳，「（翻訳）徐志摩「愛眉小札」[1] 1925 年 8 月 9—15 日」『言語文化論集』31(2)，名古屋：名古屋大学大学院国際言語文化研究科，2010 年

3. 陳玲、蟹江静夫、柳晶、杜娟、高媛、馬寧澤、李楊訳，星野幸代編訳，「（共訳） 徐志摩「愛眉小札」[2] 1925 年 8 月 16—23 日」『言語文化論集』32(2)，名古屋：名古屋大学大学院国際言語文化研究科，2011 年

论文：

1.「徐志摩試論——英国帰りの詩人」，渡辺新一，『中央大学論集』(5)，1984. 03 中央大学出版部

2.「1924年タゴールの来華と徐志摩」，渡辺新一，『中央大学論集』(8)，1987.03　中央大学出版部

3.「徐志摩のトマス・ハーディ翻訳　——徐志摩研究の一視点-1-」，宮尾正樹，『お茶の水女子大学人文科学紀要』(43)，1990.03　お茶の水女子大学

4.「「徐志摩」詩文の唯美性——語彙の美を中心に」，加藤阿幸，『中国文学研究』(18)，1992.12　早稲田大学中国文学会

5.「〈研究ノート　その1〉徐志摩詩とその文体　—徐志摩と朱自清・聞一多—」，鈴木義昭，『講座日本語教育』28，1993.03　早稲田大学日本語研究教育センター

6.「徐志摩與聞一多作為詩人之同質点及其詩歌之共通点（中）」，加藤阿幸，『清和研究論集』(2)，1995.12　清和大学

7.「忘れられた詩人」，趙萌，『東方』(180)，1996.03　東方書店

8.「徐志摩とアーサー・ウェイリー」，加藤阿幸，『東瀛求索』(8)，1996.08　中国社会科学研究会

9.「張友松の新月社批判と魯迅 : 徐志摩訳『英国マンスフィールド小説集』の「修改」をめぐって」，星野幸代，『東京大学中国語中国文学研究室紀要』1，1998.04　東京大学文学部中国語中国文学研究室，東京大学中国語中国文学研究室

10.「<異邦>のなかの文学者たち(6)徐志摩——ケンブリッジの過激な恋愛」，星野幸代，『月刊しにか』9(9)，1998.09　大修館書店

11.「トマス・ハーディ詩の徐志摩訳をめぐって」，加藤阿幸，『中国文学研究』(24)，1998.12　早稲田大学中国文学会

12.「徐志摩とトマス・ハーディ（上）」，加藤阿幸，『清和研究論集』(5)，1999.03 清和大学

13.「徐志摩におけるワーズワス : 創作と凌叔華宛て書簡をめぐって」，星野幸代，『言語文化論集』21(2)，2000 名古屋大学

14.「徐志摩「私の知っているケンブリッジ」」，加藤阿幸，『清和研究論集』(6)，2000.03 清和大学

15.「中国現代詩の系譜——詩人たちの肖像 (1)　徐志摩——飛翔を夢見た詩人」，渡辺新一，『月刊しにか』12(4)，2001.04　大修館書店

16.「徐志摩「マンスフィールド」」，加藤阿幸，『清和研究論集』(7)，2001.09 清和大学

17.「新詩語の形成 (4) 徐志摩の「生命」をめぐって」山本明，人文研紀要 (48)，2003　中央大学人文科学研究所

18.「徐志摩著「キーツの“ナイチンゲールによせるオード”」」，加藤阿幸，『清和研究論集』(9)，2003.03　清和大学

19.「「新散文」の形成 (2)：徐志摩の文体」，山本明，『中央大学論集』24，2003.03　中央大学

20.「徐志摩とケンブリッジ ——ロジャー・フライとの交流を中心に（都市と文化）」，星野幸代，『言語文化研究叢書』3，2004　名古屋大学大学院国際言語文化研究科

21.「徐志摩『ブラウニング夫人のラブ・ポエム』執筆動機に関する一考察」，加藤阿幸，『清和研究論集』(10)，2004.03　清和大学

22.「一九二〇年代中国におけるタゴールの受容と聞一多の格律詩 ：「人格」・鄭振鐸・徐志摩・「黒屋」を媒介とした一試論」，鄧捷，『東京大学中国語中国文学研究室紀要』7，2004.04 東京大学文学部中国語中国文学研究室

23.「徐志摩著「ブラウニング夫人のラブ・ポエム」」，加藤阿幸，『清和研究論集』(11)，2005.03 清和大学

24.「徐志摩のギリシャ回帰願望に見る唯美主義への系譜」，加藤阿幸，『中国文学研究』31，2005.12　早稲田大学中国文学会

25.「徐志摩詩文における古典的風格——その外在的要因について」，加藤阿幸，『中国詩文論叢』25，2006.12　中国詩文研究会

26.「徐志摩『ダヌンツィオ』」，加藤阿幸，『清和研究論集』(13)，2007.03 清和大学

27.「徐志摩の伝統文化批判『芸術と人生』を中心に」，任群，『国際文化学』16，2007.03 神戸大学

28.「徐志摩著　ラッセル関連随筆」，加藤阿幸，『清和研究論集』(15)，2009.03　清和大学

29.「『雲遊詩人』徐志摩の目に見る日本 ： 郭沫若の「留別日本」と比較して」，裴亮　『中国文学論集』(39)，2010　九州大学中国文学会

30.「徐志摩の唯美主義の系譜 ： ダンヌンツィオ受容」，加藤阿幸，『清和研究論集』(16)，2010.03　清和大学

31.「徐志摩著『バイロン』，『ロマン・ロラン』」，加藤阿幸，『清和研究論集』(16)，2010.03　清和大学

32.「『戦利品』となった徐志摩日記」，渡辺新一，『中央大学論集』31，2010.03 中央大学

33.「徐志摩とバートランド・ラッセル」，加藤阿幸，『神話と詩』(9)，2010.12　日本聞一多学会事務局

34.「徐志摩詩文の比喩性」，加藤阿幸，『中国詩文論叢』29，2010.12　中国詩文研究会

35.「詩作に刻む日本体験——徐志摩の『沙揚娜拉十八首』をめぐって」，裴亮，『九州中国学会報』48，2010　九州中国学会

36.「徐志摩とバートランド・ラッセル (2)」，加藤阿幸，The Seiwa review of cultural & social science (18)，2012.03，Seiwa University

37.「徐志摩著『再別康橋』について ： 詩題解析および詩語「金柳」の意義に対する一考察（清和大学20周年記念号）」，加藤阿幸，『清和研究論集 (20)』，2014.03　清和大学法学会

38.「徐志摩『再別康橋』の朗詠性と別れの眞の主體を論ずる （植木久行教授退休記念）」，加藤阿幸，『中国詩文論叢』33，2014.12　中国詩文研究会

39.「徐志摩女子について ： 蘇州女子中学での講演」，星野幸代等，『言語文化論集』 37(1)，2015　名古屋大学大学院国際言語文化研究科

40.「徐志摩の翻訳作品に見られる欧化現象について」，関光世，Kyoto Sangyo University essays. Humanities series (48)，2015.03，Kyoto Sangyo University

41.「徐志摩の翻訳作品に見られる”被”構文と欧化（B. カールグレン『中国音韻学研究』刊行百周年記念号）」，関光世，『開篇 : 中國語學研究』 34，2015.12　好文出版

42.「中国海峡両岸の徐志摩研究資料」，加藤阿幸，『清和研究論集』（23），2017.03 清和大学法学会

以上对研究徐志摩及其作品的论文、译文等进行了简单的分类。虽然看上去数目较多，但具体来看，不难发现存在以下问题。

(1) 一直到20世纪60年代，依然缺乏对中国新诗的最基本的介绍与研究，译诗集的数量少之又少。岩佐昌暲虽指出日本对中国现代诗的翻译与研究是与（中国的）现代诗学同时进行的，但那不过是从20世纪20年代的为数不多的文章中得出的结论，在50年代虽然在一定程度上出现了对新诗的翻译，但也仅限于几位知名作家的作品，而且之后连这种翻译也中断了。真正介绍并广泛开展研究中国的新诗，已经是20世纪90年代之后的事了。中国新诗诗学方面有有名的四大诗论：艾青的《诗论》、朱光潜的《诗论》、朱自清的《新诗杂话》、李广田的《诗的艺术》，但日本却在相当长的一段时间内，对之没有相关的详细研究与介绍。这与过去的政治形势与文化交流状况有着很深的关系。总而言之，日本对于中国现代诗的发展历程过去有着一种不知道、不研究的无视的态度。黄瀛倒是因其身份与经历较为特殊而备受关注，但他属于特殊情况。

(2) 个人以及个别出版社的出版活动值得关注。在诗集的出版方面，20世纪30年代，由四个出版社分别出版了四部诗集。与此相对，20世纪90年代以后，大多数诗集的出版社，集中在了土曜美术社与书肆山田两个出版社。译者中秋吉久纪夫和是永骏值得关注。秋吉久纪夫主要从事中国现代诗的翻译，而是永骏则主要从事当代诗的翻译。由此也可推断，过去日本从事中国现当代诗翻译与研究的力量颇为薄弱。

(3) 除却综合性诗集的编纂以外，个人诗集的单独出版也是一大进步，但中国现代诗的著名诗人徐志摩、闻一多，当代诗人海子、顾城的诗集等很长一

段时间内都未见出版发行。徐志摩是新月派的代表诗人，对于新诗的构建形成发挥了重要作用。他写的《再别康桥》《偶然》等名篇至今广为流传。闻一多是象征诗派的重要诗人，主张“格律诗”，为现代诗的理论建构做出了巨大贡献。他的作品《死水》《红烛》都是格调高雅的名篇，具有很强的影响力。但如在今村与志雄所编写的《中国的革命与文学〈12〉诗・民谣集》中，却并未收录中国现代诗的代表诗人徐志摩的诗作。也就是说，我们不得不怀疑日本在最初编纂综合性诗集的时候，还尚未认识到中国现代诗的历史性价值。海子（1964—1989）是20世纪80年代北京大学“三大诗人”之一，25岁自杀，死后他的诗受到高度评价，在他死后的第12年的2001年，他的诗被授予了中国文学的重要文学奖项“人民文学奖”。他的诗《面朝大海，春暖花开》还被选入高中教材。顾城是80年代“朦胧派”的代表人物，其著名诗句如“黑夜给了我黑色的眼睛，我却用它寻找光明”至今仍被引用。中国新诗历史上如此重要的四位诗人，却在日本的中国文学研究史中长期受到忽视。从中可以看出，过去日本对于中国现代诗的研究很不充分。不过随着两国文化交流的进一步加强，这种情况近年来得到了改善。如在2000年，早稻田大学校内成立了“日本闻一多学会”[①]。

至此，对文献进行总结并指出了问题所在。在此特别想要指出的，是日本对中国现代诗研究中的两种现象。

(1) 过去，日中之间的文学研究主要是由学者进行的。但现在，新诗诗人的交流受到重视，交流力度加大，引人注目。

(2) 中国学者（以有日本留学经历的学者和日语、日本文学相关专业的毕业生、教师为主）用日语发表中国现代诗的研究成果、日中新诗的比较研究成果等的情况越来越多。当然，也有很多中国学者用日语发表日本文学研究成果，但上述现象算是新现象。从之前的徐志摩研究论文中，可以窥见这一点。

也许可以将此理解为中日学术界交流中发生的必然现象。

另外，近年的研究倾向于“从介绍性质转化为研究性质”。从上面提到的

---

① 其官网显示其最近一次活动为2014年。之后再无更新。

主要诗集和论文中可以看出，日本对中国现代诗的全面研究始于20世纪90年代。以徐志摩为例，有关他和他的创作的论文主要是在20世纪90年代以后出版的。这意味着到了这个时期，关于中国现代诗：(1)不仅是评介，真正的研究也已开启；(2)开始出现一批对中国现代诗感兴趣的学者；(3)可以发表研究成果的学术平台（如期刊）也已出现；(4)开始拥有读者群体。研究者群体和读者群体扩大后，对中国现代诗的了解越来越多，研究也逐渐从介绍性质转化为更深刻、更学术的研究性质，其标志就是论文的大量发表。

尽管存在诸多问题，但可以预见，日本对中国现代诗的研究将进一步深化。进入21世纪以来，中日之间人员往来频繁，文化交流逐渐加深，日本学术界已经认识到中国现代诗研究的重要性，学术界的相互合作与共同研究将会拥有更大空间。对于中国现代诗（包括现当代文学）的研究意义，有如下意见可做参考。

在“日本闻一多学会”成立时的声明中，关于设立学会的动机，做了如下阐述：

> 在明年即将跨入21世纪的今天，我们深感回顾过去、展望未来的必要性。可以说，通过对闻一多的研究，我们可以看清中国未来的走向，这也等同于在考虑我们自身的来路与前途。他广泛涉猎甲骨文、诗经、唐诗，包括现代诗等，在这样的广泛领域都拥有渊博的学识。在他的这些创作和研究中，包含着能帮助我们思考的无尽宝藏。①

正如古语“他山之石，可以攻玉”所言，通过研究外国的优秀文学可以重新认识本国文学，成为对本国未来有益的事业。无论对日本还是对中国来说都是如此。幸运的是，日中学术界已如上述的声明中所说的那样，产生了这样的认识和意向。克服所有的先入为主的观念和由于历史原因所产生的错失、空白、偏见的鸿沟，推进日本和中国在诗歌领域的相互研究与合作，还为时未晚。

① “日本闻一多学会”官网：http://www.wenyiduo-japan.org/prospectus.

二、中国对日本近现代诗的研究

1.20 世纪日本文学的翻译与研究

实行“闭关锁国”政策的清朝政府，于 1840 年被英国的大炮打开国门。鸦片战争是近代中国的开端，自诩为大国的清政府终于看到了世界的进步，但落后的现状与陈腐的思想令其踯躅不前。走向灭亡的前夜，清政府试图依赖汉人官吏进行改革以图中兴，这就是著名的洋务运动。

作为洋务运动的一环，1862 年，成立了清朝最早的培养翻译人才的洋务学校兼承办翻译、出版的机构——京师同文馆。同文馆最初只有英文、法文、俄文三个班，后来陆续增加了德文（最初称“布文”）、日文、天文学、算学等。根据民俗学家齐如山的回忆：“甲午中日之战，日本已强，又添了日本文，彼时名曰东文馆。”①

继京师同文馆、上海广方言馆之后，同治三年（1864 年）广州也设立了同文馆。光绪五年（1879 年）增设法语、德语班后，又增设了东语（日语）和俄语班。

由此可知的事实是，到了甲午战争以后，中国终于认识到日本的近代化，并开始学习日本。而且不仅仅是学习日本，通过日本学习西方才是真正的目的。当时的日汉翻译是从同文馆开始的。

意识到在学习西方这件事上日本已经走在了前面，1894 年以后，中国的知识分子中有很多人决定用公费或自费的方式去日本留学或游学。去日本的原因：一是因为中日在地理上有着一衣带水的便利条件；二是从当时的物价来看，去日本比去欧美便宜得多。这些留学生回国后，将日本人的著作和西方书籍的日文译本翻译介绍到了中国。

这里想特别提及的有一件事：清末的翻译家林纾曾将德富芦花的著作《不如归》翻译成了中文。林纾是翻译的“奇才”，其翻译有三个特点。一是林纾本人不懂外语，用的翻译方法是由懂外语的人进行口头翻译，林纾听后改写成中文。二是用文言文来翻译。即使是笔法细腻的西洋式恋爱描写，林纾也能

① 齐如山：《齐如山回忆录》，上海文艺出版社 2014 年版，第 22 页。

用优秀的文言文将其完美地翻译出来。如法国作家小仲马的小说*La dame aux Camélias*，他翻译后命名为《巴黎茶花女遗事》。因他的翻译，女主人公被称为“茶花女”，而如果按照原题目直译，则会译成“茶花夫人”。林纾特意用“女”字来翻译，作家白先勇评价说：“一个女字，尽得风流。”他的译文不受原文束缚，也不被目标语言限制，如“行云流水”般自在流畅。其译书的数量也极多，统计如下：

英国（作家 60 名，作品 101 种）
法国（作家 17 名，作品 24 种）
美国（作家 12 名，作品 16 种）
俄罗斯（作家 2 名，作品 11 种）
希腊（作家 1 名，作品 1 种）
德国（作家 1 名，作品 1 种）
日本（作家 1 名，作品 1 种）
比利时（作家 1 名，作品 1 种）
瑞士（作家 1 名，作品 1 种）
挪威（作家 1 名，作品 1 种）
西班牙（作家 1 名，作品 1 种）
原著者不详作品 63 种，其中小说 4 种，评论 59 篇
未刊作品 24 种[①]

共计 246 种，其中已发表或出版作品 222 种。

《不如归》的翻译是由魏易先将其英语译本做口头翻译，然后由林纾再译写为中文。该书在 1908 年由商务印书馆出版。关于该书的翻译，有两个令人惊讶的事实。一个是将日本小说引进中国的速度之快；另一个是日本文学的西方译本出版速度之快。其中一个事实表明，在明治时期，“西方→日本”这种“单方面”的翻译并不是绝对的。

① 为张俊才统计数字。参见张俊才：《林纾评传》，中华书局 2007 年版，第 254—493 页。

甲午战争后，中国国内对日本书籍的翻译活动日益活跃，归国留学生的翻译和介绍也引起了国人对日本的兴趣。而日本近代文学对中国的现代文学也产生了一定的影响。王向远将这种影响和方式总结为两种情况：(1) 日本文学的媒介作用；(2) 日本文学的引发与启示作用。①

通俗地说，近代日本比中国先学习西方，并取得巨大成果，迅速成为强国。由于中国向西方学习较晚，除了直接学习西方以外，还通过同属汉字文化圈的日本间接学习西方。历史已经证明，这是一条既方便又有效的途径。然后在日本文学方面，大量的作品被介绍到中国，但是，西方的文学理念和诗作得以通过日本这个途径被介绍到了中国，而对日本近代诗本身的介绍却几乎没有。这可能是因为，中日双方近现代诗歌同样是模仿西方诗体而诞生和形成的，所以互相学习的价值很低。

中国对日本近代文学的介绍自开始后第一阶段直到 20 世纪 60 年代为止。在 20 世纪 30 年代以后的战争时期也没有中断，新中国成立后，20 世纪 50 年代末期虽有“反右”运动，但好似惯性一般仍有日本作品被翻译出版，而且当时基本采取的是“名作家翻译名作”的模式。20 世纪 50 年代出版了丰子恺译《源氏物语》，钱稻孙译《万叶集》《近松门左卫门选集》《井原西鹤选集》，周作人译《枕草子》《平家物语》等。

之后从 20 世纪 60 年代中期到 80 年代初，中日文学交流处于空白期。1972 年实现了中日邦交正常化，但由于中国国内当时的政治环境比较严峻，文学交流一直处于停滞状态。直到 1978 年中日两国之间缔结《中日和平友好条约》，且中国开始实行改革开放政策，以此为契机，大量的日本文学作品被介绍到中国，日译汉的翻译事业取得了飞跃性的发展，事实上出现了 20 世纪 80 年代的“日本文学热”。前面提到的 20 世纪 50 年代的译著得以再版，活跃在 20 世纪 30 年代至 40 年代的译者楼适夷、林林等人也重新回到文坛，其他的著名译者及其成果如下：

① 王向远：《中日现代文学比较论》，湖南教育出版社 1998 年版，第 3—5 页。

叶渭渠、唐月梅夫妇→川端康成、三岛由纪夫的翻译与研究；

刘振瀛→夏目漱石的翻译与研究；

文洁若→芥川龙之介、川端康成、三岛由纪夫、水上勉、泉镜花等名家作品的翻译；

李芒→和歌的翻译与研究；

杨烈→《古今集》的翻译，古典和歌的翻译与研究。

从 20 世纪 80 年代末到 90 年代，还活跃着以下译者：

申非→古典文学的翻译与研究；

陈德文→近现代随笔、谷崎纯一郎《阴翳礼赞》的翻译；

金中→石川达三作品的翻译；

李正伦→电影剧本翻译；

李树果→《南总里见八犬传》的翻译。

值得一提的是，从 20 世纪 90 年代开始，林少华翻译了 30 余部村上春树的作品，但他引起人们的广泛关注却是在 21 世纪以后。

回顾 20 世纪中国对日本文学的翻译，可以发现其具备以下特征：

(1) 翻译并不是从系统研究的目的出发进行，而几乎都是出于出版社和译者个人兴趣。

(2) 名作的翻译比重很大。尤其是对受到关注和欢迎的人气作品的翻译值得关注。例如，大江健三郎获得诺贝尔文学奖后，之前完全没有问世的他的著作陆续被迅速翻译。

(3) 关于诗学的翻译很少。

(4) 到 1980 年为止，日本近现代诗的翻译和研究几乎为零。相比之下，对和歌和俳句的翻译和研究更多，而特别是对当时最新的日本现代诗几乎没有翻译。20 世纪 80 年代以后，致力于日本近现代诗翻译的学者罗兴典，以在杂志上发表几首译诗的形式开始了翻译，之后逐渐积累，乃至有译诗集出版。对于做近现代诗研究的中国当时的研究者来说，20 世纪 80 年代国内环境还比较封闭，很难获得日本的文学信息，而且很难购买版权，进行翻译和研究都相对比较困难。

到了21世纪，翻译出版事业愈加发达，随着对知识产权保护的重视，翻译出版行业得到进一步规范，日本的许多文学作品也都被翻译成中文。而且因为不再只是过去那种“国营”的出版社，私营的出版社也增加了，这些出版社出于商业目的，积极翻译和介绍日本优秀的文学作品。与此同时，日语学习者也在增加，经过时间积淀，已经培养出了大量优秀的日语人才。同时由于中日之间的各种联系与交流比以往更加密切，对日本及日本文学作品感兴趣的读者群也越来越广泛。

21世纪的日本文学翻译也进一步扩大了范围。不再像20世纪80年代那样，以翻译近代文学或古典文学作品为主，中国出版界关注的重点放到了现代和当代的文学作品，特别是当时流行的、具备话题性的畅销书更是受到欢迎。例如，绵矢丽莎的《好想踢你的背》获得第130届芥川奖后，很快就被译为中文出版。①

另外，村上春树的《1Q84》BOOK 1、2、3在日本分别于2009年5月30日、2009年5月30日、2010年4月16日发行，而中国的译本则分别于2010年5月、2010年6月、2011年1月出版。②

如果除去版权谈判和译者在翻译上所花费的时间，这种速度，几乎达到了真正意义上的“同时性”。

以南海出版公司为例。进入21世纪以来，南海出版公司出版的日本文学作品如下，由此可一窥近年来中国对日本文学作品的出版现状。

村上春树：《1Q84》《当我谈跑步时，我谈些什么》《爱吃沙拉的狮子》；

东野圭吾：《放学后》《鸟人计划》《禁断的魔术》《再见了，忍老师》《预知梦》《布谷鸟的蛋》《超杀人事件》《盛夏方程式》等；

梦枕貘：《阴阳师》系列；

黑柳彻子：《窗边的小豆豆》；

①［日］绵矢丽莎：《好想踢你的背》，周丹译，世界知识出版社2006年版。

②［日］村上春树：《1Q84》，施小炜译，南海出版公司2010年、2010年、2011年版。

岩井俊二：《情书》《燕尾蝶》《华莱士人鱼》《关于莉莉周的一切》；

川上弘美：《老师的提包》；

司马辽太郎：《项羽与刘邦》；

桥田寿贺子：《阿信》；

铃木光司：《环界》系列；

川端康成：《雪国》《千只鹤》《伊豆的舞女》《古都》《睡美人》《花的圆舞曲》；

等等。

2. 日本近现代诗的翻译与研究

随着整个文学翻译状况的变化，对日本近现代诗的翻译与研究也扩大了规模。进入 21 世纪以后，中国对日本近代诗的翻译与研究呈现出如下态势。

(1)“从介绍性质转化为研究性质”，值得关注。具体来说就是“翻译的细化”和“研究的深化”。不再像 20 世纪 80 年代那样，在《世界诗集》《世界诗选》之类的书中插入三四首日本近代诗。而是开始出版专门的诗集，专门的研究也变得兴盛。21 世纪以后，首先，人们对由日本人创作的汉诗的关心度越来越高，对和歌与俳句的喜爱则不减从前，同时日本近现代诗的创作也开始受到关心和重视。翻译也不再集中于著名诗人的代表作，而是出现要掌握日本近现代诗整体风貌的倾向，不出名诗人的不出名作品也得到翻译。另外，诗学的论文、著作也开始得到发表、出版。

(2) 在日本近现代诗的翻译与研究中，大学、研究所等科研组织机构发挥了重要作用。例如，北京大学日本研究中心在 2000 年成立了“中日诗歌比较研究会”，并在研究会成立之际，出版了刘德有主编的《中日诗歌比较研究（第一辑）》作为创刊号。大连外国语学院（2013 年更名为“大连外国语大学”）的日本语学院于 1996 年设立“日本诗歌研究中心”，集中学院内教授、副教授、讲师等 20 余人之力，并邀请了部分校外专家，于 1999 年出版著作《日本历代著名诗人评介》、2005 年出版著作《日本历代女诗人评介》，不仅按历时性规则，系统地翻译了日本诗歌，对诗人的流派、风格也进行了精辟的分析。其中近现代诗占据了重要位置。

（3）虽然和之前比有了很大进步，但是对日本近现代诗的翻译与研究，若是和对日本近现代文学的翻译与研究相比，仍然存在底子浅、存在感薄弱的问题，需要进一步深化。下面列出20世纪80年代以后日本近现代诗的翻译与研究有关的一些主要著作。同时列出这一时期有关日本汉诗的著作，以供参考。

日本近现代诗的翻译与研究著作：

刘和民编《仙惑：日本电影、戏剧、诗歌选》（日本当代文学丛书5），安徽文艺出版社1985年版；

李芒、兰明：《日本近现代抒情诗选》，译林出版社1991年版；

陈岩等：《日本历代著名诗人评介》，上海外语教育出版社1999年版；

陈岩、刘利国等：《日本历代女诗人评介》，大连理工大学出版社2005年版；

罗兴典：《日本诗史》，上海外语教育出版社2002年版；

丸地守、张香华、今辻和典：《心灵的暗号：日本现代诗精选集》，刘汝真译，人民文学出版社2010年版；

唐月梅：《日本诗歌史》，北京人民大学出版社2015年版；

赵静、张有志：《日本近现代诗歌管窥》，东北师范大学出版社2016年版。

日本汉诗的研究著作：

肖瑞峰：《日本汉诗发展史》，吉林大学出版社1992年版；

严明：《花鸟风月绝唱：日本汉诗的四季歌咏》，宁夏人民出版社2006年版；

蔡毅：《日本汉诗论稿》，中华书局2007年版；

吴雨平：《橘和枳：日本汉诗的文体学研究》，中国社会科学出版社2008年版；

李寅生：《日本汉诗精品赏析》，中华书局2009年版；

马歌东：《日本汉诗溯源比较研究》，商务印书馆2011年版；

张晓希等：《五山文学与中国文学》，中央编译出版社2014年版。

诗论的翻译与研究著作：

（包括近代诗研究内容的文学专著也收录在内，附有★的是诗论专著）

王晓平：《近代中日文学交流史稿》，湖南人民出版社1987年版；

赵乐甡主编《中日文学比较研究》，吉林大学出版社1990年版；

刘德有主编《中日诗歌比较研究（第一辑）》，国际文化出版公司2000年版；

★[日]大冈信：《日本的诗歌：其骨骼和肌肤》，尤海燕译，安徽大学出版社2010年版。

★罗兴典：《日本诗歌与翻译艺术》，作家出版社2003年版；

★金中：《日本诗歌翻译论》，北京大学出版社2014年版。

还有很多相关论文，在此暂先省略。

结 语

什么叫作审美意识？

一般认为，“审美意识是人们感受到美的心灵活动”。这里的“人们”是指欣赏美的人、享受美的人、创造美的人。一般来说，前两项是被认可的，而后者“创造美的人”则不太被关注。但是如果创造美的人，也就是作者没有基本的原创的审美，那么能否创造出美的作品还是个疑问。

根据日本《数字版大辞泉》，审美意识是指“关于美的意识，接受、创造美时的心理活动”。这个解释明显地将审美意识的主人限定为“美的鉴赏者、享受者”和“美的创造者”。但是，人既然有社会性，现在的人就不可能拥有古代人的审美意识，古代人也不会有现在这样的审美意识。

审美意识是主观的活动，属于感性的范畴。因此，它不仅是感知美的人（审美主体）个人所拥有的感知，有时也是某个时代的整体平均感知。被审美感知的对象（审美客体）虽然个体差异很大，但根据时代、地域、社会、集团、环境等的不同也有很大的整体差异。说起日本的传统审美观念，有「もののあわれ」（物哀）、「わび」（侘）と「さび（寂）」、「いき」（粋）等，但这些审美观念，特别是“物哀”，正是因为在文学作品中表现出来才得以被我们认识。其中不仅表现了作为该观念创造者的审美意识，也表现出了那个时代的审美意识的标准值。通过文学作品来认识当时的时代的审美意识，可以说是较为普遍的做法。审美意识是有标准值的，关于这个观点，高村光太郎曾在有关江户时代审美意识的论述中提及：

> 一般人的审美意识是绝不能容忍糟糕的东西、丑陋的东西的。美的标准过于固定，会有评价批评的眼光不能及于范围之外的遗憾，甚至因此产生很多真正的新颖之美深受迫害的例子。但如果人们意识到那毕竟也是“新一种美”，那么不久后这种美就会被接受。①

本书从日本近代诗的语言、形式、意义出发，来考察近代诗中的审美意识。此外，中国的现代诗（新诗）也同样受到西方诗歌的影响，其形成过程与日本的近代诗相比有很多相似之处，本书通过其中一些事例，与日本近代诗对照分析，试图以此能够进一步认识两者的审美意识。

从语言的角度分析，日本近代诗的构建是按照文言定型诗→文言自由诗→口语定型诗→口语自由诗的发展流程构建的；从流派变迁的角度来说，近代诗的诗人们普遍拥有强烈的创作个性，而团体性较为薄弱。尽管如此，从整体上来说，近代诗仍然呈现出前中后期较为明显的差异：前期为以浪漫主义为主，中期为以象征派（高蹈派、拉斐尔前派、浪漫派为支流）为主，后期则是富有个性的诗人大量涌现，踊跃进行个性化创作。从以浪漫主义为代表的抒情诗到象征诗的转变是近代诗构建中最显著的特征。

从诗歌语言上来看，日本近代诗的语言呈现出文言到口语的历时性变化。这种变化在短时间内完成，而且伴随着节奏（韵律）的变化。在被认为是近代诗鼻祖的《新体诗抄》中，译诗和创作诗都使用了文言，而《新体诗抄》中所使用的古语则是时代性很强的古语。《新体诗抄》中也有操之过急地使用口语反而产生相反效果的例子。明治时代，人们对文言失去了新鲜感，同时在西方的影响下，人们的汉文修养水平降低，随着西化趋势的增强，开始出现要改良

① 高村光太郎：『高村光太郎秀作批評文集　美と生命　前篇』，出自：「美意識について」。東京：書肆心水，第 222-223 頁。

文言的趋势。近代诗史与其说是一段口语自由诗确立之前的历史，不如说是近代诗人们与口语的非音乐性、非诗性、低俗感、差品味进行斗争的过程。诗人们倾注了满腔热情，试图将口语用进近代诗，成为诗歌的主要语言。

但是诗歌与小说不同，有超越现实的非现实性要求，而要表现其非现实性，常常需要使用非现实性的语言。因此，以语言革新为目标的近代诗人们（特别是前期的诗人）不会轻易放弃文言，而且经常使用雅语、强有力的古语。篠田一士提倡“诗性语言”的说法，承认了定义“多少有些生硬的违和感”，同时承认这是对现代诗来说比较合适的表达。马拉美也指出，要成为“诗性语言”，必须是“诗句”的组合、语言的“含义与音声的两面”的重新铸造，因此形成的“诗性语言”的性质是“完美性”“咒术性”“孤绝性”。语感也是构成诗的重要因素，对于主观性强的诗来说，语感是发挥重要作用的语言要素。日本近代诗人在语言方面，经常使用呼格；大量使用人称代词，特别是第一人称；开始使用复数；吸收新词；开始使用标点符号等。他们用这样的尝试来改革诗歌语言，试图构建新诗。

呼格的使用常态化与抒情有关，例如高村光太郎的《路程》中“大自然啊／我的父亲”的呼唤，与《圣经》中的呼格起到了同样的作用。通过这一呼唤，抒情地展现了与大自然的亲密关系，建立起与“大自然”的密切连接。于是，他得以脱离人类世界，与超越人类力量的、非现实的存在“大自然”联系在了一起。第一人称的大量使用还与近代自我的确立有关。本书进而分析了日本和中国的人称代词的使用，考察其“尽量避免使用人称代词”的原因，将目光转向从语言上表现出来的东西方文化差异。虽然语言所属系统不同、语言的性质不同是主要原因，但是崇拜自然的思想、推崇谦虚的文化是“尽量避免使用人称代词”的深层原因。东方古代的诗歌中经常将自然与人相对照，且与广阔的自然相比，人总是被描写为微小的存在。这种情况在近代诗中通过呼格等的使用有了改变。此外，在第三人称“他”与“她”的使用上，日本近代诗试图向西方靠拢，曾尝试多用“他”与“她”，但因其“客观性”太强，并没有得到抒情性较强的近代诗的青睐。在诗体方面，十四行诗、长诗形的引入成为日本近代诗的特征，文字表记、排列与诗形构成的关系受到重视。而且在诗的韵律方面，诗人们虽然知道以日语的性质来说日本诗歌不适合押韵，但他们还是进行了押韵的尝试。

在研究日本近代诗的意义世界时，本书考察了近代诗中的“摆脱传统——变”“独特的视觉美”的特点；分析了近代诗的象征诗中“象征主义的核心——神秘与丑陋”；从近代诗中对大自然的意识，考察了与西方“崇高”美学精神的偏离。关于近代诗的意象，以樱花和女性的意象为例，指出“花落”对日本人来说并不是“美的破灭”，而是被转换为“破灭带来的美”“破灭后方才产生的美”的观念，土井晚翠的《岸边之樱》就继承了古典的樱花的意象，在此基础上又融入了新的元素。而说到女性形象的变化，明治维新以后，西洋的恋爱观念也传入日本，与传统的开放的性观念以及一些作家的个性相融合，酝酿出了官能性很强的诗歌，诗中女性的形象也发生了很大的变化，一部分女性从恋爱的对象发展成为官能的对象。诗中女性成为主动的话题发起者，则表现出恋爱中女性地位提高，已开始向西方女性的地位接近。而且近代诗中虽然描写了一些并不传统的女性，但传统的审美意识仍在发挥作用。

卡尔·罗森克兰茨极力主张“丑”是美学的一部分，而象征主义被引进日本后，“神秘”与“丑陋”构成了日本近代诗中象征主义的核心。北原白秋曾公开宣言“我的诗崇尚神秘，喜欢梦幻，爱慕腐烂中的颓唐之红”，象征主义诗人将“解体”和“腐败”等过去诗中禁忌的材料引进近代诗中，并利用视觉、触觉、听觉、嗅觉等感官的交错作用以及暗示等手法，来营造诗歌境界，来表现近代人复杂的情感。

在对日本近代诗中的自然观问题进行阐述时，首先分析了日本人的传统自然观——亲近自然，希望与自然融为一体，之后列出西本晃二的自然观论点，指出东西方在自然观上的差异：西方强调主体（自我），而东方与之相反；西方认为人类和宇宙是对立的，强调人类对自然的支配，而东方则表现对自然的亲近。进而分析了中国的“天人合一”思想，列举李泽厚的观点，指出“天人合一”所展现的宇宙、自然的感性世界的肯定意义，指出“天人合一”中的“天、地、人”的关系是相通的平等关系，阐述了具有动态意义的深化的东方自然观。还分析了近代诗在对自然的态度方面所表现出的与西方“崇高”美学精神的偏离，指出，西方将“自然”置于人类的对立面，视“自然”为令人畏惧的存在的“崇高”观念，即使是在努力模仿西方的近代诗阶段，在日本也没能行得通。

关于近代诗的修辞，指出其特点为：(1) 近代诗大量使用“反复”，特别是结构上的“反复”，使其产生不断重复的叠句效果，以制造出节奏感，并求得意义的深化；受西方诗歌使用“头韵”的影响，在行和段的开头经常使用反复。这些重复的大量使用，还产生一种视觉效果。(2) 近代诗大量使用明喻，以求得鲜明的形象化效果；近代诗特别是其中的象征主义诗歌有意识增加以隐喻为主的比喻手法，以追求意义的多层化。古代和歌利用双关和缘语实现内容的双重意义，而近代的象征诗则主要利用隐喻，使其具有多重意义，构建出一个象征的世界。(3) 活用日语的特点，多用拟声词、拟态词，这样的新手法酿造出日本近代诗的个性。

从诞生到形成，近代诗舍弃了很多元素，具体主要有五种：(1)（作为诗性语言的）文言；(2) 音数韵律；(3)（固定的）形式，即定型；(4) 传统的修辞手法；(5) 与传统音乐、绘画的密切关系。而在诗的功能方面，近代诗失去了“问候之心”。另外，“谐”的精神也成为被近代诗忽视的要素。

为了作为“诗”存在，近代诗吸取了，或者说新增加了众多新的诗性要素。分别为：反映时代（潮流、生活）的口语；内在韵律；利于诗歌翻译的自由表现形式；被频繁使用的隐喻等现代修辞；与音乐相结合的倾向。另外，以爱情题材为代表的各种新题材的吸收引进也构成了近代诗的新要素。

> 西方关于人伦的诗大半以恋爱为中心。中国诗言爱情的虽然很多，但是没有让爱情把其他人伦抹杀。朋友的交情和君臣的恩谊在西方诗中不甚重要，而在中国诗中则几与爱情占同等位置。

本书援引朱光潜的上述观点，在陈述了中西诗恋爱观差异的基础上，指出虽然同为描写东方的恋情，但日中恋爱观有很大不同，并比较了《万叶集》《古

大岡信：『古典のこころ』，東京：ゆまにて，1983 年。

大岡信：『詩歌折々の話』，東京：講談社，1980 年。

大岡信：『五音と七音の詩学　日本語で生きる 4』，岡山：福武書店，1988 年。

大岡信，谷川俊太郎編：『声でたのしむ　美しい日本の詩　近・現代詩篇』，東京：岩波書店，1990 年。

大岡信，塚本邦雄，中井英夫編：『現代短歌体系』，東京：三一書房，1972 年。

太田青丘：『日本歌学と中国詩学』，東京：桜楓社，1988 年。

村野四郎他：『詩の技法　現代詩講座　第二巻』，大阪：創元社，1950 年。

分銅惇作，吉田凞生編：『近代詩物語』，東京：有斐閣，1978 年。

饗庭孝男：『夢想の解読 近代詩人論』，東京：美術公論社，1983 年。

嶋岡晨：『愛と反逆の詩人たち』，東京：文興出版，1977 年。

萩原朔太郎：『萩原朔太郎全集　第 6 巻』，東京：筑摩書房，1975 年。

金雪梅：『金子光晴の詩法の変遷　その契機と軌跡』，福岡：花書院，2011 年。

中村真一郎：『日本古典にみる性と愛』，東京：水声社，2006 年。

松浦友久：『万葉集という名の双関語——日中詩学ノート』，東京：大修館書店，1995 年。

伊藤信吉：『伊藤信吉著作集』全 7 巻，東京：沖積舎，2001 年。

黒田三郎：『詩の作り方』，東京：明治書院，1969 年。

野村喜和夫：『現代詩作マニュアル』，東京：思潮社，2005。

大木葉末：『作句と鑑賞のための　俳句の文法』，京都：清水弘文堂，1986 年。

村上勝彦：『芸術と心理学』，東京：星雲社，2005 年。

福永光司：『中国の哲学・宗教・芸術』，京都：人文書院，1988 年。

関根正雄：『旧約聖書文学史』上下，東京：岩波書店，1978 ～ 1980 年。

松田伊作訳：『旧約聖書　詩篇』，東京：岩波書店，1998 年。

今道友信訳：『アリストテレス全集　17 詩学』，東京：岩波書店，1972 年。

今道友信編：『美学　第 4 巻』，東京：東京大学出版会，1984 年。

吉岡洋，岡田暁生：『文学・芸術は何のためにあるのか？』，東京：東信堂，2009 年。

浅沼圭司：『ゼロからの美学』，東京：勁草書房，2004 年。

金田一春彦：『日本語』，東京：岩波書店，1957 年。

大江健三郎他編：『岩波講座 文学 3　言語』，東京：岩波書店，1976 年。

玉村文郎編：『日本語の語彙・意味』上下，東京：明治書院，1989 ～ 1990 年。

見坊豪紀：『辞書をつくる　現代の日本語』，東京：玉川大学出版部，1976 年。

城生佰太郎，松崎寛：『日本語「らしさ」の言語学』，東京：講談社，1995 年。

加藤周一他編：『日本近代思想大系　翻訳の思想』，東京：岩波書店，1991 年。

丸山真男，加藤周一：『翻訳と日本の近代』，東京：岩波書店，1998 年。

亀井俊介編：『近代日本の翻訳文化』，東京：中央公論社，1994 年。

芳賀徹編：『翻訳と日本文化』，東京：山川出版社，2000 年。

柳父章：『翻訳文化を考える』，東京：法政大学出版局，2002 年。

柳父章：『翻訳とはなにか　日本語と翻訳文化』，東京：法政大学出版局，1976 年。

佐藤信夫，佐々木健一，松尾大：『レトリック事典』，東京：大修館書店，2006 年。

佐藤信夫：『レトリック感覚』，東京：講談社，1992 年。

井波律子：『中国的レトリックの伝統』，東京：講談社，1996 年。

加藤周一著，鷲巣力編：『加藤周一セレクション〈5〉　現代日本の文化と社会』，東京：平凡社，1999 年。

伊東俊太郎等編：『講座・比較文化第 7 巻　日本人の価値観』，東京：研究社，1980 年。

学研・辞典編集部：『日本タテヨコ』改訂第 4 版，東京：学習研究社，2002 年。

吉川幸次郎：『中国文学入門』，東京：講談社，1976 年。

沈国威：『近代日中語彙交流史 ： 新漢語の生成と受容』改訂新版，東京：笠間書院，2008 年。

竹田晃，黒田真美子編：『中国古代小説選 9　聊斎志異（1）〈清代Ⅰ〉』，東京：明治書院，2009 年。

宇野木洋，松浦恆雄編：『中国二〇世紀文学を学ぶ人のために』，京都：世界思想社，2003 年。

今村与志雄編：『中国の革命と文学 12　詩・民謡集』，東京：平凡社，1972 年。
ドナルド・キーン：『日本文学の歴史』全 18 巻，土屋政雄訳，東京：中央公論社，1994 ～ 1997 年。
ドナルド・キーン：『日本文学史　近代・現代篇』全 8 巻，徳岡孝夫等訳，東京：中央公論社，1984 ～ 1992 年。
カール・ローゼンクランツ著：『醜の美学』，鈴木芳子訳，東京：未知谷，2007 年。
フーゴー・フリードリッヒ：『近代詩の構造』，飛鷹節訳，京都：人文書院，1970 年。
ヘーゲル：『ヘーゲル　美学　第三巻』，竹内敏雄訳，東京：岩波書店，1981 年。
アルマンド・マルティンス・ジャネイラ：『日本文学と西洋文学』，亀井俊介，新倉朗子，亀井規子訳，東京：集英社，1974 年。

中文文献

陈岩等：《日本历代著名诗人评介》，上海外语教育出版社 1999 年版。
陈岩、刘利国等：《日本历代女诗人评介》，大连理工大学出版社 2005 年版。
罗兴典：《日本诗史》，上海外语教育出版社 2002 年版。
罗兴典：《日本诗歌与翻译艺术》，作家出版社 2003 年版。
王向远：《中日现代文学比较论》，湖南教育出版社 1998 年版。
朱光潜：《诗论》，生活・读书・新知三联书店 1998 年版。
杨传珍：《人文补课：20 世纪西方文论概览》，中国工人出版社 2003 年版。
王力：《现代诗律学》，中国人民大学出版社 2004 年版。
王力：《诗词格律》，中华书局 2009 年版。
吴丈蜀：《词学概论》，中华书局 2000 年版。
吕进：《中国现代诗体论》，重庆出版社 2007 年版。
孙玉石：《中国现代诗歌艺术》，北京大学出版社 2010 年版。
佟旭、崔海峰等编《比较美学》，中国文化书院 1988 年版。
魏常海编《日本文化概论》，中国文化书院 1988 年版。

顾海根编著《日本语概论》，北京大学出版社 1998 年版。

许钧：《翻译论》，湖北教育出版社 2003 年版。

方华文：《20 世纪中国翻译史》，西北大学出版社 2005 年版。

朱维之：《基督教与文学》，吉林出版集团 2010 年版。

沈国威：《近代中日词汇交流研究——汉字新词的创造、接受和交流》，中华书局 2010 年版。

王晓平：《近代中日文学交流史稿》，湖南人民出版社 1987 年版。

周作人：《艺术与生活》，河北教育出版社 2002 年版。

张俊才：《林纾评传》，南开大学出版社 1992 年版。

向阳：《浮世星空新故乡——台湾文学传播议题解析论》，三民书局 2004 年版。

赵乐甡主编《中日文学比较研究》，吉林大学出版社 1990 年版。

刘德有主编《中日诗歌比较研究（第一辑）》，国际文化出版公司 2000 年版。

袁行霈：《中国诗歌艺术研究》，北京大学出版社 1996 年版。

彭恩华：《日本和歌史》，学林出版社 2004 年版。

彭恩华：《日本俳句史》，学林出版社 2004 年版。

金中：《日本诗歌翻译论》，北京大学出版社 2014 年版。

唐月梅：《日本诗歌史》，北京人民大学出版社 2015 年版。

赵静、张有志：《日本近现代诗歌管窥》，东北师范大学出版社 2016 年版。

［德］黑格尔：《美学》，朱光潜译，商务印书馆 1981 年版。

［日］松尾芭蕉：《奥州小路》，陈岩译，译林出版社 2011 年版。

［日］松浦友久：《日中诗歌比较丛稿：从〈万叶集〉的书名谈起》，加藤阿幸、陆庆和译，民族出版社 2002 年版。

［日］丸地守、［中］张香华、［日］今辻和典：《心灵的暗号：日本现代诗精选集》，刘汝真译，人民文学出版社 2010 年版。

［日］大冈信：《日本的诗歌：其骨骼和肌肤》，尤海燕译，安徽大学出版社 2010 年版。

贾植芳主编《现代散文鉴赏辞典》上海辞书出版社 2003 年版。